ROLF ADERHOLD
Welfencode

HANNOVER 1966 Charles Stuart plant, die Briefe von Sophie von der Pfalz an den Philosophen Leibniz an sich zu bringen. Er erhofft sich, darin ein Geheimnis zu finden, das ihm hilft, Ansprüche gegen die britische Krone durchzusetzen. Stuart beauftragt Vicky Quinlivan, eine attraktive Irin, ihm die Briefe zu beschaffen.

Jarre Behrends guter Freund Werner Heidenreich entdeckt den Diebstahl der Briefe, für die er persönlich verantwortlich ist. Der Bibliothekar und ausgezeichnete Rechercheur bittet Jarre um Hilfe. Der Verlust kann ihn den Job und viel Geld kosten. Jarre macht sich sofort auf die Suche, denn es gilt, die Briefe für eine Ausstellung so schnell wie möglich wiederzuerlangen. Unerwartete Hilfe bekommt er dabei von einer attraktiven Versicherungsdetektivin namens Vicky Quinlivan ...

Rolf Aderhold wurde 1966 in Hannover geboren, wo er Geschichte und Anglistik studierte. Er promovierte in Englischer Literaturwissenschaft und leitete an der Universität Hannover Seminare über James Bond und Strukturen von Populärliteratur. Er unterrichtet Wirtschaftsenglisch und war unter anderem im Bereich Tourismusmanagement tätig.

ROLF ADERHOLD
Welfencode
JARRE BEHRENDS ZWEITER FALL

GMEINER

Die automatisierte Analyse des Werkes, um daraus
Informationen insbesondere über Muster, Trends und
Korrelationen gemäß § 44b UrhG (»Text und Data
Mining«) zu gewinnen, ist untersagt.

Bei Fragen zur Produktsicherheit gemäß der Verordnung
über die allgemeine Produktsicherheit (GPSR) wenden Sie
sich bitte an den Verlag.

Gefällt mir!

Facebook: @Gmeiner.Verlag
Instagram: @gmeinerverlag
Twitter: @GmeinerVerlag

Besuchen Sie uns im Internet:
www.gmeiner-verlag.de

Besuchen Sie uns im Internet:
www.gmeiner-verlag.de

© 2014 – Gmeiner-Verlag GmbH
Im Ehnried 5, 88605 Meßkirch
Telefon 07575/2095-0
info@gmeiner-verlag.de
Alle Rechte vorbehalten

Lektorat: Sven Lang
Herstellung: Mirjam Hecht
Umschlaggestaltung: U.O.R.G. Lutz Eberle, Stuttgart unter
Verwendung eines Fotos von: © ullstein bild – Hanisch
Druck: Libri Plureos GmbH, Friedensallee 273,
22763 Hamburg
Printed in Germany
ISBN 978-3-8392-1544-9

*Personen und Handlung sind frei erfunden.
Ähnlichkeiten mit lebenden oder toten Personen
sind rein zufällig und nicht beabsichtigt.*

KAPITEL EINS

Mittwoch, 17. August 1966

Charles Francis Stuart runzelte nachdenklich die Stirn. Er stützte sein Kinn auf seine feinen, gefalteten Hände. Für einen längeren Moment verlor sich sein Blick in dem offenen Feuer, das gegenüber seinem Schreibtisch in einem großen Kamin prasselte und den Raum auf eine Temperatur brachte, die er als angenehm empfand. Obgleich er noch keine 45 Jahre zählte, spürte er in seinen Knochen jeden Tag eine Kälte, die nicht einmal die Sonne vertreiben konnte. Er wusste, dass sein inneres Feuer darauf wartete, dadurch neu entfacht zu werden, dass ihm endlich Gerechtigkeit widerfuhr. Nun, vielleicht war es bald so weit.

Sein Blick kehrte zu dem Foto zurück, das auf seinem Schreibtisch lag. Es zeigte eine junge, schwarzhaarige Frau mit einer atemberaubenden Figur und einem Lächeln, für das manche Männer einen Mord begehen würden. Doch die strahlende Schönheit bedeutete ihm nichts. Er war nie für die Reize von anderen Menschen empfänglich gewesen, weder von Frauen noch von Männern. Allein der Name der Frau interessierte ihn.

Quinlivan war ihr Name, ein guter, irischer Name. Die Katholiken Irlands hatten schon immer dem Haus

Stuart nahegestanden, und das war eine Empfehlung, die heutzutage selten war. Er nahm das Bild zur Hand und las erneut den Namen, der auf der Rückseite des Fotos stand. Victoria Anne Quinlivan. Er verschränkte wieder bedächtig die Hände. Wirklich ein guter, irischer Name. Etwas Besseres konnte er sich in diesen Tagen nicht wünschen, und ihre Referenzen waren exzellent. Es gab also keinen Grund mehr, zu zögern. Wenn er heute nicht handelte, verpasste er eine große Chance.

Entschlossen erhob sich Stuart und ging mit fast lautlosen Schritten zur Tür am anderen Ende des Raumes, die er leise öffnete. Er blinzelte in die Halle und entdeckte die junge Frau, deren anthrazitfarbenes Kostüm ihre bemerkenswerte Figur vorteilhaft zur Geltung brachte. Sie stand an einem der Fenster und blickte versunken in den Hof des alten Gutshauses hinab.

»Miss Quinlivan?«, sagte er mit einer Stimme, die ebenso ruhig und angenehm war, wie alles an ihm.

Die junge Frau drehte sich um und setzte ein strahlendes Lächeln auf. Mit langen Schritten kam sie auf Charles Stuart zu. »Vicky Quinlivan, ganz recht. Und Sie müssen Charles Stuart sein. Es freut mich, Sie kennenzulernen«, sagte sie und für einen Moment blitzte ihr irischer Akzent in dieser formellen Phrase auf. Sie war sich sicher, dass dieser seltsam blasse Mann nie ahnen würde, dass dieser Effekt wohl kalkuliert war. Sie hatte genug über den Mann erfahren, der sich für den letzten Vertreter des House of Stuart hielt, um genau zu wissen, was für ihn wichtig war, und ein deutlicher irischer Akzent konnte nicht schaden. Mit Bedacht reichte sie ihm ihre perfekt gepflegte Hand, sodass Stuart sie mit einer altmodischen Geste zu seinen Lippen führen konnte.

»Delighted, I am sure«, murmelte er und lud Vicky Quinlivan mit einer Geste ein, näherzutreten.

Mit raschen Schritten betrat sie das große Arbeitszimmer, wobei ihre Pumps auf dem Parkett Geräusche machten, die Charles Stuart zusammenzucken ließen. Vicky speicherte sofort dieses interessante Detail über ihren zukünftigen Auftraggeber ab, und während er die Tür schloss, blieb die Irin einen Augenblick in der Mitte des Raumes stehen und nahm die Eigenheiten des Zimmers in sich auf.

Zuerst waren ihr natürlich die zahllosen Geweihe aufgefallen, die niemand hätte übersehen können. Sie bedeckten die Wände, nur von Ölgemälden unterbrochen, die altertümliche Jagdszenen darstellten. Die schweren, dunkelgrünen Vorhänge an den Fenstern, der überladene Schreibtisch und die altmodischen Sessel, die im Zimmer standen, fügten sich zum Bild eines Raumes, der eher aus dem 19. Jahrhundert zu stammen schien, als aus dem Jahr 1966. Das passte jedoch auf seltsame Weise gut zu dem Mann mit dem scharf gezeichneten Gesicht und dem schmalen Bart, der mit bedächtigen Schritten den Raum durchmaß.

Die Tatsache, dass ein Feuer im Kamin flackerte, obwohl es mitten im August war, nahm Vicky in sich auf, ohne erkennen zu lassen, was sie davon hielt. Dabei überlegte sie sich, was dieser Raum und das Feuer über den Mann aussagten. Charles Francis Stuart setzte sich an den Schreibtisch und musterte sie aus blassen, stechenden Augen. Bislang ergab sich für Vicky Quinlivan kein genaues Bild dieses Mannes. Sie musste mehr herausfinden.

»Bitte, nehmen Sie doch Platz«, murmelte Charles Stuart und wies auf einen der Sessel vor seinem Schreibtisch. Mit raschen Schritten ging Vicky zu dem Sessel ließ sich auf der vorderen Hälfte des Sitzes nieder, denn sie hätte leicht zweimal in dem Möbel Platz gehabt. Mit einer eleganten Bewegung schlug sie ihre Beine übereinander, wobei sie gerade etwas mehr Bein sehen ließ, als angemessen war. Die Miene ihres Gegenübers blieb reglos und ließ nicht erkennen, ob er diese Geste zu schätzen wusste. Die kalten Augen des letzten Stuart durchbohrten sie für eine ungewöhnlich lange Zeit, ehe er sie erneut ansprach. Vicky Quinlivan machte das nichts aus. Selbst wenn Stuarts Blicke der Verunsicherung oder gar der Einschüchterung dienten, war sie es gewohnt, dass Männer sie anstarrten.

»Miss Quinlivan also. Aus Tipperary, nehme ich an?«, begann er.

Vicky schüttelte den Kopf, die Frage überraschte sie nicht. »Nein, aus Meath. Meine Familie hat schon immer in Trim gelebt und ist nach der Niederlage von James VII. dort geblieben«, erklärte sie mit einer deutlich hörbaren Spur von Arroganz, wobei sie sich auf eine fast 300 Jahre alte Schlacht bezog, bei der der letzte katholische König Englands seinen Thron endgültig verloren hatte. Viele ehemalige Anhänger des Königs waren geflohen, und nur wenige hatten ihm die Treue gehalten. Stuart sollte wissen, dass sie stolz darauf war, wie ihre Familie zu dem König gehalten hatte.

Wenn der Mann hinter dem Schreibtisch mit seiner

Behauptung recht hatte, war dieser König einer seiner direkten Vorfahren.

Charles Stuart brummte anerkennend. »Sehr schön. Und Sie sprechen Deutsch?«, fragte er und wechselte dabei ins Deutsche.

»Fließend. Ich habe an der Universität Deutsch studiert«, sagte sie in akzentfreiem Deutsch.

»Ja, Ihre vielfältigen Begabungen sind hier vermerkt«, erwiderte Stuart. »Sie alle sprechen für Sie. Daher habe ich erwogen, Ihnen einen Auftrag zu geben, der von größter Wichtigkeit ist, nicht nur für mich, sondern auch für Ihre Heimat. Ihr Auftrag wird Sie dabei nach Hannover führen.« Hannover war kaum mehr als 40 Kilometer von hier entfernt, also konnte es keine Überraschung sein, dass sie ihren Auftrag in der niedersächsischen Landeshauptstadt erledigen sollte.

»Dort werden Sie sich ein Schriftstück von Gottfried Wilhelm Leibniz aneignen. Er war Gelehrter am hannoverschen Königshof und seine Korrespondenz wird in Hannover verwahrt.«

Quinlivan schürzte anerkennend die Lippen. »Einen Brief aus einer staatlichen Institution zu entfernen, wird nicht einfach«, wandte sie ein.

»Das ist mir durchaus bewusst«, knurrte Stuart. »Wenn es einfach wäre, würde ich nicht die Hilfe einer so erfahrenen … Spezialistin, wie Sie es sind, benötigen. Doch haben Sie keine Sorgen, Ihr Honorar wird Sie in jedem Fall für Ihre Mühen entschädigen.«

Vicky Quinlivan lächelte dünn. »Das wird es, da haben Sie recht. Legen Sie auf einen bestimmten Brief wert?«

»Oh ja. Ich habe hier eine Beschreibung seines Aussehens und seines Inhalts. Berichte über den Brief zirkulieren seit Jahren in meiner Familie, aber ich muss endlich das Original in den Händen haben.« Er hielt ein Blatt Papier hoch, machte jedoch keine Anstalten, es ihr zu reichen. Vicky verkniff sich jede Regung und erhob sich, um den Bogen entgegenzunehmen, den sie daraufhin kurz studierte. Von nun an würde sie den Inhalt des Schreibens nicht mehr vergessen.

»Die Briefe liegen schon lange in Hannover, wenn ich mich nicht täusche. Gibt es einen Grund, warum Sie ausgerechnet jetzt den Kontakt zu mir gesucht haben?«

»Ja. Die Niedersächsische Landesbibliothek, wo die Briefe verwahrt werden, hat für Januar nächsten Jahres eine Ausstellung angekündigt, in der einige Briefe von Leibniz gezeigt werden sollen. Das muss verhindert werden, der Inhalt dieses bewussten Briefs darf nicht zu Unzeiten öffentlich werden.« Die sonst so distinguierte Stimme des Mannes klang nach unerwarteter Härte und Entschlossenheit. Wieder ein Element, das Vicky berücksichtigen musste. Charles Francis Stuart schien ein Mann zu sein, der von wenigen Leidenschaften bewegt wurde, aber diese Briefe waren offenbar sehr wichtig für ihn.

»Gut. Ihr Auftrag klingt interessant. Ich werde Auslagen haben, ehe ich ihn übernehmen kann …«

»Sehr wohl«, brummte Stuart und wies auf einen unauffälligen Koffer, der neben ihrem Sessel stand. »20.000 Mark sollten ausreichen, nehme ich an?«

Wieder rührte sich kein Zug in Vicky Quinlivans Miene. Die Summe war ein wahres Vermögen. »Sicher. Also haben wir eine Übereinkunft?«

Stuart senkte einmal kurz die Augenlider, aber das reichte Vicky.

»Wie nehme ich Kontakt mit Ihnen auf?«

»In der absehbaren Zukunft werden Sie mich hier finden.« Er machte eine umfassende Geste, die wohl das ganze Anwesen betreffen sollte, in dem er residierte, obwohl es Vicky schien, dass er von der riesigen Anlage wenige Räume nutzte. »Ich traue Telefonen nicht«, setzte Stuart hinzu, so als sei es ihm gerade erst eingefallen, doch er war ihr erster Klient, der bislang ausschließlich schriftlich mit ihr verkehrt hatte.

»Ich traue den Dingern auch nicht«, erklärte Vicky daher und schenkte ihm ihr strahlendstes Lächeln. »Ich melde mich, wenn ich eine Erfolgsmeldung für Sie habe.« Mit einer ebenso eleganten wie flüssigen Bewegung erhob sie sich und wartete mit demonstrativer Geduld, bis Charles Stuart hinter dem Schreibtisch hervorgekommen war.

Seltsam, dachte sie, dass dieser Mann erst Mitte 40 sein sollte. Er wirkte viel älter.

Er war wirklich ein ungewöhnlicher und undurchschaubarer Klient. Diese Tatsache hatte allerdings keinen Einfluss auf ihre Entscheidung gehabt, diesen Auftrag anzunehmen. Der entscheidende Faktor befand sich in dem kleinen Lederkoffer, den sie in ihrem Roadster, einem roten Lotus Elan, verstaute. Und dort, wo die 20.000 Mark herkamen, war mehr zu holen, dessen war sie sich sicher.

Mit derselben freudigen Erregung, mit der sie jedem neuen Auftrag begegnete, wendete sie den Wagen und raste mit einer unvernünftigen Beschleunigung die Straße entlang, die sie zur Bundesstraße nach Hannover bringen würde.

KAPITEL ZWEI

Donnerstag, 15. September 1966

Jarre Behrend seufzte tief, als er auf die kleine Gruppe sah, die sich vor ihm im Hof des Schlosses Marienburg, dem malerischen Sitz der Welfen, versammelt hatte. Für einen Moment wünschte er sich sogar, Prinzessin Victoria Luise, die das Schloss bis zum letzten Jahr bewohnt hatte, sei nie in das Kloster Riddagshausen gezogen, weil ihm so dieser Besuch erspart geblieben wäre. Als die Prinzessin hier gelebt hatte, wäre es niemandem eingefallen, das Schloss zu besichtigen.

Dabei waren die acht interessiert dreinblickenden Herrschaften, die ihm gegenüberstanden, nicht unfreundlich, eher im Gegenteil. Vielleicht lag es daran, dass sie alle den Zenit ihres Lebens überschritten hatten, um es einmal freundlich zu beschreiben. Als er vor zwei Jahren sein Reiseunternehmen gegründet hatte, waren ihm jedenfalls nicht diese Klienten in den Sinn gekommen, das wusste er. Er hatte an Menschen gedacht, die die Kulturschätze Deutschlands zusammen mit einer Prise Abenteuer genießen wollten. Vier goldbehängte Amerikanerinnen mit viel zu großen Brillen und deren Männer gehörten nicht in diese Zielgruppe, das war klar. Er fragte sich dennoch, ob das der einzige Grund war, warum diese ausgesprochen arglosen Touristen ihn so irritierten. Vielleicht lag es daran, dass er einfach nicht mit der naiven, selbstvergessenen Sturheit der Amerikaner zurechtkam.

Da war zum Beispiel Tammy Merriweather. Tammy war 72 Jahre alt und mit ihrem Mann Willard unterwegs. Die beiden waren eigentlich ein liebenswertes altes Ehepaar, aber Tammy war nun einmal nicht von der Idee abzubringen, dass Jarre kein Englisch sprach, da er ja schließlich Deutscher war. Dass Jarre den ganzen Tag mit ihr akzentfreies, geläufiges Englisch redete und drei Jahre in London gelebt hatte, schien ihre Meinung in keiner Weise zu beeinflussen. Jedes Mal, wenn sie sich an ihn wandte, benutzte sie die einfachsten Sätze und sprach besonders laut und deutlich mit möglichst vielen Pausen, damit er sie ja verstand. »Verstehen?«, war immer die Frage, mit der sie abschloss, wobei das mehr wie ›Varstäään?‹ klang. Natürlich verstand Jarre sie, jedoch hatte er ihr das bis jetzt nicht klarmachen können.

Oder Bruce Cartwright. Der pensionierte Buchhalter war ein weit gereister, weltgewandter Mann, der die Sehenswürdigkeiten, die Jarre der Gruppe präsentierte, von allen am ehesten zu schätzen wusste. Trotzdem hatte er Jarre heute Mittag in fassungsloses Staunen versetzt, als er darum gebeten hatte, doch einmal echt amerikanisches Essen auf den Speiseplan zu setzen. Pflichtschuldigst hatte Jarre ein gutes Restaurant vorgeschlagen, das in der Nähe von Nordstemmen lag und leckere Steaks servierte. Aber nein, Bruce wollte kein Steak, sondern echt amerikanisches Fast Food, Pizza eben.

»Pizza?«, hatte Jarre verblüfft gefragt.

»Ja, Pizza. Das beliebteste amerikanische Fast Food, wenn man einmal von diesen blöden Burgern absieht«, hatte Bruce erklärt und hinzugefügt, dass kürzlich auch in seiner Nachbarschaft eine Filiale von Pizza Hut aufgemacht habe. Man sehe sie überall in den USA, und er würde sich freuen, hier eine original amerikanische Pizza zu essen.

Jarre sah ihn verständnislos an. Er fuhr gerne nach Italien und hatte des Öfteren eine Pizza gegessen, als einen Gang von vielen, allerdings war ihm nie bewusst gewesen, dass Amerikaner Pizza dorthin exportiert hatten. Vielleicht hatte sie ja Kolumbus von einer seiner Reisen nach Italien mitgebracht? Und warum die Amerikaner ihren Pizzavarianten so seltsame Namen wie Capricciosa oder Quattro Stagioni gegeben hatten, blieb ihm ein Rätsel. Für einen Moment fragte Jarre sich, ob er mit Bruce darüber diskutieren sollte, aber er machte es natürlich nicht. Er wusste, wann eine Schlacht verloren war. Seufzend hatte Jarre daher ein Telefonbuch gewälzt und ein italienisches Restaurant gefunden, und alle waren zufrieden gewesen.

Zu seiner Verteidigung konnte Jarre nur vorbringen, dass das mit den Amerikanern nicht seine Idee gewesen war. Dafür war Onkel Josh verantwortlich. Obwohl es genau genommen Annas Onkel Josh war, hatte Jarre sich gegen seine Bitte nicht wehren können. Seit der haarsträubenden Geschichte, bei der Anna Winter und er vor einem Monat verloren gegangene Teile des Welfenschatzes wiedergefunden hatten, war Josh Bingham, Mitarbeiter der CIA, zu einem kleinen Problem geworden. Er hatte ihnen wertvolle Tipps gegeben, die ihnen geholfen hatten, zwei brutale Morde aufzuklären, die über 20 Jahre auseinanderlagen. Aber das hatte seinen Preis.

Kaum zwei Wochen nachdem der Fall abgeschlossen war, hatte er bereits die Gegenleistung eingefordert. Höflich, aber unmissverständlich hatte er die Bitte geäußert, dass Jarre für ein paar Verwandte seiner Frau eine Reise zu den schönsten Orten Niedersachsens veranstalten solle. Obgleich Jarre auf solche Reisen nicht wirklich vorbereitet war, hatte er eingewilligt.

Während die vier Pärchen ihn alle aufmerksam und erwartungsvoll ansahen, erklärte er in einfachen Worten die Bedeutung von Schloss Marienburg. Er berichtete davon, dass bis vor Kurzem eine Tochter von Kaiser Wilhelm II. hier gewohnt habe, was Applaus hervorrief. Prinzessinnen waren den Amerikanern immer willkommen, trotzdem erwähnte Jarre vorsichtshalber nicht, dass die Prinzessin bereits 74 Jahre alt war. Dann erzählte er, dass das über einhundert Jahre alte Schloss höchstens ein Drittel der Zeit bewohnt worden war. Keine Miene rührte sich bei dieser recht erschreckenden Bilanz, stattdessen klickten ein paar Kameras. Jarre seufzte innerlich. Wenn er jetzt noch die Frage hörte, was die Marienburg eigentlich mit den amerikanischen Marines zu tun habe, würde er endgültig aufgeben, das wusste er.

Er konnte nicht ahnen, dass es schlimmer kommen würde. Diesmal war es Marybeth Bingham, die die entsprechende Bemerkung machte. Sie war halb taub und die Älteste der Gruppe. Sie kleidete sich mit Vorliebe in weite, fließende Blusen und farblich nicht dazu passende Röcke, und heute hatte sie keine Ausnahme gemacht. Zu einer pinkfarbenen Bluse trug sie einen hellgrünen Rock, mehrere Bernsteinketten, eine riesige Sonnenbrille und zusätzlich einen übergroßen, dunkelgrünen Strohhut, den sie auf ihre unzerstörbaren hellblauen Locken gesteckt hatte. Sie deutete mit einem strahlenden Lächeln auf den Burghof mit den vielen gotischen Fenster und Türme, die den Hof umgaben, bevor sie sich an Jarre wandte. »Das ist wirklich herrlich«, teilte sie ihm auf Englisch mit. »Fast so schön wie Disneyland!«

Jarre starrte sie eine Weile an. Es gab Vergleiche, die sich von selbst verboten, zumindest für einen Kunsthistoriker, der einen gewissen Rest Selbstachtung behalten hatte. Das hier war einer davon. »Ich muss doch sagen ...«, fing er an, unterbrach sich allerdings.

Es wäre nicht professionell, das zu sagen, was er sagen wollte. Also traf er eine Entscheidung, die seiner und Marybeth' Gesundheit nur förderlich sein konnte. Er beschloss, es sein zu lassen. Er würde gehen, und das war es. Es gab Wichtigeres, so wie den Anruf von Werner Heidenreich, der ihn heute Morgen aus dem Bett geholt hatte. Werner hatte ihn um Hilfe gebeten, und es war nicht richtig, ihn weiter hinzuhalten, immerhin war Werner sein ältester und bester Freund. So jedenfalls rechtfertigte Jarre sich selbst und war dabei recht überzeugend. Er lächelte Marybeth knapp an, drehte sich um und verschwand.

Mit langen Schritten ging er quer über den Hof zu dem Café am Eingang. Dort saß Ingo Westphal, der in den letzten Tagen erstaunlich klaglos die acht Amerikaner in seinem Kleinbus chauffiert hatte. Immer wenn Jarre größere Gruppen zu betreuen hatte, engagierte er Ingo als Fahrer, da er durch fast nichts zu erschüttern war. Ingo war mit seinen 50 Jahren und den markanten 150 Kilo einer der gutmütigsten Menschen, die Jarre kannte, und trotzdem würde das, was er tun musste, schwierig werden.

Er überlegte kurz, was zu tun sei, und ging an die Theke, um für einen Moment mit der Wirtin zu sprechen. Danach setzte er sich mit ernstem Gesicht an Ingos Tisch und sah ihn durchdringend an.

»Hattest du schon einen Kaffee? Einen richtig starken, meine ich«, fragte er ohne weitere Einleitung.

Ingo hob den Kopf und wirkte etwas irritiert. »Ja, warum?« Dann erst nahm er Jarres Gesicht wahr. »Oh Gott, nein! Ist etwas mit dem Bus?«

»Nein, keine Sorge, der Bus ist in Ordnung. Und dir selbst … Dir geht es doch gut, oder?«

»Ja, verdammt«, erboste Ingo sich. »Also, Jarre, rede nicht um den heißen Brei herum. Sag mir, was los ist. Ist einer von den alten Herrschaften gerade gestorben?«

»Nein, nein. Noch nicht. Ich wollte auf jeden Fall sichergehen, dass es dir gut geht. Weißt du, sie gehören jetzt nämlich dir.«

»Was? Wer gehört mir?«

Jarre machte mit dem Kopf eine Bewegung in Richtung Hof. »Die dort draußen.«

»Die Amerikaner?«

Jarre fragte sich, ob das Unglaube oder Panik war, was er gerade aus Ingos Stimme raushörte. Doch das war inzwischen egal. »Es geht nicht anders. Ich muss weg«, erklärte er knapp mit einer Miene, die keinen Widerspruch duldete.

»Du machst Scherze! Ich kann die Gruppe doch nicht einfach übernehmen. Ich kann gar kein Englisch!«, protestierte Ingo mit wenig Überzeugung.

Jarre lächelte dünn. »Das erwarten sie auch gar nicht. Ich kann wirklich nicht bleiben. Also, sei ein Schatz, bring die Truppe nach Hannover zum Essen und danach wieder ins Hotel. Mehr steht für heute sowieso nicht auf dem Programm. Das schaffst du ganz locker.«

»Von wegen! Ich ...«

Jeglicher Widerspruch war vergebens. Jarre war schon aufgestanden und hatte Ingo freundschaftlich auf die Schulter geklopft. »Du bist ein echter Freund. Danke«, murmelte er und war gleich darauf verschwunden.

Ehe Ingo etwas hinter ihm herrufen konnte, erschien wie aus dem Nichts die Wirtin neben ihm und stellte einen doppelten Doornkaat vor ihn auf den Tisch.

»Der Herr Behrend, der gerade gegangen ist, der meinte, den würden Sie brauchen«, erklärte sie.

Verwirrt sah Ingo auf den Doornkaat, dann auf die Tür, durch die Jarre gegangen war. Schließlich ließ er einen tiefen Seufzer hören und trank den Schnaps. Immerhin, das musste man Jarre lassen, er wusste, wie man Leute überredete.

Jarre brachte die knapp 30 Kilometer von der Burg bis nach Hannover in wenig mehr als einer halben Stunde hinter sich, was bei der Verkehrslage einen neuen Rekord darstellte und bestimmt mehr als eine Ordnungswidrigkeit beinhaltete. Doch das war Jarre egal, denn er hatte es eilig. Er parkte den Wagen auf der Straße, gleich hinter der Kirche, die gegenüber dem imposanten Gebäude stand, in dem Werner Heidenreichs Büro lag.

Das barocke Gebäude beherbergte das Hauptstaatsarchiv des Landes Niedersachsen, wie es sich mit einer gewissen bombastischen Selbstverliebtheit nannte. Der prächtige Bau war bereits 1713 von Remy de la Fosse als Bibliothek erbaut worden und steckte voller Tradition. Doch es gab Pläne, die Bibliothek aus Platzgründen in einem anderen Gebäude unterzubringen. Da die Hannoveraner es nicht einmal schafften, ihre U-Bahn zu bauen, würde jedoch eine neue Bibliothek sicher auf sich warten lassen. Jarre sah hinüber zum Waterlooplatz, wo seit fast einem Jahr ein großes Loch klaffte. Das ambitionierte Vorhaben, eine U-Bahn zu bauen, war nach ein paar Monaten wieder eingestellt worden, da die Mittel für den Weiterbau fehlten. Jarre seufzte und fragte sich, ob jemals weitergebaut werden würde oder ob sie auch zu den Ruinen gehören würde, die die aktuelle Finanzkrise hinterließ.

Er betrat das Archiv, wo er schon oft nach Unterlagen über verschwundene Kunstschätze geforscht hatte, und wurde ohne Umstände zu Werner Heidenreichs Büro vorgelassen. Jarre trat ein, wie immer ohne anzuklopfen, und nahm auf einem Stuhl vor Werners Schreibtisch Platz.

»Hallo«, sagte Werner schlicht. Er kannte Jarre und war daher von seinem unangekündigten Erscheinen nicht überrascht.

Jarre nickte knapp. »Also gut, hier bin ich«, kam er gleich zur Sache. »Dein Anruf von heute Morgen hat mir keine Ruhe gelassen, sodass ich sogar meine Reisegruppe im Stich gelassen und sie auf der Marienburg ausgesetzt habe. Ich hoffe also, du hast wirklich ernste Probleme.«

»Du hast die Amerikaner stehen gelassen?«, staunte Werner.

»Genau. Wenn wir uns also demnächst im Krieg mit Amerika befinden, weißt du, warum.« Werner wirkte etwas durcheinander. »Erzähl mir also, was los ist und wie ich dir helfen kann. Fang zum Beispiel damit an, warum du es für nötig gehalten hast, mich vor acht Uhr morgens anzurufen, was normalerweise mit der Reichsacht bestraft wird.«

»Tut mir leid, dir das sagen zu müssen, aber du bist kein Kaiser und kannst die Reichsacht nicht einfach so verhängen. Das ist bereits in der Constitutio Criminalis Carolina so geregelt. Das war irgendwann in den 1530er-Jahren, wie du dich sicher erinnerst.«

»Man sollte einem Bibliothekar gegenüber nicht mit geschichtlichen Begriffen scherzen«, stellte Jarre fest.

»Bibliothekare scherzen sowieso nicht, wenn sie im Dienst sind.«

»Vermutlich. Also, was ist los? Was hast du für Probleme?«

»Ich weiß gar nicht, wo ich anfangen soll«, murmelte Werner und fasste sich dann ein Herz. »Du weißt doch, dass wir den gesamten Nachlass von Leibniz in der Bibliothek haben?«

Natürlich wusste Jarre das. Der gesamte schriftliche Nachlass des berühmten Universalgelehrten wurde in der Landesbibliothek verwahrt, da sie aus der ehemaligen Herzoglichen und Kurfürstlichen Hofbibliothek der hannoverschen Könige hervorgegangen war.

»Der Nachlass ist äußerst umfangreich und wurde bisher weder komplett gesichtet noch veröffentlicht. Insgesamt sind das 200.000 Blätter, allein die Briefe sind schon Legion, etwa 15.000 Stück«, erklärte Werner.

Jarre war beeindruckt. »Der Mann war wirklich fleißig«, murmelte er, da er nicht wusste, worauf sein Freund hinauswollte.

»Für Leibniz war Schreiben und Denken eins. Er hat seine Gedanken stets schriftlich fixiert und deswegen ist sein Nachlass von so großer Bedeutung für die Geistes- und Kulturwissenschaftler Europas und der westlichen Welt. Leibniz' Einfluss auf die Wissenschaft des 18. Jahrhunderts war enorm.«

»Das ist ohne Zweifel wahr. Aber was hat das mit deinem Problem zu tun?«

»Nun, wir wollen nächstes Frühjahr eine Ausstellung über seinen Briefwechsel eröffnen. Du weißt, im November jährt sich Leibniz' Todestag zum 250. Mal, und das ist für uns der Anlass, auf seine schriftliche Hinterlassenschaft aufmerksam zu machen.« Werner schluckte. »Mein Chef hat mich gebeten, diese Ausstellung zusammenzustellen.« Erneut schwieg Werner für einen Moment. Jarre unterbrach ihn nicht, denn er merkte, dass sein Freund Zeit brauchte, um die Geschichte zu erzählen, die ihn so bewegte. Also ließ er ihm diese Zeit.

»Das ist eine große Ehre und eine schwierige Aufgabe zugleich, wenn man bedenkt, wie bedeutend und fragil viele der Briefe sind«, fuhr Werner fort. »Ich muss mich darum kümmern, wie die Briefe ausgestellt werden, und ich muss auch entscheiden, was gezeigt wird.«

Jarre überraschte das nicht. In Instituten, die mehr Geld zur Verfügung hatten als die Landesbibliothek, kümmerten sich ganze Kommissionen um diese Aufgabe, aber in diesem Fall war es Werner, der die Arbeit allein machen musste.

»Ich habe also ein Konzept entwickelt, das einige wichtige Bereiche seiner wissenschaftlichen Arbeit herausgreift, die mit praktischen Dingen verdeutlicht werden können.«

»So wie die Rechenmaschine, die er gebaut hat?« Jarre wusste, dass von dieser komplizierten Maschine mindestens ein Modell in der Bibliothek stand.

»Zum Beispiel. Natürlich sollte ein Bezug zu Hannover dabei sein. Ein Thema, das ich herausstellen möchte, ist sein Briefwechsel mit der Kurfürstin Sophie.«

Jarre hob die Augenbrauen. Als er jedoch darüber nachdachte, war er sofort überzeugt, dass das eine gute Idee war. In Hannovers Geschichte gab es kaum eine interessantere Figur als Sophie, Prinzessin von der Pfalz, die als Herzogin und Kurfürstin von Braunschweig-Lüneburg eine wichtige Figur der hannoverschen Geschichte war. Sie war außerdem die Mutter von Georg I., des ersten englischen Königs aus dem Hause Hannover, und galt als eine der intelligentesten Frauen ihrer Zeit. Sie beherrschte mehrere Sprachen und hatte die Werke von Philosophen wie Descartes oder Spinoza studiert. Daher war es nicht verwunderlich, dass sie eine tiefe Freundschaft mit Leibniz verbunden hatte, der hauptsächlich ihretwegen so lange am hannoverschen Hof geblieben war. Der Universalgelehrte betrachtete sie als einzige Person, die ihm geistig ebenbürtig war.

»Ich habe ihren Briefwechsel gesichtet, und bei mehr als 15.000 Briefen kannst du dir vorstellen, dass man gelegentlich auf Dinge stößt, von denen bislang nichts bekannt war.« Werner hielt kurz inne, und Jarre sah ihn interessiert an, denn er wusste, dass sein Freund zur Sache kam.

»Du hast also eine überraschende Entdeckung gemacht und bislang unbekannte Briefe gefunden?«, fragte er neugierig.

Werner nickte, und in seiner Geste glaubte Jarre eine Spur Stolz auszumachen. »Ja, das habe ich. Es gibt einen Grund, warum die Briefe, die ich gefunden habe, nicht eher entdeckt wurden. Meine Vorgänger von der Herzoglichen und Kurfürstlichen Hofbibliothek haben nicht immer nach den Standards gehandelt, die wir heute für selbstverständlich erachten«, erklärte er. »Daher sind einige von Leibniz' Briefen an Sophie in einer Mappe gelandet, von der wir glaubten, dass sie lediglich ein paar Skizzen zu einem Nebenaspekt von Leibniz' Geschichte der Welfen enthält. Tatsächlich sind es jedoch unbekannte Briefe, die vermutlich aus der Zeit nach 1700 stammen. Sie sind wirklich außergewöhnlich, und es wäre eine kleine Sensation, sie der Öffentlichkeit zu präsentieren.«

»Warum das?«

»Sie sind in Code.«

Jarre war sich nicht sicher, ob er richtig verstanden hatte. »In Code? Du meinst, so wie bei James Bond?«

Werner lächelte schwach. »Eigentlich schon, wenn man sich einen James Bond mit gepuderter Perücke vorstellen kann.«

»Leibniz war doch einer der führenden Mathematiker seiner Zeit, oder?«

»Ja, er hat zum Beispiel das binäre Zahlensystem erfunden, das in der Wissenschaft immer wichtiger wird.«

Jarre wusste, dass diese besondere Art, Zahlen darzustellen, im Moment sehr wichtig war, um Rechenmaschinen zu bauen, die komplizierte mathematische Aufgaben schneller erledigen konnten als jeder Mensch. Sogar bei Telefunken, hier in Hannover, hatte man begonnen, solche Rechenmaschinen herzustellen.

»Doch darum geht es nicht. Bei den Briefen handelt es sich um einen Code, der mit der Ersetzung von Buchstaben eines Alphabets durch die Buchstaben eines anderen Alphabets arbeitet. Schon Julius Cäsar hat vor über 2.000 Jahren in seinen Geheimbotschaften einfach die Buchstaben ein bisschen verschoben und so das A durch ein D ersetzt, das B durch ein E, das C durch ein F und so weiter.«

Jarre deutete an, dass Werner fortfahren solle. Er hatte schon von diesem System gehört.

»Ich habe ausprobiert, ob die Briefe so verschlüsselt wurden, doch das hat nicht geklappt. Da müssen wir weiterhin forschen.« Werner räusperte sich. »Doch das ist nicht das einzige Ungewöhnliche daran. Das wirklich Interessante dabei ist, dass es darunter einen Brief der Kurfürstin gibt, der ebenfalls in Code ist!«

Jarre setzte sich auf. »Du meinst, Sophie von Hannover, die Herzogin, hat mit dem Hofrat Leibniz verschlüsselte Briefe ausgetauscht?« Das war wirklich ungewöhnlich!

»Ja, genau das. Es ist eindeutig ihre Handschrift. Du verstehst, wie sensationell das ist?«

»Ja, das ist sehr ungewöhnlich. Aber dieser Code ist doch nicht dein Problem, oder? Denn dann bist du bei mir falsch. Ich bin Kunsthistoriker, kein Codebrecher.«

Die lebhafte Aufregung wich aus Werners Miene und machte erneut Platz für die Niedergeschlagenheit, die Jarre schon vorher im Gesicht seines Freundes gesehen hatte. »Nein, das ist wirklich nicht das Problem. Es geht darum, dass die Briefe verschwunden sind.«

»Was heißt verschwunden? ›Verschwunden‹ wie in ›Ich weiß nicht, wo sie sind.‹ oder ›verschwunden‹ wie in ›vermutlich geklaut‹?«

»Geklaut«, murmelte Werner kleinlaut. »Ich habe es heute Morgen gemerkt. Es war ausgerechnet die Mappe mit dem Brief von Sophie, dem wichtigsten Stück. Ich habe daraufhin zweimal alles durchsucht, ohne die Mappe zu finden. Also habe ich dich angerufen, da du dich mit so etwas besser auskennst als ich.«

Zögernd schüttelte Jarre den Kopf. »Ich habe ein paarmal geraubte Bilder wiedergefunden, aber ich bin doch kein Detektiv«, wandte er ein. »Du musst die Polizei rufen.«

»Bist du verrückt?«, fuhr Werner auf. »Dann kann ich doch gleich mein Kündigungsschreiben einreichen.«

»Wieso das denn?«

»Weil ich nicht weiß, ob ich die Mappe wirklich weggeschlossen habe, oder nicht. Es kann sein, dass ich sie nicht sorgsam genug verwahrt habe. Das ist grob fahrlässig. Wenn das rauskommt, habe ich eine Menge Ärger am Hals. Meine Kündigung dürfte dabei das geringste Problem sein.«

»Was soll das heißen, ›wenn das rauskommt‹? Hast du denn noch keinen Alarm gegeben?«

»Nein, verdammt. Ich habe dich angerufen, und ich hatte gehofft, dass das reicht. Ich dachte, du hast vielleicht eine Idee, was geschehen sein könnte.«

Jarre war verblüfft. So kannte er Werner, der immer kühl und rational dachte, nicht. »Kannst du mir genauer sagen, was vorgefallen ist?«, fragte er vorsichtig.

»Ich wünschte, ich könnte es. Ich kann dir nicht einmal sagen, wann genau ich die Mappe zum letzten Mal in der Hand hatte.« Werners Stimme klang unsicher und brüchig.

»Also lass uns mit dem anfangen, was du weißt. Woran erinnerst du dich?«, fragte Jarre entschlossen, um seinen Freund etwas abzulenken.

»Ich habe die Mappe zuletzt am Dienstag an ihrem Platz gesehen. Ich musste eine Aufstellung der Exponate für die Versicherung machen, und natürlich hatte ich die Mappe, als ich damit angefangen habe. Danach habe ich sie aus den Augen verloren, da es Dienstagnachmittag hektisch wurde und ich zwei Anfragen meines Chefs vor unserem Betriebsausflug bearbeiten musste.«

»Euer Betriebsausflug?« Jarre hatte sich bisher nicht vorstellen können, dass Bibliothekare einen Betriebsausflug machten. Wohin sollten sie schon fahren? In eine Buchhandlung vermutlich, dachte er und mahnte darauf sich selbst, ernst zu bleiben.

»Ja, wir hatten gestern unseren jährlichen Betriebsausflug. Eigentlich war er sehr schön, aber ...«

Jarre hob eine Hand. »Nicht so schnell. Haben alle den Ausflug mitgemacht?«

»Sicher. Die Bibliothek blieb geschlossen, und bis auf zwei Kollegen, die erkrankt waren, sind alle mitgekommen.«

»Das heißt, du willst mir sagen, dass du die Briefe Dienstagmittag zum letzten Mal gesehen hast und erst heute Morgen gemerkt hast, dass sie weg sind? Nachdem eure Bibliothek einen Tag lang geschlossen war?«

»Genau so ist es.«

Jarre atmete erleichtert aus. »Wenigstens etwas ... Das klingt doch nicht schlecht«, murmelte er.

»Wieso das?« Werner konnte nicht verstehen, wie sein Freund deswegen erleichtert sein konnte.

»Ich hatte schon befürchtet, dass du die Briefe über Wochen nicht angerührt hast und erst heute gemerkt hast, dass sie weg sind«, erklärte Jarre daraufhin. »Das hier ist viel interessanter, da es uns ein Zeitfenster von bloß 44 oder 45 Stunden lässt, in denen der Diebstahl stattgefunden haben muss. Außerdem war die Bibliothek einen Tag lang nicht besetzt. Das sind schon zwei Ansatzpunkte, die uns vielleicht helfen werden.«

Dankbar registrierte Werner, dass Jarre gerade ›uns‹ gesagt hatte. »Das heißt, du willst mir helfen?«

»Sicher. Es wäre ja schrecklich, wenn du keinen Job mehr hättest. Das würde bedeuten, dass du kein Geld mehr hättest, um dein fantastisches Saltimbocca zu machen, und du könntest dir nicht mehr diesen tollen sardischen Weißwein leisten, den wir neulich getrunken haben. Das kann ich ja wohl nicht zulassen.«

Werner war fassungslos. »Du hilfst mir nicht, weil ich in Not bin, sondern weil du weiter mein Essen schnorren willst? Und damit ich guten Wein im Keller habe?«

»Was denn sonst?« Damit stand Jarre auf. »Also, was ist, zeigst du mir nun den Tatort?«

KAPITEL DREI

Als Jarre Behrend hinter Werner Heidenreich her trabte und dabei die ehrwürdigen Räume des Archivs durchmaß, dachte er an seinen ersten Besuch hier. Damals hatte das Gebäude schon mehr als 200 Jahre lang als Archiv für die Fürsten und Könige von Hannover gedient. Hier ruhten viele Urkunden aus der Zeit, als die Hannoveraner Könige von England waren. Natürlich gab es hier keine riesigen Keller, in denen wacklige Regale bis zur Decke mit alten Pergamenten und Folianten vollgestopft waren. Trotzdem war er wie erschlagen gewesen, als er gesehen hatte, wie sich die barocke Schönheit des Baus, in dem das Archiv untergebracht war, sogar in seinem Inneren fortsetzte. Besonders das hohe, lichte Treppenhaus mit seinem kunstvoll geschwungenen Geländer hatte es ihm damals angetan.

Auch jetzt liefen sie wieder durch das Treppenhaus, bis Werner in einen Gang abbog, dessen schlichte Gestaltung darauf schließen ließ, dass hier der repräsentative Bereich der Bibliothek zu Ende war. Werner machte sich nicht die Mühe, den beiden Kollegen, denen sie begegneten, Jarres Anwesenheit zu erklären. Dazu war das Gesicht des jungen Kunsthistorikers zu bekannt, hatte er doch schon viele Stunden mit den ungewöhnlichsten Recherchen in den Räumen der Bibliothek verbracht.

Jarre selbst konnte seine Blicke kaum von den vielen

Kostbarkeiten nehmen, an denen sie vorbeikamen. In einigen Regalen standen große, wertvoll eingebundene Folianten, deren dunkles Leder abgegriffen war und hell und brüchig erschien. Kleine Klebezettel, die teils handschriftlich die Signaturen verkündeten, die schon jahrhundertealt und sicher längst überholt waren. Tatsächlich entdeckte Jarre als Nächstes Sammelbände für eine Zeitschrift, deren Veröffentlichung vor über hundert Jahren eingestellt worden war.

In dem verwirrenden Durcheinander der Gänge gelangten sie schließlich in die innersten Eingeweide des Flügels, der die Magazine mit den Schätzen der Bibliothek beherbergte. Kurz darauf passierten sie eine imposante Stahltür, die aufwendig gesichert war und hinter der sich die nahezu unbezahlbaren Handschriften der Bibliothek befanden.

»Das ist also eure Schatzkammer?«, fragte Jarre, als Werner die Tür aufschloss.

»Ja, hier sind einige unserer interessantesten Handschriften verwahrt. Viele von ihnen haben schon Aufsehen erregt und sind in wunderbaren Monografien beschrieben worden.«

Jarre schmunzelte unwillkürlich, als er Werners Antwort hörte, die so gar nichts mit dem schnöden Mammon zu tun hatte, an den er selbst gedacht hatte. Ihn beschlich erneut das Gefühl, als würden Bibliothekare in einer speziellen Welt leben, in der Kataloge und der einfache Zugang zu Informationen wichtiger waren als die lästige Jagd nach Geld, die die Welt außerhalb der Bibliothek bestimmte. Die wenigen Bibliothekare, die sich mit der Beschaffung von Mittel und der Finanzierung von Projekten befassen mussten, sahen jedenfalls immer besonders unglücklich aus, fand er.

»Wir würden gerne mehr unserer Schätze ausstellen, aber das ist alles eine Frage der Mittel, da die Sicherung der Sachen enorm aufwendig und teuer wäre«, erklärte Werner gerade.

Das war das ewige Leid eines jeden, der mit Kunst und Kultur zu schaffen hatte, das wusste Jarre. Rüstungsprojekte waren immer schneller durchzusetzen als die Anliegen der Kulturschaffenden. Er dachte an die unselige Starfighter-Affäre, bei der der ehemalige Verteidigungsminister Strauß für viel Geld einen Haufen Flugzeuge gekauft hatte, die seitdem ständig herunterfielen. Allein letztes Jahr waren 27 Starfighter abgestürzt. Das Resultat waren 17 Tote – ein schrecklicher Preis für die staatliche Verschwendungssucht. Wäre das Geld stattdessen für Bibliotheken ausgegeben worden, hätte es keine Menschen zu betrauern gegeben und allen wäre es besser ergangen, fand Jarre. Er wurde aus seinen Gedanken gerissen, als Werner stehen blieb und sich wieder an ihn wandte.

»Wir haben über tausend Briefe von Leibniz im Archiv, die sich innerhalb von speziellen Beständen befinden. Das heißt, wenn Leibniz einer bestimmten Behörde einen Brief geschrieben hat, ist dieser Brief in den Akten dieser Behörde zu finden. Daher gibt es nicht einen bestimmten Platz, an dem die Briefe verwahrt werden.« Jarre brummte unbestimmt, um zu zeigen, dass er brav zugehört hatte. »Wie gesagt, ich habe die Briefe in einem Bestand entdeckt, in dem wir gar keine Briefe erwartet hatten. Ich werde dir zeigen, wo wir sie verwahrt hatten.«

Der Stahlschrank, den Werner ihm gleich darauf zeigte, war in keiner Weise etwas Besonderes. Es war eine graue Konstruktion aus Stahlblech und stammte von Bode-Panzer, einem hannoverschen Unternehmen. Er war mit einfachen Schlössern gesichert, die man mit etwas Geduld wohl mit einer Haarnadel knacken konnte, bildete Jarre sich ein. Unter ›Vertrauen erweckend‹ und ›sicher aufbewahrt‹ stellte er sich jedenfalls etwas anderes vor.

Werner öffnete den Schrank und zog eine der Schubladen heraus. »Die Briefe sind sortiert und kategorisiert, sodass immer eine Reihe zusammengehöriger Briefe in einer speziellen säurefreien Mappe gelagert wird«, erklärte er. »Um einen kompletten Briefwechsel ansehen zu können, muss ein Nutzer die Mappe entnehmen. Lesen darf er die Briefe nur unter Aufsicht eines meiner Kollegen. Natürlich muss er dazu Handschuhe tragen, und jede Art von Notizen sind verboten, damit die Briefe nicht aus Versehen mit einem Kugelschreiber oder Schlimmerem beschädigt werden.«

»Du selbst hast die Briefe nicht hier gelesen …?«

»Nein, ich bin auch kein Nutzer. Angestellte der Bibliothek, die mit den Briefen arbeiten müssen, um sie zu restaurieren oder zu katalogisieren, können das in einem der Arbeitsräume machen, selbstverständlich unter Berücksichtigung der gleichen Vorsichtsmaßnahmen.«

»Und die Rückgabe? Wird die kontrolliert?«

»Wenn einer von uns eine Mappe entnommen hat, zeichnet er das mit seinem Namen ab, und natürlich müssen wir die Briefe wieder wegschließen«, bekannte Werner, wenn auch etwas zögerlich.

»Gut. Das heißt, du hast die Briefe hier entnommen und bist danach in einen eurer Arbeitsräume gegangen?«
»Ja.«
»Und? Zeigst du mir den Raum noch?«
»Sicher …« Wieder ging Werner voraus. Schließlich betraten sie einen Raum, der etwas abseits der eigentlichen Magazinräume einen ruhigen Platz zum Arbeiten bot. Mit ein paar Metallschreibtischen, hellen Lampen und einigen abgenutzten Bürostühlen war der Raum zweckmäßig eingerichtet, jedoch fern davon, gemütlich zu sein. Die Decke war stuckverziert, und die Fenster schienen aus der gleichen Zeit zu stammen wie der Stuck. Jarre machte eine entsprechende Bemerkung, worauf Werner ihn mit einem indignierten Blick maß.
»Ganz so ist es ja auch wieder nicht. Die Fenster wurden nach dem Krieg eingesetzt und sind solide. Sie wurden nicht beschädigt, darauf habe ich geachtet, als ich heute Morgen festgestellt habe, dass die Briefe nicht mehr an ihrem Platz waren.«
Jarre hörte nicht richtig zu, da er das Gleiche bereits herausgefunden hatte. Man musste kein Einbruch-Experte sein, um zu erkennen, dass die schweren Fensterflügel unbeschädigt waren.
»Gut. Lass uns doch einmal durchgehen, was du am Dienstag mit den Briefen gemacht hast. Wo hast du sie entnommen?«
»Aus dem Schrank, den du gesehen hast.«
»Und du hast sie hierher gebracht, um mit ihnen zu arbeiten?«
»Genau.«
»Und weiter?«

»Bevor ich fertig war, kam ein Anruf meines Chefs, der wollte, dass ich zwei dringende Anfragen vor unserem Betriebsausflug erledige. Das habe ich natürlich gemacht.«

»Und? Hast du die Briefe daraufhin wieder weggeschlossen?«

Werner senkte den Kopf. »Nein. Ich denke, ich habe sie im Schreibtisch eingeschlossen und das Büro verlassen, da ich vorhatte, an dem Tag wiederzukommen. Ich dachte, ich würde genug Zeit haben, um meine Arbeit zu Ende zu bringen. Der Auftrag meines Chefs war leider schwieriger als gedacht, sodass ich das nicht mehr geschafft habe. Die Briefe sind also hier im Schreibtisch geblieben.«

»Was ja keine echte Nachlässigkeit ist. Mit den Türen, durch die wir gekommen sind, gibt es allein schon vier Sicherungen, die man überwinden muss, ehe man die Briefe in den Händen halten kann. Das sollte eigentlich ausreichen, jeden Dieb abzuschrecken, zumal der Dieb ja erst einmal wissen musste, dass du hier mit den Briefen arbeitest und dass du sie für einige Zeit hier einschließen würdest. Kein Plan kann so etwas voraussehen.« Er seufzte und ließ sich auf einen der Stühle vor dem Schreibtisch sinken. »Das klingt für mich nach ziemlich vielen Unwägbarkeiten für einen Diebstahl.«

»Zu dem Schluss bin ich schon gekommen.«

Jarre grinste. »Etwas anderes hätte mich auch überrascht. Deswegen hast du ja mich angerufen.« Er wies auf die Tür. »Hattest du die Tür verschlossen? Sie ist unbeschädigt und wurde bestimmt nicht mit Gewalt geöffnet.«

Werner schüttelte den Kopf. »Einige von meinen Kollegen haben den Raum mit mir genutzt und sind hier ein und aus gegangen. Da habe ich den Raum offen gelassen, als ich ging. Einer von ihnen war noch im Raum.«

»Ah ja … Vermutlich ein überaus vertrauenswürdiger Kollege?«

»Ja, natürlich!«

»Und sonst ist dir nichts Besonderes aufgefallen? Irgendjemand, der hier fehl am Platz war?«

Werner schüttelte erneut den Kopf. »Wenn das so einfach wäre, würde ich allein damit fertigwerden. Ich brauche ungewöhnliche Ideen, nicht irgendwelche, die auch die Polizei haben würde.«

»Das ist das Netteste, was du mir je gesagt hast«, stellte Jarre trocken fest. »Dann weißt du sicher, dass im Moment nur deine Kollegen als Verdächtige übrig bleiben?«

»Ja, verdammt, das weiß ich. Und das ist ja auch das Problem. Ich glaube nämlich keinen Augenblick, dass einer von denen, die wussten, dass ich an den Briefen arbeite, damit zu tun hat. Ich vertraue jedem von ihnen vollkommen, denn ich kenne alle schon seit vielen Jahren«, eiferte sich Werner.

Jarre hob eine Hand. »Ist ja schon gut. Ich gehe davon aus, dass du genau geprüft hast, ob nicht Unachtsamkeit etwas damit zu tun hat. Ist es möglich, dass die Briefe zusammen mit deiner Zeitung im Müll gelandet sind? Oder dass sie einfach irgendwo auf einem Schrank liegen, wo du sie gerade hingepackt hast, weil du keine Hand frei hattest?«

»Natürlich nicht! Damit hat das alles nichts zu tun.«

»Ich musste das fragen. Wer weiß denn überhaupt davon, dass du Briefe von Leibniz gefunden hast, die in Code geschrieben wurde?«

Werner kratzte sich am Hinterkopf. »Ich fürchte, ich habe schon einigen Fachkollegen gegenüber ein paar Andeutungen gemacht.«

»Einigen? Was heißt das? Gegenüber wie vielen genau?«

»Gegenüber einer Konferenz. Vor einem Monat.«

Jarre schnappte nach Luft. »Das meinst du nicht ernst, oder?« Der leicht verzweifelte Blick seines Gegenübers sagte ihm, dass er es sehr wohl ernst meinte.

»Ich glaube, die Andeutungen, die ich während meines Vortrags gemacht habe, waren nicht sehr subtil. Wenn man annimmt, dass die Hälfte der Anwesenden meine Hinweise verstanden hat, dann wissen etwa 300 Leute Bescheid.«

Jarre atmete tief durch und schluckte ein halbes Dutzend Bemerkungen hinunter. »Das macht es nicht gerade einfacher, oder?«, fragte er bitter. Wütend hieb er mit der flachen Hand auf einen der Schreibtische und äußerte ein nicht zitierfähiges Wort.

Werner tat das einzig Richtige und sagte nichts. Es beunruhigte ihn dennoch sehr, wie aufgebracht Jarre war. Die Aussichten, den Brief rasch zu finden, sanken wohl gerade.

»Vielleicht solltest du doch die Polizei rufen«, murmelte Jarre. »Die wird schon wissen, was zu tun ist, und die richtigen Maßnahmen ergreifen – dich einsperren, zum Beispiel.«

»Was soll das heißen? Meinst du etwa, ich stelle alle meine Kollegen unter Generalverdacht und erzähle keinem mehr etwas von den Ergebnissen meiner Forschung, nur weil ich annehmen muss, dass mir sonst die Früchte dieser Arbeit umgehend unter den Fingern weggestohlen werden?«

Jarre winkte mit einer müden Geste ab. »Vergiss es. Ich bin irritiert, weil wir plötzlich statt gar keinem Verdächtigen eine halbe Kleinstadt voller Verdächtiger haben. Nein, im Ernst, wir müssen die Sache anders angehen. Wir müssen rausfinden, worum es in den Briefen geht. Dann erfahren wir hoffentlich, ob es einen Grund gibt, ausgerechnet diese Briefe zu stehlen. Außerdem müssen wir herausfinden, ob es einen Schwarzmarkt für gestohlene Briefe von Leibniz gibt. Vielleicht war ja einfach Geld das Motiv.« Er seufzte. »Ich weiß ja, wo ich Erkundigungen einziehen muss, wenn es um besessene Bildersammler geht. Bei Briefen bin ich etwas überfragt. Ich habe lediglich eine sehr vage Idee, wo wir anfangen können, und dazu muss ich mehr über die Briefe wissen.«

Werner schien zu überlegen. »Ich kann dir ein paar Fotografien der Briefe geben, die der Konservator gemacht hat. Vielleicht helfen die uns weiter.«

»Bestimmt! Damit wäre der Fall so gut wie gelöst«, behauptete Jarre mit falschem Optimismus und einer gehörigen Portion Ironie.

Werner wusste, dass er diese Spitze verdient hatte. Er schloss den Arbeitsraum wieder ab und führte Jarre in sein Büro.

Sie hatten das Büro schon fast erreicht, als sich eine Tür weiter vorn öffnete und eine große, dunkelhaarige Frau herauskam. Jarre blieb unwillkürlich stehen, um die attraktive Frau passieren zu lassen und um ihr ein paar bewundernde Blicke zuzuwerfen. Werner ließ sich von dem ansehnlichen Äußeren der Frau nicht beirren. Offenbar kannte er sie, denn er begrüßte sie lediglich mit einem halbherzigen Lächeln, als sie vorbeiging.

Nachdem Werner die Tür seines Büros hinter sich geschlossen hatte, stieß Jarre leise einen anerkennenden Pfiff aus.

»Das war Victoria Quinlivan von der Versicherung«, sagte Werner, der genau wusste, wem dieser Pfiff galt.

»Versicherungsagenten wurden enorm verbessert, seit ich das letzte Mal mit einem gesprochen habe«, kommentierte Jarre, der sich auf dem Stuhl niederließ, den Werner für seine Besucher vorgesehen hatte.

Werner warf ihm einen missbilligenden Blick zu, während er in einer Schublade nach den Fotografien der gestohlenen Briefe suchte. »Sie ist keine Agentin, sie ist eine Versicherungsdetektivin, die mit mir zusammen an dem Sicherheitskonzept für die Ausstellung arbeitet. Ausgerechnet sie wollte ich im Augenblick nicht treffen. Sie stammt übrigens aus Irland.«

»Trotzdem, nicht schlecht«, bemerkte Jarre und wartete geduldig, bis sich sein Freund durch einen großen Stapel Papiere gearbeitet hatte, um die Fotografien zu finden. Er wollte schon eine Bemerkung über das ungewohnte Chaos machen, als es klopfte. Überrascht sah Werner auf, und ehe er etwas antworten konnte, öffnete sich die Tür zu seinem Büro und Vicky Quinlivan betrat das kleine Zimmer. Einen halben Meter vor Werners Schreibtisch blieb sie stehen.

»Kann ich einen Moment mit Ihnen sprechen?«, fragte sie Werner. »Als ich Sie eben auf dem Flur traf, dachte ich, das ist eine gute Gelegenheit, Sie abzupassen.«

»Gewiss«, murmelte Werner. »Darf ich Ihnen vorher Dr. Behrend vorstellen? Er ist Kunsthistoriker und berät mich bei einigen Fragen bezüglich der Ausstellung. Wenn es Ihnen nichts ausmacht, können wir alles in seiner Anwesenheit besprechen.«

Die junge Frau nickte Jarre kurz zu und richtete sich wieder an Werner. »Also gut, wenn Sie meinen, Herr Dr. Heidenreich. Ich wollte hauptsächlich wissen, was mit Ihnen los ist. Haben Sie irgendwelche Probleme mit mir? Ich habe das Gefühl, dass Sie mir ausweichen.«

Werner sah sie mit einer Mischung aus Betretenheit und Verwirrung an. »Wieso? Was soll los sein?«, fragte er mit etwas brüchiger Stimme. »Ich bin Ihnen doch nicht ausgewichen.«

»Sind Sie doch. Wir hatten heute einen Termin, wissen Sie das nicht mehr? Sie haben ihn einfach platzen lassen. Eben haben Sie kein einziges Wort darüber verloren, und das ist ungewöhnlich. Ich habe Sie als einen sehr gewissenhaften Menschen kennengelernt, der Termine nicht einfach vergisst. Schon gar nicht, wenn Sie stattdessen eine Besprechung mit jemandem haben, der offenbar in keiner offiziellen Funktion hier ist.«

Dieser Seitenhieb galt Jarre, der dies unbekümmert über sich ergehen ließ. Er hatte gerade gesehen, wie Werners gesamte Verteidigungslinie mit ein paar Worten eingerissen worden war, und er war gespannt, wie sein Freund darauf reagieren würde. Wenn Werner nichts Gutes einfiel, würde er selbst eine Ausrede parat haben müssen, und da half es nicht, wenn man wütend war.

»Ich, äh ... Wollen Sie nicht Platz nehmen, Fräulein Quinlivan?«, fragte er und schien dabei die Tatsache zu ignorieren, dass der einzige Stuhl von Jarre besetzt war. Der reagierte jedoch sofort und erhob sich galant.

»Aber natürlich«, murmelte er und wies auf den nun freien Stuhl. »Wie konnte ich nur?«

Vicky Quinlivan schenkte ihm ein zum Steinerweichen schönes Lächeln und setzte sich, und auch Werner nahm wieder hinter seinem Schreibtisch Platz, während Jarre sich in eine Ecke des Büros verzog.

»Also gut, Sie haben etwas auf dem Herzen, und das Problem betrifft mich genauso, direkt oder indirekt«, stellte sie fest. »Was für ein Problem ist das?«

Werner starrte Jarre für einen Augenblick entsetzt an, doch der konzentrierte sich bereits auf die dunkelhaarige Schönheit.

»Sie ist Detektivin, das hast du ja selbst gesagt«, murmelte Jarre. »Und sie scheint besonders gut darin zu sein.«

Vicky drehte sich um und lächelte ihn an. »Vielen Dank. Und ja, Sie haben recht, ich bin gut in meinem Job.« Sie musterte Werner. »Was immer Ihr Problem ist, Ihre Chefs wissen jedenfalls nichts davon, ich weiß nichts davon, und auch sonst niemand. Es scheint jedoch etwas Ernstes zu sein, da Sie so wirken, als hätten Sie gerade meine Katze überfahren. Daher nehme ich an, dass dieses Problem die Ausstellung betrifft.«

Werner setzte an, um etwas zu sagen, schien aber nicht in der Lage dazu zu sein, also übernahm Jarre diese Aufgabe. »Sie haben eine gute Beobachtungsgabe, und Sie scheinen Herrn Heidenreich schon nach kurzer Zeit durchschaut zu haben – was nicht schwer ist, wie ich zugeben muss. Doch warum fragen Sie so beharrlich nach? Vielleicht guckt er ja so, weil er nicht weiß, wie er

Ihnen höflich sagen soll, dass Sie sich zum Teufel scheren sollen, da Sie das gar nichts angeht?«

Ganz wie erwartet reagierte die Versicherungsdetektivin überhaupt nicht auf die gezielte Grobheit. »Ich denke, dass das Problem mich durchaus etwas angeht, weil Herr Heidenreich totenblass geworden ist, als er mich gesehen hat. Das ist nicht der Effekt, den ich sonst auf Männer habe«, erklärte Vicky etwas hochmütig. »Das lässt eher auf ein schlechtes Gewissen schließen. Also ist etwas mit den Exponaten, die meine Gesellschaft versichern soll. Sie sind entweder gerade als Fälschungen entlarvt worden, oder sie sind so beschädigt worden, dass sie nicht mehr in einem Zustand sind, der es erlauben würde, sie einem Publikum zu präsentieren.« Sie musterte die beiden Männer, die auf einmal so aussahen, als habe man sie beim Stehlen der Kirschen aus Nachbars Garten erwischt. Sie seufzte ergeben, als keiner reagierte. »Wenn dem so ist, sollten Sie mir glauben, dass ich Ihnen gerne helfen möchte, dieses Problem zu lösen. Unsere Gesellschaft möchte die Ausstellung versichern, keinen Skandal heraufbeschwören. Wenn ich Ihnen also helfen kann und wenn es dazu notwendig ist, die Sache fürs Erste unter uns zu behalten, sollten Sie mit mir reden. Mir liegt nichts daran, dass hier ein Dutzend Reporter, eine Hundertschaft Polizisten und ein wütender Direktor herumlaufen und Chaos verbreiten. Die Police für meine Gesellschaft könnte ich so nämlich abschreiben. Außer Spesen hätte meine Gesellschaft gar nichts davon.«

Werner schielte zu Jarre, der fast unmerklich nickte, und so erzählte der Bibliothekar die ganze Geschichte.

Vicky Quinlivan hörte ihm aufmerksam zu, ohne ihn ein einziges Mal zu unterbrechen.

»Eine dumme Geschichte«, war ihr erster Kommentar, nachdem er seinen Bericht beendet hatte. »Sie gehen also davon aus, dass die Briefe entwendet wurden und nicht irrtümlich verlegt wurden, von wem auch immer?«

»Im Moment arbeitet niemand mit den Briefen, und da sie nicht in die Sammlung zurückgekehrt sind, muss ich annehmen, dass sie verschwunden sind. Es ist die Hypothese, mit der wir arbeiten müssen.«

»Vermutlich ... Wie hoch schätzen Sie den materiellen Wert der Briefe ein?«

Werner schüttelte den Kopf. »Das kann man nicht sagen. Ein Sammler würde eventuell viel Geld für Briefe von Leibniz bezahlen, aber ob das auch für einen in Code geschriebenen Brief gilt, weiß ich nicht.«

»Dazu müsste dieser Sammler erst einmal wissen, dass man in diesen Räumen überhaupt an solche Briefe herankommt«, wandte Jarre ein.

»Sicher. Vermutlich ging es bei dem Diebstahl gar nicht um die Briefe, die Sie bearbeitet haben. Die waren vielleicht ein Zufallsfund. Nehmen wir einmal an, dass der Dieb nach verwertbaren Dingen suchte und dabei die Mappe gefunden hat, in der die Briefe waren. Er sieht sofort, dass es sich um alte, vermutlich wertvolle Autografen handelt. Der Dieb merkt, dass er eine echte Glückssträhne hat und sich für seine Beute noch nicht einmal anstrengen muss. Er hat sie sich geschnappt und ist abgehauen. Eigentlich sollte er Ihnen danken.«

»Sehr lustig«, knurrte Werner. »Und? Hast du ebenfalls eine Bemerkung zu machen?«

»Bislang nicht«, meinte Jarre mit sarkastisch gefärbter guter Laune. »Bestimmt fällt mir später etwas ein. Wenn sie nämlich recht hat, haben wir keine Chance, die Briefe wiederzufinden.«

Die schöne Irin ließ sich nicht beirren. »Damit fehlt ein wesentlicher Bestandteil der Ausstellung, nicht wahr?«, erkundigte sie sich.

»Ja, das tut es«, erwiderte Werner.

»Was weder Ihrem Vorgesetzten gefallen dürfte noch meinem, da wir ja alle ein großes Interesse daran haben, dass die Ausstellung zustande kommt, nicht wahr? Sie, weil Sie Ihren Job behalten möchten, und ich, weil meine Versicherung die Police abschließen möchte«, wiederholte Vicky.

»So sieht es aus …«, stimmte Werner ihr zu, und endlich verstand Jarre das wahre Problem, das seinem Freund zu schaffen machte.

»Sagen Sie, wenn Sie bisher keine Police abgeschlossen haben, wie sind denn die Briefe im Moment versichert?«, erkundigte er sich vorsichtig.

»Gar nicht«, antwortete die junge Frau knapp.

So etwas hatte er sich gedacht. »Und wer haftet dafür?«

Statt zu antworten, zeigte sie auf Werner, der dies mit Zähneblecken quittierte.

»Weißt du nun, warum ich dich um Hilfe gebeten habe?«, fragte er.

»Ich beginne zu verstehen …«, murmelte Jarre.

»Immerhin sind wir von nun an zu dritt, das sollte reichen, um das Problem zu lösen«, meinte Vicky Quinlivan fröhlich. »Denn ich glaube nicht, dass wir mit den üblichen Mitteln wie Fingerabdrücke in diesem Fall weit kommen werden.«

»Wir?«, staunte Jarre.

»Ja, denn ich sitze mit Ihnen im gleichen Boot, oder nicht?« Damit stand sie auf und reichte Werner die Hand. »Deswegen sollten Sie mich Vicky nennen.«

Werner schüttelte etwas überrascht ihre Hand und teilte ihr mit, dass er Werner hieße, was überflüssig war, da sie das längst wusste. Auch Jarre schüttelte ihr die Hand, wobei sie ihn forschend ansah.

»Jarre ist ein ungewöhnlicher Name«, stellte sie fest, als sie seine Hand losließ.

»Eigentlich nicht, solange du nicht versuchst, ihn französisch auszusprechen.« Er hatte keine Lust, diese komplizierte Angelegenheit mit ihr zu besprechen.

»Ich werde es mir merken«, erklärte sie mit einem Grinsen. »Schön, dass ihr Vertrauen in mich habt. Trotzdem werde ich euch allein lassen müssen, da ich einen Termin mit Werners Chef habe. Ich hoffe, ihr lasst mich wissen, was ihr herausgefunden habt.« Damit verschwand sie ebenso schnell, wie sie in Werners Büro erschienen war.

»Eine ungewöhnliche Frau«, bemerkte Jarre, nachdem die Tür sich geschlossen hatte.

»Ja, sicher. Hauptsache, sie macht dem Direktor gegenüber keine Andeutungen.«

»Ich glaube, da kannst du beruhigt sein. Sie hat gewiss ihre Gründe, genau das nicht zu tun. Aber du wolltest mir doch etwas geben?«

Werner brauchte einen Moment, bis er verstand. »Oh ja, natürlich. Hier sind deine Hausaufgaben für heute Abend.« Er reichte seinem Freund einige großformatige Fotoabzüge, die er in dem großen Papierstapel ausfindig gemacht hatte. »Vielleicht wirst du ja daraus schlau.«

»Sehr gut.« Mit einem breiten Grinsen nahm er die Blätter entgegen. »Anna liebt Rätsel.«

Werner beobachtete seit sechs Wochen mit Interesse die Beziehung, die sich zwischen Jarre und der schönen Ärztin, zwei echten Dickköpfen, entspann.

»Grüß sie schön, und viel Spaß damit.«

»Den werden wir haben«, versprach Jarre.

KAPITEL VIER

Jarre Behrend seufzte leise. Es war genau acht Uhr, als es an seiner Tür klingelte. Eine von Anna Winters irritierendsten Eigenschaften war, dass sie immer absolut pünktlich kam, obwohl sie eine Frau war. Er betätigte die Klingel und ließ sie ein. Jetzt trennten beide fünf Etagen, während derer er den Sitz seines frisch angezogenen dunkelblauen Hemdes prüfte und sich eingestehen musste, sein struppiges, schwarzes Haar nicht in den Griff zu bekommen. Dann hörte er ihre Schritte und riss die Tür auf, um von dem lange erwarteten ersten Kuss des Tages begrüßt zu werden.

Dr. Anna Winter war die Chirurgin, die vor sechs Wochen Jarres Schusswunde behandelt hatte, die er sich im Kampf um das Welfengold zugezogen hatte. Jedes Mal, wenn Jarre sie traf, fragte er sich, wie sie es wohl fertigbrachte, immer so auszusehen, als wäre sie gerade einer Illustrierten entstiegen. Dabei legte sie eigentlich keinerlei Wert darauf, mit ihrem – zugegebenermaßen umwerfenden – Äußeren Eindruck zu erwecken. Im Gegenteil, es war ihr absolut verhasst, lediglich als schön zu gelten, ohne dass man gleichzeitig ihre Leistungen beachtete. Trotzdem lebte sie natürlich ihren Sinn für Mode aus, der sich im Moment an allem orientierte, was aus England auf den Kontinent schwappte.

Obwohl Jarre das wusste, staunte er etwas, als er ihr

aus dem Mantel half. Sie hatte ein kurzes, ärmelloses Kleid an, das mit großen, farbigen Vierecken verziert war, die durch dicke, schwarze Linien getrennt waren. Dann fiel ihm ein, wo er so ein Muster schon einmal gesehen hatte.

»Ich hätte nie gedacht, dass du so weit gehen würdest. Du hast tatsächlich ein Gemälde von Mondrian für ein Kleid zerschnitten!«, beklagte er sich.

»Die in der Galerie hatten so viele davon«, wandte Anna ein. »Ich dachte, dass sie die gar nicht alle brauchen, und da habe ich es eben mitgenommen. Bislang wollte es niemand zurückhaben. Ist doch chic, oder?« Verschmitzt grinste sie ihn an und drehte sich keck um die eigene Achse. Für einen Moment zu lange fragte Jarre sich, ob sie einen BH unter dem Kleid trug, dann schalt er sich für seine Ungezogenheit und machte ihr ein Kompliment, ehe er sie ins Wohnzimmer begleitete.

Anna hatte rasch ihre hohen Stiefel ausgezogen und sich auf das große, schwarze Ledersofa sinken lassen, ihren Lieblingsplatz. Mit einem amüsierten Blick nahm sie die kleinen Zeichen einer gerade erst beseitigten Unordnung wahr, die darauf schließen ließen, dass Jarre wieder einmal zu beschäftigt gewesen war, um Ordnung zu halten, von der er glaubte, dass sie von ihm erwartet wurde. Wenn er nur wüsste, wie sehr sie selbst immer wirbeln musste, wenn es galt, ihre Wohnung zumindest halbwegs vorzeigbar zu machen …

Ein Blick in die Ecke, in der Jarres Esstisch stand, zeigte ihr, dass er mit viel Mühe für ein festliches Essen gedeckt war. Jarre hatte also wieder einmal versucht, zu kochen. Sie war gespannt, was diesmal dabei herauskam.

Jarre gab sich stets viel Mühe, die Rezepte nachzukochen, die Werner ihm aufschrieb, doch trotz aller Bemühungen ging dabei mehr oder minder alles schief. Selbst betont einfache Rezepte misslangen Jarre, wenn auch mit Stil. Das war eine große Kunst, die er bis zur Perfektion beherrschte. Umso erstaunlicher war es, dass er sich für sie immer wieder in dieses Abenteuer stürzte, bei dem er doch als Verlierer hervorging. Bewundernswert, wirklich.

Neugierig geworden ging sie in die Küche der offenen Wohnung und gesellte sich zu Jarre, der gerade dabei war, eine Flasche Rotwein zu entkorken, was ihm für gewöhnlich keine Probleme bereitete. Im Hintergrund tat der Backofen seine Arbeit. Sie beobachtete ihren Freund und sog die Düfte auf, die aus dem Ofen drangen, in der Hoffnung herauszubekommen, was er für sie vorbereitet hatte.

»Heute gibt es etwas scharf Gewürztes?«, fragte sie. »Vermutlich asiatisch?«

Jarre kniff die Augenbrauen zusammen, während er den Wein dekantierte. »Nein, wie kommst du darauf? Ich habe Ossobuco alla milanese gemacht, ein italienisches Rezept von Werner. Eigentlich ist es Kalbshaxe.«

»Wirklich?«, staunte Anna, die ehrlich überrascht war. »So riecht doch keine Kalbshaxe.« Sie beugte sich herunter zum Ofen, aus dem immer dunklere Wolken quollen. »Ich hoffe doch, dass da nicht etwas angebrannt ist.«

»Mach mich nicht schwach«, murmelte Jarre und ging zu seinem leicht antiquierten Ofen von Küppersbusch, um dem scharfen Aroma des Bratens auf den Grund zu gehen. Kurz bevor er den Schmortopf mit bloßen Händen aus dem Ofen holen wollte, konnte Anna ihn gerade noch zurückhalten. Er nahm sich zwei Topflappen, stellte den Tontopf vorsichtig auf eine Holzplatte und öffnete ihn.

Die Wolke, die beim Lüften des Deckels entwich, verhieß jedenfalls nichts Gutes. Jarre sah äußerst unglücklich drein, und tatsächlich bestätigte der erste Blick in den Topf Annas schlimmste Befürchtungen. Die schwarze, eingetrocknete Haxe hatte so ein Ende eigentlich nicht verdient. Für die Ärztin in ihr war die Todesursache klar: »Zu wenig Wein. Und zu wenig Tomatensauce.« Anklagend wies sie auf die Überreste des Ossobuco. »Herr Richter, die Indizien sind eindeutig. Das Opfer ist erst vertrocknet, dann ist es verbrannt worden. Es starb einen grausamen Tod.«

»Sehr komisch«, knurrte Jarre, der gerade das Fenster öffnete. »Dabei war ich fest überzeugt, diesmal alles richtig gemacht zu haben.«

Verwirrt nahm er das Rezept zur Hand und zeigte er es Anna. »Hier steht es doch! 50 ml Weißwein, 75 ml Rinderfond oder Brühe! Genau das habe ich gemacht.«

»Wenn du meinst …« Anna studierte das Rezept, bis sie verstand, was schiefgelaufen war. »Wusstest du, dass Werner hier eindeutig geschrieben hat, dass die Angabe pro 100 Gramm gilt? Das da drin ist … oder war … mindestens ein Pfund.«

»Was?« Mit einer ungläubigen Miene riss er ihr das Rezept aus der Hand, bis er zugeben musste, dass sie recht hatte. »Wer lesen kann, hat viele Vorteile im Leben«, gab er zu. Erneut hob er den Deckel des Topfes an. »Das hier ist ja wohl kaum zu retten, oder?«

»Hoffnungslos.«

»Das heißt also … Luigi?«

»Luigi ist gut«, sagte Anna fröhlich.

Der freundliche Besitzer eines italienischen Restaurants in der Nachbarschaft war immer bereit, ›Dottore Jarre‹ aus der Bredouille zu helfen, indem er für ihn eine Ausnahme machte und ihm seine verschiedensten Köstlichkeiten ins Haus lieferte. Schließlich war er Luigis Stammkunde.

Luigis Frage: »Was darf es denn diesmal sein?«, brachte Jarre jedoch ein bisschen aus dem Konzept, da er sich nicht im Klaren gewesen war, dass er bereits ein ›diesmal‹ verdient hatte. Hatte er wirklich schon so oft ein Gericht verdorben? Vermutlich ja. Also bestellte er Ossobuco für zwei, da der Wein, den er von Werner geschnorrt hatte, so gut zu Ossobuco passte, und vorweg orderte er Ravioli mit Steinpilzen.

Kaum mehr als eine halbe Stunde später saßen Anna und er vor dampfenden Tellern und genossen die ausgezeichnete Kalbshaxe, während Jarre von Onkel Joshs unmöglichen Verwandten berichtete, die er heute Nachmittag ihrem Schicksal überlassen hatte.

Ein kurzer Anruf von Ingo Westphal am frühen Abend hatte ihm allerdings bestätigt, was er insgeheim schon längst befürchtet hatte. Die acht Senioren waren mit ihrem Fahrer, der kein Englisch sprach und keine Ahnung von den Sehenswürdigkeiten der Gegend hatte, viel besser zurechtgekommen als mit ihm. Ingo entsprach offenbar viel eher ihrem Bild des deutschen Reiseleiters.

Ingo hatte erzählt, dass sich das gemeinsame Abendessen mit typisch deutschen Spezialitäten zu einem vollen Erfolg entwickelt hatte, besonders weil das hannoversche Bier bereits seit sieben Uhr abends recht reichlich floss. Von da an hatte sich Jarre keine Gedanken mehr über die Zufriedenheit seiner Gäste gemacht.

Anna hörte amüsiert zu, doch als er seine Geschichte beendet hatte und sie beim Grappa angekommen waren, wurde ihre Miene nachdenklich.

»Also gut«, begann sie. »Was ist los? Warum hast du mich so spontan eingeladen und dafür eine unschuldige Kalbshaxe massakriert, obwohl du eigentlich bei der Familie von Onkel Josh und Tante June sein solltest?«

»Ich habe ein Problem«, bekannte Jarre.

Sie runzelte die Stirn. »Mit dem amerikanischen Altenverein? Wer hat das nicht?«

»Nein, hiermit.« Er gab ihr die Fotografien der Briefe, die Werner ihm gegeben hatte, und erzählte ihr, was sich dahinter verbarg, wobei er versuchte, Werner nicht in ein allzu schlechtes Licht zu stellen.

»Sehe ich das richtig? Ein Unbekannter hat sich in die Landesbibliothek eingeschlichen, um Briefe von Leibniz zu stehlen, die Werner im Januar ausstellen wollte?«

»Genau das.«

»Das ist schon etwas seltsam«, gab sie zu. »Das ist kein Allerweltskunstraub.«

Jarre bezweifelte zwar, dass es so etwas wie einen alltäglichen Kunstdiebstahl gab, aber sie hatte trotzdem recht. Ungewöhnlich war diese Tat allemal. Es gab nicht nur keinerlei Hinweise, wie genau der Dieb vorgegangen war, Jarre konnte sich auch nicht ausmalen, wie ein Dieb von dem Diebstahl profitieren wollte, außer vielleicht durch den Verkauf der Briefe an einen privaten Sammler.

»Deswegen erscheinen mir die Briefe selbst so wichtig zu sein. Vielleicht ergibt sich ein Hinweis auf den Dieb, wenn wir verstehen, was darin steht«, erklärte er.

»Wie meinst du das?« Anna wirkte skeptisch.

»So wie ich das sehe, gibt es eigentlich zwei Gründe, die einen dazu bringen, den Brief zu stehlen – entweder wurde der Dieb von seiner Sammelleidenschaft getrieben oder der Brief hat eine besondere Bedeutung.«

»Eine besondere Bedeutung?«

»Ja, etwas in den Briefen muss so wichtig sein, dass sie jemand unbedingt an sich bringen wollte.«

»Ist das nach über zwei Jahrhunderten nicht etwas unwahrscheinlich?«

»Was ist denn wahrscheinlicher? Dass ein wahnsinniger Briefsammler in die Bibliothek eingedrungen ist und die codierten Briefe von Leibniz und Sophie gestohlen hat?« Jarres Ton machte klar, was er von dieser übertriebenen Geschichte hielt. Er wusste, dass es in Wirklichkeit nur wenige fanatische Sammler gab und dass niemand so kunstvoll zusammengeklaute Sammlung hatte wie Dr. No bei James Bond.

»Touché. Nehmen wir also an, es geht um den Inhalt. Womit fangen wir an? Mit den Briefen?«

»Das hatte ich vor.«

»Und du weißt, wie man sie entziffert?«

Er schaute sie empört an. »Natürlich nicht. Warum hätte ich mir sonst eine analytisch geschulte Akademikerin eingeladen, wenn nicht, um ihren scharfen Verstand auszunutzen?«

»Du könntest auch andere Dinge ausnutzen«, schlug sie mit einem schelmischen Grinsen vor.

»Dazu kommen wir später«, sagte er trocken. »Zuerst beschäftigen wir uns mit den Briefen.«

»Ich wusste es ja immer. Nichts ist umsonst.«

»So ist es. Werner hat mir extra zwei Sätze der Aufnahmen gegeben. Wie wäre es, wenn wir uns beide eine Fotografie schnappen und versuchen, etwas darauf zu entdecken oder gar zu entschlüsseln«, schlug er vor. Auf einmal leuchtete der wissbegierigen Glanz in Annas Augen, auf den er die ganze Zeit gewartet hatte.

»Gute Idee«, rief sie und schnappte sich eine Fotografie. Sie setzte sich mit einem Glas Wein auf das Sofa, nicht ohne sich vorher einen Notizblock und einen Stift von Jarres Schreibtisch genommen zu haben. In den nächsten zehn Minuten waren beide in ihre Fotografie vertieft, dann sahen sie fast gleichzeitig auf.

»Das ist nahezu unleserlich«, meinte Jarre entrüstet.

»Der Typ hatte wirklich eine Sauklaue«, stellte Anna etwas despektierlich fest. »Ich dachte, der Mann war ein Genie.«

»Genies haben alle eine schlechte Handschrift, genau wie Ärzte – obwohl da kein Zusammenhang besteht«, behauptete Jarre. »Außerdem war es typisch für Leibniz, einen Brief nach dem anderen zu schreiben. Was sagte Werner? Er hat schreibend gedacht, und sein Nachlass umfasst mehr als 200.000 Blatt.«

Anna rechnete kurz nach. »Wenn man 50 Jahre lang jeden Tag zehn oder elf Seiten schreibt, kommt man wohl auf so eine Zahl. Nicht schlecht …«

»Ja, besonders wenn man bedenkt, dass er mit einem Federkiel geschrieben hat.«

»Auch wieder wahr. Das entschuldigt die vielen

Schmierereien. Mit so etwas zu schreiben, kann nicht einfach gewesen sein.

»Richtig. Und das will heißen, dass wir erst einmal versuchen sollten, zu entziffern, was da überhaupt steht.« Er hielt eine Fotografie hoch. »Wir nehmen den hier und widmen uns diesem kurzen Absatz.« Er deutete auf eine Stelle. »Wir schreiben auf, was wir zu lesen glauben und vergleichen die Ergebnisse.«

Rasch einigten sie sich auf die Lesart einiger Buchstaben, besonders des D und des S, die in der für Anna ungewohnten altdeutschen Schreibweise geschrieben waren. Es dauerte eine gute halbe Stunde, ehe sie ein erstes Ergebnis hatten. Stolz schauten sie auf die Zeilen, die sie entziffert hatten:

gikeaimik d vweoegy ixi dgs rfik
qi hgumxrl ssapt uhrfhv vg lr ysjfi
swx thvhv, tstcv jyao c s volcsmuw
dc mvfi ixefvikx hw isjee utrk oe ectzxvw.

»›Gikeaimik‹ klingt wie irgendwas Isländisches«, behauptete Anna. »Sonst sagt mir das nicht viel.«

Jarre musterte nach wie vor das Papier. »Ein bisschen mehr können wir schon sagen«, wandte er ein. »Ich nehme nicht an, dass Leibniz in diesem Text Zahlen codiert hat. Wenn wir weiter annehmen, dass die Worte im verschlüsselten Text die gleiche Länge haben wie im Originaltext, können wir bereits Deutsch als Ursprungssprache ausschließen.« Er wies auf das einsame D, das für kein deutsches Wort stehen konnte. »Im Englischen und Französischen gibt es Worte mit einem Buchstaben, nicht im Deutschen.«

Anna war nicht zufrieden. »Das sind recht viele Annahmen. Was ist, wenn er den verschlüsselten Text doch in einer willkürlichen Reihenfolge aufgeschrieben hat?«

»Das wäre gemein, und deswegen schließe ich das fürs Erste aus«, brummte Jarre, der im Moment davon ausging, dass selbst Genies sich die Sache nicht unnötig schwer machten. »Wir suchen also vermutlich einen Schlüssel für einen französischen Text. Immerhin war das damals die Sprache am Hofe.«

»Allerdings gibt es hier nirgendwo Akzente oder irgendein Apostroph. Das ist sehr unfranzösisch«, wandte Anna ein.

Jarre dachte kurz über diesen Einwand nach, schüttelte allerdings den Kopf. »Wie soll man denn einen Akzent verschlüsseln, ohne auf das Ursprungswort hinzuweisen? Nein, Akzente würden nur stören.«

Anna verstand sofort, was Jarre meinte. »Du meinst, man kann den Akzent problemlos weglassen?«

»Franzosen mögen es sicher nicht, aber wenn man ›métro‹ oder ›café‹ ohne Akzent schreibt, versteht trotzdem jeder, was gemeint ist. Fragt sich allerdings, wie Leibniz den Text verschlüsselt hat und warum.«

»Den Text zu verschlüsseln, war doch bestimmt einfach für ihn«, meinte Anna. »Schließlich war der Mann ein berühmter Mathematiker, oder?«

»Ja und nein«, entgegnete Jarre. »Von Haus aus war er gar kein Mathematiker. Leibniz hat Philosophie und Jura studiert, er hat sogar seinen Doktor in Jura gemacht.« Jarre kam das, was ihm Werner heute Morgen erzählt hatte, in den Sinn. »Er war an fast allem interessiert, was damals die Wissenschaft beschäftigte. Er hat unter anderem eine Geschichte der Welfen geschrieben, zwischendurch hat er die Lehre von der Dynamik begründet und eine sprachwissenschaftliche Abhandlung geschrieben.«

Anna hob die Brauen. »Das ist wirklich eine Menge«, gab sie zu.

»Trotzdem hast du recht damit, dass er seine größten Errungenschaften auf dem Gebiet der Mathematik gemacht hat. Zum Beispiel hat er das binäre Zahlensystem erfunden, auf dem heute die Rechenoperationen von Großrechnern beruhen.«

»Für mich klingt das nach einem Mann, der Codes geliebt hat.«

»Trotzdem hat er meines Wissens nie etwas über Codes und Kryptografie veröffentlicht. Daher ist es nicht einfach zu sagen, um was für einen Code es sich hier handeln könnte. Werner hat eine Cäsar-Verschlüsselung jedenfalls ausgeschlossen. Er sagte, das habe er schon ausprobiert.«

»Eine Cäsar-Verschlüsselung?«

»Ja, das ist ein Code, den Julius Cäsar vor über 2.000 Jahren entwickelt hat.« Da Jarre inzwischen nachgelesen hatte, erklärte er Anna den Code. »Cäsar hat unter ein Alphabet ein weiteres geschrieben, das zum Beispiel um drei Buchstaben verschoben war.« Jarre skizzierte seine Idee. »Etwa so ...«

a b c d e f g h i j k l m n o p q r s t u v w x y z
d e f g h i j k l m n o p q r s t u v w x y z a b c

Anna betrachtete die beiden Buchstabenreihen. »Das heißt, dass ein Buchstabe mit dem anderen Buchstaben direkt unter ihm verschlüsselt wurde?«

»Genau«, sagte Jarre und schrieb zwei weitere Zeilen auf. »Zum Beispiel das hier.«

gallia est omnis divisa
jdoold hvw r p q l v g l y l v d

»So konnte niemand, der von dem Code nichts wusste, verstehen, welche Nachricht Cäsar verschickt hatte.«
»Das sieht doch fast genauso aus wie der Text, den Leibniz geschrieben hat.«
»Nicht ganz«, wandte Jarre ein. »Dieser Text enthält recht viele Hinweise, wie man ihn knacken kann. Man geht einfach von den Zeichen aus, die am häufigsten in dem Text vorkommen, und vergleicht sie mit den Zeichen, die in der vermuteten Sprache am häufigsten auftreten. Wenn es dabei eine Übereinstimmung gibt, ist der Text geknackt.« Jarre wies auf ein Buch auf seinem Tisch. »Hier, in dem lateinischen Text gibt es immerhin viermal ein I in einem Satz, und das allein würde schon reichen, um zu ahnen, wie der Text verschlüsselt wurde. Ich glaube aber nicht, dass Leibniz eine so einfache Methode gewählt hat. Außerdem gab es zu Lebzeiten von Leibniz einen Code, von dem man glaubte, dass man ihn nicht brechen könnte.«
Anna rückte näher und beobachtete Jarre, wie er erneut mehrere Buchstabenreihen auf ein Blatt Papier schrieb.
»Dieser Code wurde im 16. Jahrhundert von Blaise de Vigenère entwickelt und war so kompliziert, dass er erst 300 Jahre später von dem genialen Mathematiker Charles Babbage geknackt wurde. Selbst die einfachste

Version dieses Codes war enorm kompliziert, weil Vigenère nicht zwei, sondern 26 Alphabete zur Verschlüsselung benutzte. Diese hat er in einem Quadrat angeordnet, ein bisschen wie bei einem Schachbrett. So in etwa ...«

ABCDEFGHIJKLMNOPQRSTUVWXYZ
A a b c d e f g h i j k l m n o p q r s t u v w x y z
B b c d e f g h i j k l m n o p q r s t u v w x y z a
C c d e f g h i j k l m n o p q r s t u v w x y z a b
D d e f g h i j k l m n o p q r s t u v w x y z a b c

Nach der fünften Zeile hörte Jarre auf, schließlich wollte er keine 26 Reihen schreiben. Anna wusste auch so, was er wollte.

»Dazu kam, dass man ein Codewort brauchte, um zu wissen, welche der 26 Alphabete man abwechselnd zur Entschlüsselung verwenden musste. Sagen wir, dass das Codewort ›dein‹ lautet.« Damit hob er einige der Spalten auf seinem Blatt hervor.

ABCDEFGHIJKLMNOPQRSTUVWXYZ
A a b c **d** e f g h **i** j k l **m n** o p q r s t u v w x y z
B b c d **e** f g h i j k l m **n** o p q r s t u v w x y z a
C c d e **f** g h i j k l m n o **p** q r s t u v w x y z a b
D d e f **g h** i j k l m n o p **q** r s t u v w x y z a b c

»Du benutzt von nun an ausschließlich die Alphabete, die unter den Buchstaben D, E, I und N stehen.«
»Ich verstehe. Allein dadurch gibt es so viele Möglich-

keiten der Verschlüsselung, dass es kaum eine Methode gibt, die Lösung einfach zu raten.«

»Genau das. Nehmen wir einmal an, du willst den Satz ›Das Bad da‹ verschlüsseln«, sagte er, was ihm einen seltsamen Blick von Anna einbrachte.

»Was ist das denn für ein Satz? Niemand würde je so etwas verschlüsseln.«

»Ich bin ja kein Feldherr, der große Geheimnisse hat. Ich brauche aber einen Satz mit Buchstaben, die sich wiederholen, und mir ist kein besserer eingefallen. Ich will dir nämlich etwas zeigen. Ich nehme jetzt das D aus dem Alphabet, das ebenfalls mit D gekennzeichnet ist, dann das A aus dem Alphabet, das mit dem E gekennzeichnet ist, und das S aus dem Alphabet mit dem I darüber. Dann erhalte ich ›gea‹ für das Wort ›das‹, und wenn ich so weitermache, kriege ich zum Schluss ›gea odh ln‹ heraus, und schon kannst du jede Häufigkeitsanalyse vergessen. Nichts weist darauf hin, dass in diesem Satz drei A und drei D enthalten sind. Du brauchst das Codewort, sonst kannst du den Text nicht entschlüsseln.«

»Wir brauchen also ein Codewort?«

»Ja. Eines, das beide verstehen konnten.«

»Zum Beispiel Worte wie ›Hannover‹, ›Welfen‹, ›Schloss‹ und dergleichen?«

»Damit können wir zumindest beginnen«, sagte Jarre, der noch nicht ganz überzeugt war. Aber irgendwo mussten sie ja anfangen.

Für einige Zeit tauschten sie ihre Ideen für Schlüsselwörter aus und versuchten, den Code zu knacken, aber ohne Erfolg.

»So geht das nicht«, stellte Jarre schließlich fest. »Wir müssen systematischer vorgehen.«

Anna wirkte wie in Gedanken. »Wenn du recht hast, muss es ein Codewort sein, das nicht nur für Leibniz eine Bedeutung hatte, sondern auch für Sophie, die Kurfürstin. Fragt sich also, was Sophie und Leibniz verband.«

Das war das Stichwort. Jarre lehnte sich behaglich zurück, denn er war bei einem seiner Lieblingsthemen angekommen. Endlich konnte er wieder mit seinen Geschichtskenntnissen auftrumpfen, dachte er. Anna benutzte dafür eine anderes Wort, das auch mit A anfing, aber Jarre fand, dass er kein Angeber war. Höchstens ein Besserwisser, und das war seiner Meinung nach in Ordnung.

»Sophie und Leibniz verband so einiges, denn sie war es, die Leibniz überzeugen konnte, am hannoverschen Hof eine Lebensstellung anzunehmen«, begann er also.

»Und wie hat sie das geschafft? Mit besonderem weiblichen Charme?«

Jarre schüttelte den Kopf. »Nicht, was du denkst. Sophie war eine Prinzessin von höchstem Adel, ihre Mutter war sogar die Tochter des schottischen Königs Jakob VII., der gleichzeitig Jakob II. von England war.«

Anna unterbrach ihn. »Jakob?«, fragte sie.

»Das ist die deutsche Version eines alten hebräischen Namens. Im Englischen ist aus Jacob irgendwann James abgeleitet worden. Es geht also um James VII. Sophie war hochgebildet, eine der klügsten Frauen ihrer Zeit. Ihr Mann, Herzog Ernst August von Braunschweig-Lüneburg, war zudem ein geachteter welfischer Prinz. Der Zufall wollte es, dass er 1679 Fürstentum Calenberg erbte, obwohl er nicht der Erstgeborene war. Die Residenz war damals in Hannover, und Leibniz, der schon vorher in Hannover tätig gewesen war, wurde damals zu einem Teil dieser Erbschaft. Sophie überredete den berühmten Wissenschaftler, in Hannover zu bleiben, und Leibniz fand Gefallen an seinen Gesprächen mit Sophie, die damals schon 50 war.

Zwischen den beiden entspann sich bald eine tiefe Freundschaft, da er sie als die Einzige betrachtete, die ihm intellektuell ebenbürtig war. Sophie mochte Leibniz, da sie mit ihm über Politik und Philosophie diskutieren konnte, statt banales höfisches Geplauder zu pflegen. Es war daher eine intellektuell sehr inspirierende Verbindung, die zwischen ihnen bestand.«

Anna hatte auf eine Romanze gehofft, war jedoch enttäuscht worden. »Eigentlich heißt das, dass wir ein besonders intellektuelles oder für die beiden bedeutsames Codewort brauchen …«, stellte sie fest und gähnte plötzlich ausgiebig.

»Leider ja«, gab Jarre zu.

»Aber jetzt nicht mehr. Es ist schon fast zwei Uhr. Ich muss ins Bett.«

Es war wirklich schon spät und längst Zeit, aufzuhören. Außerdem gab es noch wichtigere Dinge, denn er wollte seine Theorie bezüglich Annas BH überprüfen …

*

Vicky Quinlivan hatte langsam genug. Es war schon spät am Abend, und seit nahezu einer halben Stunde hatte Charles Francis Stuart nichts gesagt, stattdessen hatte er nur wie hypnotisiert auf die Briefe gestarrt, die sie ihm übergeben hatte. Zugegeben, sie war damit um 20.000 Mark reicher und er würde sie nicht aufhalten, wenn sie einfach ging, allerdings war da dieser Satz, den Stuart vor sich hingemurmelt hatte, als sie sich setzten.

»Wenn Sie etwas warten wollen, habe ich vielleicht eine weitere Aufgabe für Sie, die Sie interessieren könnte«, hatte er gesagt, und da er sich bisher als eine ebenso vertrauenswürdige wie ergiebige Geldquelle erwiesen hatte, fasste sich Vicky in Geduld, während er die Briefe weiter begutachtete.

Endlich schaute er auf und strahlte sie an, was in seinem Fall hieß, dass Stuart seine Mundwinkel um beachtliche fünf Millimeter hob. »Sie haben gute Arbeit geleistet, Miss Quinlivan, meine Hochachtung.«

Vicky neigte leicht den Kopf. »Danke, es war mir ein Vergnügen.« Das stimmte sogar, so einfach, wie Heidenreich es ihr gemacht hatte.

»Wissen Sie eigentlich, was in diesen Briefen steht?«, fragte Stuart vorsichtig.

Vicky verneinte. »Ich habe sie lediglich besorgt, nicht gelesen.«

Stuart lächelte erneut sein dünnes Lächeln. »Das hatte keiner verlangt. Sie wissen doch gewiss, dass die Autorin eines dieser Briefe, Sophie, Prinzessin von der Pfalz, die Mutter des ersten englischen Königs aus dem Haus Hannover war?«

»Die Mutter von Georg I.? Ja, sicher, das ist allgemein bekannt.«

»Und wissen Sie, wie sie zu dieser Ehre kam, obgleich sie selbst nie Königin war?«

Vicky sah ihn ratlos an und schüttelte den Kopf. Sie hatte tatsächlich keine Ahnung, wie das geschehen war oder was das mit den Briefen zu tun hatte.

»Das hängt alles mit dem Act of Settlement zusammen, einem zutiefst antikatholischen Gesetz aus dem Jahr 1701, das weiterhin Bestand hat. Sie kennen es sicher, Sie sind selbst Katholikin und Irin. Ihr Volk hat lange unter dem Hass der Briten auf die katholischen Bürger Irlands gelitten.«

Vicky blickte ihn nach wie vor verständnislos an. Die gegenseitige Ablehnung britischer Protestanten und irischer Katholiken hatte sie selten betroffen. Sie wusste, dass es in Irland immer wieder Gruppen gab, die forderten, dass man mit Gewalt gegen die britischen Besatzungstruppen vorgehen müsse, aber viel mehr konnte sie dazu nicht sagen.

»Ich weiß natürlich, dass Heinrich VIII. mit der katholischen Kirche brach, weil der Papst ihm keine Scheidung gewähren wollte«, begann sie daher. »Deshalb hat er die anglikanische Kirche gegründet. War das nicht schon um 1534?«

Stuart beäugte sie misstrauisch und fragte sich, ob sie ihn bewusst missverstanden hatte. »Das stimmt, doch die Feindschaft der englischen Monarchen gegenüber dem Papst war nicht immer so ausgeprägt wie damals«, erklärte er. »Dieses infame Dokument, das heute wenige Kilometer von hier im Staatsarchiv in Hannover verwahrt wird, hatte einen ganz anderen Ursprung. Es ging um Macht und darum, die Pfründe des Adels neu zu verteilen. Ohne jede Rechtmäßigkeit beschloss man damals, dass lediglich protestantische Anwärter ein Anrecht auf den Thron Englands und Schottlands haben sollten. Kurfürstin Sophie war eine Protestantin, die einen Anspruch auf den Thron erheben konnte. So bestimmte man, dass sie und ihre Nachfahren die nächsten Monarchen sein sollten. Dadurch entzog man den Stuarts jedweden Anspruch auf den Thron.«

Vicky stimmte ihrem Gegenüber zu und ließ sich ihre zunehmende Irritation nicht anmerken, obwohl sie genau wusste, dass Charles Stuart mit ›man‹ das englische Parlament gemeint hatte. Sie erinnerte sich daran, dass man damals James VII. aus gutem Grund abgesetzt hatte. Er hatte brutal und rücksichtslos mit der Autorität eines absoluten Herrschers regiert, sodass er bald als Tyrann galt.

»Ich bin sicher, dass man sich für Sophie von der Pfalz als Thronfolgerin entschied, da man glaubte, sie leicht manipulieren zu können, denn sie war damals bereits 70 Jahre alt«, erklärte Stuart und lachte verächtlich auf. »Können Sie sich das vorstellen, eine 70-jährige Thronfolgerin? Was denken Sie, wie Sophie selbst auf dieses Anliegen reagiert hat? Alle Quellen bestätigen, dass sie eine intelligente Frau mit einem klaren Urteilsvermögen war. Wird sie sich wirklich als geeignete Königin von England betrachtet haben?«

Stuart schien von ihr eine Antwort zu erwarten. Vicky schüttelte rasch den Kopf. Seinem Ton nach war das im Augenblick gewiss das Richtige.

»Sicher nicht«, stimmte Stuart ihr zu. »Außerdem war ihr Sohn Georg Ludwig schwach, ein Mann, der sich zu leicht von seinen Trieben und von anderen Menschen lenken ließ. Sophie hatte vor allen anderen erkannt, dass Georg dem Königtum schaden würde.«

Wie zum Beweis hob Stuart einen der Briefe hoch. Vicky ahnte, dass er jetzt zum Kern der Sache kommen würde.

»Diese Briefe sind für die Familie Stuart sehr wichtig, weil wir glauben, dass hinter dem Code ein entscheidendes Dokument verborgen ist, mit dem Sophie von Hannover sich an das englische Parlament gewandt und klargemacht hat, dass sie nicht vorhabe, für sich und ihre Familie die Rolle der britischen Thronfolger anzunehmen.«

Fassungslos starrte Vicky den letzten Stuart für einen Moment an. Wenn diese Behauptung zutreffend war, dann enthielten diese Briefe wahren Zündstoff in der immer wieder aufflammenden Diskussion, welches königliche Haus Anspruch auf den britischen Thron hatte.

Einige Sekunden fragte sie sich, ob sich Stuart gar als nächsten britischen König sah. War das auszudenken? Oder ging es hier um andere Formen von Macht, Einfluss und Geld? Sicher um beides, überlegte sie, obwohl sie nicht zu überblicken vermochte, auf welchen gewundenen Bahnen Stuart versuchen würde, seinen Vorteil aus den Briefen zu ziehen. Wenn sie an die Liegenschaften dachte, die der britischen Krone gehörte – nicht etwa dem britischen Staat –, wurde ihr schwindlig.

»Unsere Familie weiß von der Existenz eines codierten Briefs Sophies schon seit Generationen, da uns treue Bedienstete rechten Glaubens des Hauses Hannover die Informationen über dieses Geheimnis vor langer Zeit zugetragen haben. Nun bin ich zum ersten Mal in der Lage, seinen Inhalt zu studieren. Um den Erfolg meiner Mission zu gewährleisten, wäre es äußerst unschön, wenn andere Parteien von dem Inhalt erführen. Das wäre der

Bereich, in dem sie tätig werden sollen.« Stuart fixierte sie mit seinen kalten, leblosen Augen. »Finden Sie heraus, wie viel der Kurator der Ausstellung über den Inhalt des Briefes weiß. Verhindern Sie, dass sein Wissen sich vermehrt. Falls nötig, verhindern Sie, dass er sein Wissen verbreitet. Das Gleiche gilt für alle, die mit ihm assoziiert sind.«

Für einen Moment bedachte Vicky die Implikationen dieses Auftrags, jedoch schreckte es sie nicht, dass sie offensichtlich Mord einschlossen. Das machte den Auftrag lediglich ... interessanter – und einträglicher.

»Das wird nicht billig«, erklärte sie lediglich. Es blieb ihre einzige Antwort auf Stuarts Ansinnen.

Charles Stuart nickte und hielt ihr einen großen, braunen Umschlag entgegen. »Dies dürfte als erste Rate angemessen sein«, behauptete er, und Vicky wusste, dass sie seinem Urteil trauen konnte. Ohne den Umschlag zu öffnen, verstaute sie ihn in ihrem Aktenkoffer. Als Charles Stuart nichts weiter sagte und sich in seinem Sessel zurücklehnte, erhob sie sich. Sie grüßte kurz und entfernte sich wortlos, denn sie hatte zu tun.

KAPITEL FÜNF

Freitag, 16. September 1966

Am nächsten Tag hatte Jarre Behrend als Erstes die freudige Aufgabe, seine amerikanischen Kunden zum Flughafen zu bringen, da ihre Woche in Deutschland zu Ende war. Er hatte sie in ihrem Hotel abgeholt und schnell festgestellt, dass sie ihm alle seine Abwesenheit vergeben hatten. Die kleine Truppe war regelrecht begeistert, dass er sie mit ›lovely Ingo‹ allein gelassen hatte. Offenbar hatten sich alle mit ihrem Fahrer bestens verstanden, vermutlich weil keiner von ihnen die Sprache des jeweils anderen verstand. Selbst Ingo war sehr angetan von seinem Abend mit den agilen Senioren, denn er wirkte noch immer etwas übernächtigt. Trotzdem grinste er breit, als er die Truppe am Flughafen absetzte und sich alle zum Abschied herzlich umarmten.

Verwirrt, aber zufrieden konnte Jarre daher für die letzten Formalitäten sorgen, die es zu erledigen galt, ehe er die Gruppe in ihren Flieger nach Rom entlassen würde. In Italien würden die unternehmungslustigen Rentner ihr Kulturprogramm fortsetzen. Rom tat ihm beinahe leid, allerdings beruhigte ihn die Tatsache, dass die Stadt schon mehr überstanden hatte als die Invasion von acht Amerikanern. Er überprüfte eigenhändig, dass alle sowohl ihre Flugtickets als auch ihre Pässe in der Hand hielten, bevor er sie zum Einchecken schickte. Daher ging das Einchecken mit einem Maximum an Lärm und Gelächter vor sich, aber erstaunlicherweise mit einem Minimum an Konfusion, was Jarre erneut als Erfolg verbuchte. Dann erforderte die Sicherheitskontrolle seine Aufmerksamkeit. Mehrere Fluglinien hatten angefangen, das Handgepäck ihrer Passagiere zu kontrollieren, seit einige Maschinen mit Waffengewalt aus den USA nach Kuba entführt worden waren. Er war sich sicher, dass der Sicherheitscheck schnell und problemlos vor sich gehen würde. Das stimmte auch, zumindest bis Jarre die aufgebrachte Stimme von Marybeth Bingham hörte.

»Oh no, officer, that's not really a weapon, that's just my Beretta«, erklärte sie beleidigt, als ihr ein Sicherheitsbeamter ihre Beretta 20 vor die Nase hielt.

Jarre wurde klar, dass er zwei grundlegende Fehler gemacht hatte, als er Marybeth mit einem Lächeln darauf hingewiesen hatte, dass natürlich keine Waffen ins Handgepäck gehörten. Er hätte zu diesem Zeitpunkt a) ahnen müssen, dass Marybeth tatsächlich eine Waffe dabei hatte; und er hätte sich b) denken können, dass eine kleine Pistole wie die Beretta für eine Amerikanerin, die andere Kaliber gewohnt war, keine Waffe darstellte.

Die Aufregung legte sich erst, als Jarre versprach, die Waffe an sich zu nehmen und sie umgehend per Post an Marybeth' Adresse in den USA zu schicken. Zur Erleichterung aller war die Kontrolle damit abgeschlossen. Jarre winkte brav, bis keiner mehr zu sehen war.

Auf dem Weg zu seinem Auto fiel Jarre ein, dass er Werner versprochen hatte, ihn so früh wie möglich anzurufen. Also machte er kehrt und trottete zurück in den alten Hangar, der die Empfangs- und Abflughalle des Flughafens in sich barg. Er ging in eine freie Telefonzelle und wählte Werners Nummer. Sein Freund meldete sich sofort.

Jarre berichtete kurz von seinen und Annas Versuchen, die Briefe zu entschlüsseln. Werner hörte interessiert zu und musste zugeben, dass er nicht annähernd so aufregende Nachrichten hatte, außer einer.

»Ich habe einen Anruf unserer gemeinsamen Freundin, Vicky Quinlivan, erhalten«, sagte er.

Jarre zog die Brauen hoch, als er diesen Namen hörte. »Ja? Was will sie?«, fragte er misstrauisch.

»Nur unser Bestes«, versicherte Werner. »Sie will einen von uns sehen.«

»Uns?«, staunte Jarre.

»Ja, dich oder mich. Sie scheint von dir beeindruckt zu sein. Als ich ihr sagte, dass ich wegen einer wichtigen Sitzung heute Abend keine Zeit hätte, war sie sofort einverstanden, sich nur mit dir zu treffen.«

»Von wem kam denn dieser Vorschlag?«, verlangte Jarre zu wissen.

»Von ihr!«, verteidigte sich Werner. »Sie möchte etwas ganz Wichtiges mit dir besprechen, aber sie möchte das nicht in der Bibliothek machen. Sie hat gefragt, ob du sie nicht im Großen Garten treffen könntest.«

»Sonst geht es ihr gut, oder? Warum denn das?« Jarre wollte eigentlich den Abend zusammen mit Anna bei einem schönen Glas Wein verbringen. Außerdem erinnerte er sich daran, dass es die letzten Abende etwas kühler geworden war und dass für heute Abend ein Gewitter aufziehen sollte.

»Frag mich nicht, warum sie dich da sehen will. Sie ist die Touristin, nicht ich«, stellte Werner klar.

»Und wo will sie mich treffen? Und vergiss nicht, wenn du sagst am Denkmal von Kurfürstin Sophie, lege ich auf.«

Jarre hörte lange nichts, was ihn zu einem tiefen Seufzer veranlasste. »Also gut, ich verspreche dir, nicht aufzulegen.«

»Nun, sie möchte dich am Denkmal von Kurfürstin Sophie treffen …«

»Das ist doch albern«, beklagte sich Jarre.

»Das schon, aber sie sieht fantastisch aus. Warum hätte ich also widersprechen sollen?«

Jarre dachte kurz nach und fand keinen Fehler in dieser Schlussfolgerung, also versprach er Werner widerstrebend um fünf Uhr am Treffpunkt zu sein. Spätestens am nächsten Morgen würde er sich wieder melden, wenn es etwas zu berichten gab, sagte er, dann machte er sich auf den Weg nach Linden, seinem nächsten Stopp.

Linden war der Stadtteil in Hannover, in dem es die besten Kneipen gab, da war sich Jarre sicher, zumal die Kneipen in der Altstadt stets voll waren. Es war nie schwierig, in dem Gewirr der engen Straßen ein Lokal zu finden, in dem man selbst um 12 Uhr etwas frühstücken konnte. Er war dankbar, dass er zur Mittagszeit noch Brötchen und einen heißen, starken Kaffee bestellen konnte, da er es nicht geschafft hatte, etwas zu essen, bevor er die Amerikaner zum Flughafen gebracht hatte.

Der Mann, mit dem er sich treffen wollte, war der Grund, dass er hierhergekommen war. Pee-Wee legte Wert auf ein unauffälliges Treffen in warmen Räumen, das wusste Jarre. Wenn jemand ein Mensch für drinnen war, dann Pee-Wee.

Es war ein Viertel nach zwölf, als Jarre eine kleine, dünne Gestalt mit einer viel zu großen dunkelgrünen Windjacke sah, die sich vor seinem Tisch aufbaute und ihn durch eine dicke Hornbrille misstrauisch musterte.

»Nett, dass du gewartet hast«, beschwerte sich das Männchen mit einer kieksigen Stimme, die gut zu seiner schmalen, leicht gebeugten Statur passte.

»Warum hätte ich warten sollen?«, fragte Jarre schlicht. »Du kommst immer zu spät, und niemand weiß, wie viel. Sollte ich deswegen hungern?«

Der kleine Mann ließ sich nicht unterkriegen. »Du hättest mir einen Kaffee bestellen können.«

»Der wäre schon kalt, ich war immerhin pünktlich.«

»Also gut«, seufzte das Männchen und zog seine Jacke aus, wodurch ein dunkelgraues Flanell-Hemd zum Vorschein kam, das ihm ebenfalls mindestens zwei Nummern zu groß war. Es steckte in einer dunkelbraunen Cordhose, die von Hosenträgern gehalten wurden. Er mochte es halt bequem, hatte Pee-Wee auf eine Frage einmal erklärt und darauf hingewiesen, dass ein schickes Äußeres in seinem Leben selten gefordert wurde.

Der Name dieses ungewöhnlichen Individuums war Paul Wagner, aber schon in der Schule hatten seine Klassenkameraden aus seinen Initialen – sprachlich nicht ganz richtig – den englisch klingenden Spitznamen Pee-Wee abgeleitet, der seither an ihm kleben geblieben war. Jeder in Linden kannte Pee-Wee, doch die wenigstens hätten gewusst, wer ein gewisser Paul Wagner war, oder wo es ihn zu finden galt.

Niemand konnte so genau sagen, wie alt Pee-Wee war, und er selbst hatte darüber auch keine Auskunft geben können. Alle waren sich jedoch einig, dass Pee-Wee schon immer da gewesen war, jedenfalls solange, wie sich irgendjemand zurückerinnern konnte. Pee-Wee war eine Lindener Institution und stolz darauf. Hätten irgendwann die drei neuen Schornsteine am Kraftwerk mitten in Linden gefehlt, wäre das nicht annähernd so vielen aufgefallen, als wenn Pee-Wee verschwunden wäre.

Daher war es nicht weiter verwunderlich, dass die Bedienung Pee-Wee, ohne zu fragen, eine Tasse seines Lieblingsgetränks brachte, nämlich einen pechschwarzen Kaffee, der eine Prise Zimt und drei große Löffel Zucker enthielt. Jarre grinste innerlich, als er sah, mit welcher Freude Pee-Wee trank, zumal sein Gegenüber fest davon ausging, dass Jarre diese Tasse zahlen würde.

Es herrschte unter Pee-Wees Freunden sowieso wenig Einigkeit darüber, ob Pee-Wee mit seinen verschiedensten Diensten überhaupt genug Geld für seinen Lebensunterhalt verdiente. Die Erklärung für die Verwirrung lag darin, dass jeder genau wusste, wann er Pee-Wee zum letzten Mal etwas ausgegeben hatte, während sich niemand daran erinnern konnte, dass Pee-Wee je selbst etwas bezahlt hatte.

Trotzdem wusste jeder Pee-Wee zu schätzen, da er besser als jeder andere informiert war, wo es etwas Ungewöhnliches zu kaufen gab oder wer einem etwas abkaufen wollte, ganz egal, ob die Polizei die Transaktion guthieß oder nicht. Egal ob eine neue Schallplatte von Elvis Presley oder ein Motorboot für den Mittellandkanal, Pee-Wee wusste, an wen man sich wenden musste.

Seine wahre Leidenschaft galt jedoch den Büchern, je

älter, desto besser. Inkunabeln, gedruckte Büchern aus der Zeit vor 1500, waren sein besonderes Steckenpferd. Es hieß, er wisse über den Verbleib jeder der 550.000 bekannten Inkunabeln Bescheid, er selbst stellte dies allerdings regelmäßig in Abrede, allerdings mit einem vielsagenden, kaum zu deutenden Lächeln.

Briefe waren hingegen nicht sein Spezialgebiet, das wusste Jarre, trotzdem würde er von Pee-Wee eine bessere Antwort bekommen als von fast jedem offiziellen Fachmann auf dem Gebiet. Deswegen hatte er gestern Abend in verschiedenen Kneipen für Pee-Wee eine Nachricht hinterlegt, wo er heute Mittag zu finden war und dass er sich freuen würde, ihn zu einem Kaffee und einem Plunderstück einzuladen. Solche Einladungen waren letztlich das einzige Argument, das darüber entschied, ob Pee-Wee bereit war, mit einem zu reden oder nicht.

»Worum geht es?«, fragte Pee-Wee endlich, nachdem er sich das versprochene Plunderstück bestellt und den Kaffee fast zur Hälfte geleert hatte.

»Briefe«, teilte Jarre ihm lakonisch mit, da er wusste, dass Umgangsformen für Pee-Wee verschwendete Zeit waren.

Pee-Wee spitzte die Lippen und nickte. »Kaufen oder verkaufen?«

»Verkaufen. Ich möchte wissen, was bestimmte Briefe auf dem Markt bringen würden und wie viele Interessenten es dafür gibt.«

Pee-Wee verzog das Gesicht. »Falsche Nummer«, nölte er. »Ich bin nicht die Auskunft.«

Jarre schüttelte den Kopf. »Falsche Antwort. Natürlich würde deine übliche Gebühr fällig, wenn du mir weiterhelfen kannst.« Er sah Pee-Wee an, dass er jetzt wieder die Aufmerksamkeit seines Gegenübers hatte.

»Schieß los«, piepste Pee-Wee.

»Es geht um Briefe aus dem frühen 18. Jahrhundert.«

Der kleine Mann zog die Brauen hoch und dachte für einen Moment nach. »Ein seltenes Sammelgebiet«, sagte er mehr zu sich selbst. »Wenige Sammler, kleines Angebot, schwer überschaubarer Markt ... Da kann man kaum Vorhersagen treffen.«

Jarre hatte so etwas erwartet. »Du kannst mir doch gewiss sagen, wonach Sammler Ausschau halten würden? Nach kompletten Briefen? Nach berühmten Autoren? Nach anderen Merkmalen? Ich kann mir zwar einiges vorstellen, aber ich möchte es genau wissen.«

Pee-Wee bedachte Jarre mit einem merkwürdigen Blick. »Wenn du etwas verkaufen willst, stellst du es verdammt komisch an. Du solltest wissen, dass Briefe in allererster Linie von Briefmarkensammlern gesammelt werden. Das Sammeln von Postkarten und Briefen ist für sie meistens eine interessante Ergänzung des Themas. Dabei sind oft die Marken auf dem Umschlag wichtiger als die Briefe selbst. Feldpostbriefe mit den passenden Marken aus dem Ersten Weltkrieg können schon ein paar Hundert Mark kosten. Komplette Briefe aus dem 19. Jahrhundert mit seltenen Marken sind ebenfalls teuer, wenn ich dich richtig verstehe.«

Jarre bejahte. »Sind die ersten Briefmarken nicht erst Mitte des 19. Jahrhunderts ausgegeben worden?«

»Ja, 1840. Natürlich gab es Vorläufer der guten alten Briefmarke, und die bringen auch viel ein. Denk an die Londoner Penny Post. Im Privatbesitz existieren gerade einmal vier Marken dieser Privatpost aus dem Jahr 1680. Du kannst dir vorstellen, dass ein Brief mit solch einer Marke fast unbezahlbar ist. Briefmarkensammler, die sich mit den Jahren vor 1840 befassen, sind jedoch selten. Briefe aus dem 18. Jahrhundert hatten meist keine Marken und sind daher vermutlich nur Sammlerstücke, wenn ein bekannter Autor sie verfasst hat. Wenn es eine echte Berühmtheit ist, musst du diese Autografen in eine Auktion geben, um überhaupt an einen Preis zu kommen. Denn dafür gibt es keinen normalen Markt.«

»Hast du irgendwelche Anhaltspunkte hinsichtlich der Preise?«

Pee-Wee hob die Schultern. »Geschichtliche Dokumente sind immer gefragt. Ein handgeschriebener Entwurf der amerikanischen Verfassung von George Washington könnte eine halbe Million und mehr einbringen, während ein einfaches Autogramm von Kardinal Richelieu, dem fiesen Typen aus ›Die Drei Musketiere‹, höchstens ein paar Mark kostet. Davon gibt es zu viele. Such dir also einen Preis aus, jeder ist etwa gleich wahrscheinlich.«

»Sonst gibt es keine Möglichkeit, Briefe zu verkaufen? Ich meine, etwas Diskreteres als eine Auktion?«

Pee-Wee sagte für eine Weile nichts und sah blicklos in die Ferne. Sein Hirn schien unter Hochdruck zu arbeiten, dann richteten sich seine Augen wieder auf Jarre. »Es gibt, glaube ich, zwei Häuser in Deutschland, die auf den Handel mit Autografen spezialisiert sind. In Berlin wurde vor einiger Zeit ein Brief von Ernst August I. für mehrere Hundert Mark verkauft, wenn ich mich nicht irre. Ich hatte damals eine Anfrage bezüglich möglicher

Memorabilien der Welfen, es wurde jedoch nichts aus dem Geschäft. Egal, viel mehr bringen Briefe aus dieser Zeit wohl nicht ein.«

Ein paar Hundert Mark war nicht gerade eine Summe, wegen der man das Risiko auf sich nehmen würde, in die Landesbibliothek einzubrechen, dachte Jarre. Hatte der Dieb die Briefe also wirklich zufällig gestohlen? Dann musste er sich von seinem Lieblingsszenario verabschieden, in dem die Leidenschaft für Leibniz einen Sammler veranlasst hatte, einen Dieb mit diesem Auftrag zu betrauen. Vielleicht war das wirklich etwas, das nur in Filmen vorkam. Damit würden alle ihre Versuche, die Briefe zurückzubekommen, aussichtslos sein, und das wollte er nicht hinnehmen.

»Kennst du irgendwelche rücksichtslosen Sammler für Autografen?«, fragte er daher, wenn auch mit wenig Hoffnung auf eine Namensliste.

Pee-Wee sah ihn ratlos an. »Das ist nicht wirklich mein Gebiet … Du findest aber sicher mehr durchgeknallte Finanziers, die bereit sind, Millionen für einen geklauten van Gogh auszugeben, als Leute, die mehrere Tausend Mark für ein paar Briefe bezahlen wollen.«

Das war die Antwort, die Jarre erwartet hatte, und er selbst wusste genau, dass die Anzahl exzessiver und rücksichtsloser Kunstsammler nicht sehr groß war.

»Kannst du dich trotzdem umhören, ob jemand eventuell Briefe aus dem 18. Jahrhundert kaufen würde?«, fragte Jarre vorsichtig.

Pee-Wee zog die Brauen hoch. »Ich kann sicher ein paar Leute anrufen, ob sie kaufen würden oder jemanden kennen, der kaufen möchte. Aber das wird dir nicht viel bringen. Außerdem wird es nicht billig.« Über den Rand seiner Brille musterte er sein Gegenüber.

Jarre seufzte tief. »Was heißt nicht billig?«

Pee-Wee nannte rasch eine Summe, die viel niedriger war, als Jarre befürchtet hatte. »Mach es trotzdem«, bat er.

Als er ging, bezahlte er die Getränke und den Plunder und bat die Bedienung, Pee-Wee einen weiteren Kaffee zu bringen. Aus Erfahrung wusste er, dass es meistens möglich war, die Leute bereits mit Kleinigkeiten ein bisschen glücklicher zu machen. Mit einem Lächeln auf den Lippen ging er.

KAPITEL SECHS

Als Jarre Behrend einige Stunden nach seinem Treffen mit Pee-Wee seinen Wagen in einer kleinen Straße am Berggarten parkte, dachte er an das Jahr 1666. Der große Barockgarten, der auf der anderen Seite der Straße lag, war vor genau 300 Jahren angelegt worden, im gleichen Jahr, in dem eine Feuersbrunst London, die englische Hauptstadt, in Schutt und Asche gelegt hatte. Während seines Studiums hatte Jarre ein paar Jahre in London gelebt und vor Ort erfahren, wie verheerend sich der Brand von 1666 ausgewirkt hatte. Fast die gesamte Stadt war damals neu aufgebaut worden, und die zahllosen Bauten Christopher Wrens prägten noch immer die Metropole.

Dieselbe barocke Pracht fand sich im Großen Garten von Herrenhausen wieder, der als Teil der Sommerresidenz des hannoverschen Herzogs Johann Friedrich entstanden war. Jarre wusste, dass Kurfürstin Sophie, die zur englischen Thronfolgerin auserkoren worden war, später eine wichtige Rolle bei der Vergrößerung der Anlage gespielt hatte. Daher war es gar nicht so abwegig, sich im Großen Garten an ihrem Denkmal zu treffen, um mit Vicky Quinlivan über ihre geheimen Briefe zu reden. Trotzdem war es ein Klischee, und Klischees konnte Jarre nicht leiden. Außerdem fragte er sich, warum Vicky so geheimnisvoll tat und nicht in der Bibliothek mit ihm sprechen wollte. Bald würde er es wissen …

Er überquerte die stets holprige Herrenhäuser Straße und betrat den Garten. Gleich hinter dem Eingang bog er ab, um durch die Allee an der Seite des Gartens zu eilen. Hier waren gewöhnlich nicht so viele Menschen unterwegs wie auf den anderen Wegen und er konnte mit seinen langen Schritten etwas Zeit aufholen, da er ein bisschen hinter seinem Zeitplan war.

Als er die Mitte des Gartens erreicht hatte, ging er nach rechts zum Denkmal von Sophie, schaute auf die Uhr und stellte zufrieden fest, dass er pünktlich war. Vicky Quinlivan hingegen kam fast zehn Minuten zu spät. Das war wohl kalkuliert und sie verschaffte sich einen dramatischen Auftritt, als sie mit offenem Mantel und wehendem Haar auf ihn zueilte.

»Schön, dass du kommen konntest«, stellte sie fest, als sie sich begrüßten, und strahlte ihn dabei an.

»Es ist mir eine Freude«, behauptete Jarre. Als er Vicky in ihrem schwarzen Mantel und dem engen dunkelblauen Kleid musterte, musste er sich eingestehen, dass das sogar stimmte. »Also, was hast du entdeckt?«, fragte er, um gleich zur Sache zu kommen.

Vicky lächelte. »Du verschwendest nicht viel Zeit mit Plaudereien, nicht wahr? Keine Sorge, ich weiß sehr wohl, dass dies kein romantisches Tête-à-tête ist, sondern eine geschäftliche Besprechung. Deswegen habe ich dich extra hierher gebeten, ich möchte dir nämlich etwas zeigen. Komm.«

Sie ging ein paar Schritte an Jarre vorbei und den Weg zurück, den er gerade gekommen war. Er folgte ihr, bis sie nach rechts abbog, um weiter in den hinteren Teil des Gartens zu gelangen, dann gingen sie nebeneinander.

»Weißt du, warum ich das Denkmal der Kurfürstin als Treffpunkt gewählt habe?«, fragte sie.

Jarre schüttelte den Kopf.

»Weil es ein gutes Denkmal für eine kluge Frau ist. Sie sieht sehr würdig aus, sehr zufrieden, und sie hat ein Buch in der Hand, in dem sie eine Seite mit dem Finger markiert. Ich denke, dass das eine schöne Darstellung ist.«

Jarre musste ihr recht geben, allerdings wusste er nicht, ob der Platz, an dem das Denkmal stand, wirklich ein geeigneter Standort war. Obwohl Sophie bei einem ihrer üblichen Abendspaziergänge an diesem Ort gestorben war, ganz überraschend und schnell, kam keiner der Wege, die durch den Garten nach hinten führten, an dem Denkmal vorbei, sodass viele Besucher eher zufällig auf das Bildnis der Kurfürstin stießen. Sophie hätte seiner Meinung nach mehr Aufmerksamkeit verdient. Als er merkte, dass Vicky ihn bereits eine Weile ansah, entschuldigte er sich dafür, dass er so offensichtlich seinen eigenen Gedanken gefolgt war.

»Ich dachte gerade daran, dass das Denkmal für Sophie früher eindrucksvoller war«, erklärte er rasch. »Vor der Zerstörung im Zweiten Weltkrieg stand hinter dem Denkmal ein dreiflügeliger Bau mit Giebel und zwei Terrassen. Das war zwar nicht hübsch, aber es lenkte doch das richtige Maß an Aufmerksamkeit auf das Denkmal.«

»Du interessierst dich offenbar sehr für diesen Garten«, sagte Vicky, die ihm seine Begeisterung anmerkte.

»Berufskrankheit«, stellte er fest, ohne weiter auf diese Bemerkung einzugehen. »Also, warum ist es so wichtig, dass wir uns hier treffen?«

»Ihr habt euch doch sicher schon gefragt, warum jemand die Briefe von Leibniz gestohlen haben könnte.«

»Natürlich«, murmelte Jarre.

»Es will mir nicht einleuchten, dass die Briefe zufällig gestohlen wurden. Ich glaube, jemand muss die Absicht gehabt haben, genau diese Briefe zu stehlen, und hat auf eine Gelegenheit gewartet. Daher habe ich mich gefragt, wer Interesse an Briefen der Kurfürstin Sophie haben könnte. Ich habe ein paar Telefonate geführt und mit einigen Kunstexperten gesprochen, die auf die Zeit von Sophie spezialisiert sind.«

Sie schaute zu Jarre hinüber, wohl um zu sehen, ob er von ihrem Eifer beeindruckt war, doch er ließ sich nichts anmerken. »Ein guter Freund aus Italien hat mich dabei auf eine Geschichte gebracht, die ich für sehr vielversprechend halte. Im Jahr 1664 haben Sophie und ihr Mann für ein Jahr Hannover verlassen und ausführlich Italien bereist. In dieser Zeit haben die beiden offenbar schon so etwas geführt, was wir heutzutage als offene Ehe bezeichnen würden.«

Jarre zog erstaunt die Brauen hoch, ließ Vicky jedoch weiterreden.

»Es ist jedenfalls überliefert, dass der Bruder von Ernst August, Georg Wilhelm, seiner Schwägerin immer wieder Avancen gemacht hat, was die Eifersucht von Ernst August erheblich geschürt haben soll, sodass er seiner Frau bald selbst untreu wurde.«

»Sicher, die Ehe zwischen Sophie und Ernst August war für die standesbewusste Sophie lediglich eine Verstandesehe …«, wandte Jarre ein.

Vicky Quinlivan ließ keinen Einwand zu und redete weiter: »Das sonnige Italien und die lockere Atmosphäre an den Höfen von Rom und Venedig scheinen die Kurfürstin beeindruckt zu haben. Sophie soll dem Charme einiger venezianischer Nobilhomini erlegen sein. Von zweien dieser reichen Kaufleute wurde sie mit Preziosen geradezu überschüttet. Nach ihrem Jahr in Italien hat sie angeblich eine ganze Truhe mit venezianische Goldschmiedearbeiten ungeahnter Schönheit mit nach Hannover gebracht.« Vicky machte eine bedeutungsvolle Pause und blickte erwartungsvoll zu Jarre auf.

Der gab zu, dass ihm diese Geschichte tatsächlich neu sei. »Wo sind diese Preziosen? Sie sind in keinem der Schlösser der Welfen je wieder aufgetaucht.«

»Genau das ist das, worum es hier geht. Wir wissen, dass Ernst August zur Eifersucht neigte und rachsüchtig sein konnte. Es ist also anzunehmen, dass Sophie um ihre Geschenke fürchten musste, wenn sie sie offen zur Schau stellte.«

»Na und?«, fragte Jarre, obgleich er ahnte, wie die Geschichte enden würde.

»Also hat sie sie versteckt, und zwar hier, im Großen Garten.«

»Nicht wirklich, oder?«

»Oh doch. Sophie war die treibende Kraft, die hinter dem Ausbau des Gartens steckte. Sie kümmerte sich persönlich um die Anlage und Bauten darin. Da war es ihr ein Leichtes, ein geeignetes Versteck zu finden.«

Jarre wusste genau, dass der barocke Garten Sophies Hobby gewesen war. Er war das Einzige, womit die Welfen in Herrenhausen glänzen konnten, wie die Fürstin einmal gesagt hatte.

»Aber der Brief an Leibniz?«, fragte er misstrauisch.

»Sophie war schon über 70, als sie den Brief schrieb, das war damals ein hohes Alter. Vielleicht wollte sie ja sicherstellen, dass irgendjemand außer ihr Bescheid wusste, wo das italienische Gold versteckt war. Daher ist der Brief so wertvoll, denn niemand hat danach das Versteck gefunden.« Vicky Quinlivan blieb neben einer Fontäne stehen und wies auf einen der kleinen Pavillons, die die hinteren Ecken des Gartens markierten. »Wer weiß, vielleicht ist der Schatz gleich dort versteckt, im Fundament eines dieser Tempel?«

Jarre warf ihr einen nachsichtigen Blick zu. »Wohl kaum. Erstens sind das keine Tempel, und zweitens wurden die Rundpavillons erst 1706 von Remy de la Fosse erbaut.«

Für Vicky war diese Nachricht Wasser auf ihre Mühlen. »Das passt doch wunderbar. Erst erteilt sie Remy den Auftrag, ihren Schatz in einem seiner Pavillons zu verstecken, dann berichtet sie Leibniz davon in einem codierten Brief.«

Für einen Moment stutzte Jarre, aber Vicky schien das nicht zu merken.

»Und warum hat Leibniz seinerseits codierte Briefe geschrieben?«, fragte Jarre mit einer gewissen Schärfe.

»Vermutlich, weil er es war, der Sophie vorgeschlagen hat, die Briefe zu verschlüsseln.«

Jarre knurrte etwas Unverständliches. Wollte Vicky ihm wirklich weismachen, dass es Leute gab, die Schätze vergruben und deren Lage in einer Schatzkarte mit einem x kennzeichneten? Schatzkarten hatten bekanntermaßen die Eigenschaft, auf mysteriöse Weise verloren zu gehen, und Jarre hielt sie nur für ein Spannungsmittel, das in Romanen und Filmen zu finden war. Außerdem musste er Werner fragen, ob Vicky wusste, dass ausgerechnet der einzige Brief geklaut worden war, den Sophie geschrieben hatte. In seinem Beisein hatte er es jedenfalls nicht erwähnt.

Als sie den Pavillon erreichten, wies Jarre mit einer ausholenden Geste auf das Bauwerk. »Und du möchtest, dass ich mit der Spitzhacke meines Schweizer Taschenmessers ein Loch in den Boden des Pavillons haue und nach dem Schatz suche?«

Vicky entging der Sarkasmus nicht, aber sie tat ihn mit einem Lächeln ab. »Das wäre etwas drastisch, nicht wahr? Trotzdem, das ist natürlich der Grund, warum ich dich hergebeten habe. Du bist der Experte, wenn es darum geht, wo in solch einem Bauwerk ein Schatz versteckt liegen könnte.«

Jarre lächelte mild. »Ich weiß nicht, was Werner über meine Arbeit erzählt hat. Jedenfalls ist es nicht so, dass ich Archäologe bin oder sonst etwas mit Ausgrabungen zu tun habe. Ich bin ein Stubenhocker, der meist Akten studiert.«

»Dafür siehst du recht fit aus«, schmeichelte sie ihm.

»Danke. Ich gehe schon ganz gerne hin und wieder Klettern, das stimmt, aber ich …«

Weiter kam er nicht, da ein Aufschrei von Vicky Quinlivan ihn unterbrach. Sie hatte zwei dunkel gekleidete Gestalten aus dem Schatten des Pavillons hervortreten sehen, die mit bedrohlicher Haltung schnell auf sie zukamen.

Als Jarre und Vicky ihre Angreifer erblickten, sprangen die Männer die beiden an. Vicky wurde sofort niedergerissen und schlug mit ihrem Rücken hart auf den Steinboden. Jarre taumelte zurück, konnte jedoch die erste Attacke seines Angreifers abwehren. Schnell analysierte er sein Gegenüber. Der Mann war klein, mit breiten Schultern und muskulösen Armen. Ein dunkles Halstuch und eine Kapuze verbargen sein Gesicht. Ein kräftiger, vermutlich unberechenbarer Gegner, und offenbar einer, der diesen Angriff gut geplant hatte. Ein Blitzen verriet Jarre, dass sein Gegenüber mit einem Totschläger bewaffnet war und gerade zu einem Schlag gegen seine Schläfe ausholte. Instinktiv duckte er sich, sodass der Schlag weit über seinem Kopf ins Leere ging. Gleichzeitig ließ er sich mit seiner rechten Schulter nach vorn fallen, wodurch er gegen die Beine des Maskierten fiel. Der bullige Mann, der durch den erfolglosen Schlag bereits ins Straucheln geraten war, konnte sich nicht mehr halten. Er stürzte über Jarres Rücken und landete mit einem hässlichen Geräusch auf dem Boden. Da war Jarre schon wieder aufgestanden.

Vicky hatte weniger Glück gehabt. Der Mann, der sie umgeworfen hatte, lag halb auf ihr, mit den Händen an ihrer Gurgel. Jarre zögerte keinen Augenblick und trat dem Mann mit voller Wucht in die Seite, sodass ein paar seiner Rippen brachen. Der Kerl schrie laut auf und ließ von Vicky Quinlivan ab. Das war der Moment, in dem Jarre merkte, dass er dem anderen Kerl nicht den Rücken hätte zuwenden sollen. Ein heiseres »Vorsicht!« aus Vickys Kehle rettete ihn.

Er spürte den Schlag mehr, als er ihn sah, doch gelang es ihm, so weit auszuweichen, dass seine rechte Schulter den Schlag abfing, der für seinen Kopf bestimmt war.

Mit vor Schmerz verzerrtem Gesicht vollendete Jarre seine halbe Drehung und ließ all seine Wut und Energie in einen Konterschlag fließen, bei dem seine linke Hand nach oben fuhr. Seine Handfläche war offen, seine Finger gestreckt, als er mit dem Handballen die Nase des Maskierten erwischte. Ein lautes Knacken zeigte ihm, dass die Nase der Wucht nachgab und brach. Sofort lief Blut über das Gesicht des Mannes, der vor Schmerz aufheulte. Jarre seufzte innerlich, denn er wusste, dass er durch diesen Schlag mehr sein Glück als sein Können bewiesen hatte.

Rasch drehte er sich zu Vicky Quinlivan um, die jedoch schneller auf die Beine gekommen war als ihr Angreifer. Er bemerkte, dass sie keine Hilfe mehr brauchte, denn sie hatte bereits angefangen, auf ihren Gegner einzutreten. Drei-, viermal trat sie zu, bis Jarre sie stoppte. Beruhigt stellte er fest, dass von diesem Mann keine Gefahr mehr ausging, genauso wenig wie von dem anderen Angreifer.

Keuchend hielt Vicky sich an Jarre fest, der zaghaft seine schmerzende Schulter rieb. Immerhin war es nicht die linke, die seit dem Streifschuss vor zwei Monaten immer noch Schwierigkeiten machte. Langsam beruhigte Vicky sich und sah Jarre mit angsterfüllten Augen an. Der schüttelte den Kopf, um sie zu beruhigen. Der Angriff war vorbei, und die beiden maskierten Männer humpelten zur Brücke, wo sie den Garten verlassen konnten.

»Sie müssen einem von uns gefolgt sein«, brachte Vicky hervor, als sie sich beruhigt hatte und wieder frei atmen konnte.

»Und warum hätten sie das tun sollen?«, fragte Jarre mit finsterer Miene.

»Weil jemand von uns die falschen Fragen gestellt hat«,

vermutete Vicky heiser. »Sie werden uns nicht angegriffen haben, nur um über die Thronfolge zu reden oder weil wir hier spazieren waren.«

»Sicher nicht. Sie werden uns wohl eher attackiert haben, weil wir die richtigen Antworten bekommen haben«, entgegnete Jarre mit kaum unterdrückter Wut.

Dann hörten sie ein Geräusch, das sie beide irritierte, bis Jarre merkte, dass es eine Fahrradklingel war. Damit forderte einer der Gärtner die Besucher auf, den Garten zu verlassen, der bald geschlossen wurde. Sanft nahm Jarre Vicky beim Arm und brachte sie zum Ausgang, wo er ihr ein Versprechen gab. »Was auch immer die Kerle wollten, ich weiß, dass ihnen unsere Antwort nicht bekommen wird, wenn sie so etwas noch einmal probieren. Das garantiere ich!«

Vicky sah an seinem Blick, dass er es ernst meinte. Für einen kurzen Moment schauderte sie.

Dr. Anna Winter blickte etwas nachdenklich auf ihren Freund, Jarre Behrend, hinab und schüttelte den Kopf.

»Ich glaube, unsere Beziehung geht von einer völlig falschen Voraussetzung aus«, erklärte sie.

»Was du nicht sagst«, grollte Jarre. »Nun mach schon!«

Anna rührte sich nicht. »Wirklich, wir sollten uns so nicht mehr treffen. Ich meine, weil du Schmerzen haben möchtest …«

Jarre zog eine Grimasse. »Ich möchte keine Schmerzen haben, da liegt dein Irrtum. Ich habe sie einfach, Punkt.«

Traurig schüttelte Anna den Kopf. »Dabei habe ich nicht einmal mehr Sprechstunde …«

Jarre seufzte ergeben. »Ja, ich bin wirklich froh, dass ich

nicht ins Krankenhaus kommen musste, sondern dass du zu Hause warst. Aber könntest du endlich etwas gegen diese blöde Prellung machen?«

»Sicher«, murmelte Anna und warf einen genauen Blick auf die Stelle, an der Jarre von dem Totschläger getroffen worden war. »Trotzdem, irgendwas läuft da falsch mit deinem Beruf. Für die meisten ist es nicht normal, bei der Arbeit beschossen oder verprügelt zu werden.« Sie hob sinnierend den Blick. »Außer für Boxer vielleicht. Du kannst ja Cassius Clay fragen. Der sieht dabei wenigstens gut aus.«

Jarre überhörte das geflissentlich. »Für mich ist es nicht normal, zusammengeschlagen zu werden, wie du es ausdrückst.« Irgendwie fand er die ganze Unterhaltung nicht so lustig, wie Anna das offenbar tat. »Außerdem heißt der Mann seit einiger Zeit Muhammad Ali.«

»Wie auch immer. Darf ich dich daran erinnern, wie wir uns kennengelernt haben?«, fragte sie spitz. »Jemand hatte deinen halben Arm weggeschossen.«

»Ja, aber wenigstens den anderen.«

Sie lächelte breit. »Es ist schön, wie du immer wieder das Positive sehen kannst. Die Wunde ist wirklich nicht so schlimm. Es wird einen dicken blauen Fleck geben und du wirst einige Zeit eine steife Schulter haben, das war's. Ich reibe sie dir ein, damit ist es für heute Abend gut. Morgen früh machen wir das Gleiche.«

»Sehr schön«, behauptete Jarre ohne rechte Überzeugung und zog sich sein helles Nylonhemd wieder an.

»Und diese Versicherungsdetektivin? Was ist mit der? Die wollte auch nicht die Polizei rufen?« Dass Anna eine gewisse Schärfe in das Wort ›Versicherungsdetektivin‹ legte, entging Jarre völlig.

»Ja. Vicky war die Erste, die gesagt hat, dass es nicht sinnvoll wäre, die Polizei zu rufen, bei den dürftigen Beschreibungen, die wir hatten.«

»Vicky?« Irgendwie schaffte es Jarre, selbst in dieser Frage den drohenden Unterton zu überhören.

»Vicky Quinlivan«, erklärte er knapp und unzureichend.

»Eine Irin?«, staunte Anna.

»Ja, obwohl sie nicht so aussieht. Sie sieht eher aus wie ein südamerikanisches Model. Sie hilft Werner bei der Ausstellung hinsichtlich der Versicherungspolice und der zu versichernden Summe«, ergänzte Jarre.

»Ich bin sicher, dass ihr beide für ihre Hilfe sehr dankbar seid«, stellte Anna schneidend fest, was ihr einen verwunderten Blick von Jarre einbrachte.

Um die Situation nicht noch mehr außer Kontrolle geraten zu lassen, atmete Anna einmal tief durch und brachte die Salbe zurück in ihr Badezimmer, wobei sie Jarre befahl, ruhig auf dem Sofa sitzen zu bleiben. Sein Gefühl sagte ihm, dass es besser war, sich dem zu fügen. Während Anna im Bad ein paar ausgewählte Flüche über ihren allzu naiven Freund ausstieß, machte Jarre es sich auf ihrem riesigen Sofa bequem.

Kaum hatte er sich zurückgelehnt, war Bond da, Annas bemerkenswert strammer Kater. Er musterte Jarre für einen Moment prüfend, dann sprang er mit einem großen Satz auf seinen Schoß. Jarre hatte Bond zwei Tage nach Anna kennengelernt, und ihm war rasch klar geworden, warum Anna ihr Haustier als einen dynamischen und schmusebedürftigen Kater vorgestellt hatte. Deswegen hatte Anna ihren Kater den Namen

Bond gegeben, da er angeblich ›gnadenlos und ein Weiberheld‹ war.

Jarre dachte schmunzelnd an diese Beschreibung, als Bond mit der vollen Wucht seiner fast sechseinhalb Kilo auf seinen Oberschenkeln landete. In seinem Blick stand ganz eindeutig ein großes ›Kraul mich!‹ geschrieben. Er gab seinem Verlangen Nachdruck, indem er Jarre mehrfach mit seinem Kopf anstieß. Jarre ergab sich in sein Schicksal und wenige Augenblicke später erfüllte ein lautes, behagliches Schnurren den Raum.

Schließlich kam Anna zurück und brachte eine Flasche Weißwein mit, die sie mit zwei Gläsern auf den Couchtisch stellte, ehe sie sich Jarre gegenüber in einen Sessel fallen ließ. Während sie das erste Glas tranken, ließ Anna sich im Detail erzählen, warum Jarre in den Großen Garten gegangen und warum er dort zusammengeschlagen worden war.

»Also gehst du wieder auf Schatzsuche?«, fasste sie zusammen, während Jarre ihre Gläser erneut füllte.

»Wieso?«, staunte er, als er sich zurücklehnte. »Meinst du etwa, dass es diesen Schatz gibt?«

»Warum denn nicht? Sophie war eine intelligente und attraktive Frau. Warum sollte sie keine Verehrer gehabt haben, die sie mit Schmuck beschenkten?«

»Das sei meinetwegen dahingestellt«, seufzte Jarre. »Nur wo sollte das Versteck denn sein?«

»Natürlich im Großen Garten.« Nachdenklich blickte sie zur Decke. »Wie wäre es, wenn die Kiste unter irgendeinem besonderen Objekt vergraben worden wäre, der Sonnenuhr zum Beispiel?«

Jarre zweifelte daran. Zwar hatte Kurfürstin Sophie die Aufstellung der großen Sonnenuhr im Jahre 1712 noch miterlebt, es schien ihm dennoch unvorstellbar, dass darunter ein Schatz liegen sollte.

»Überleg doch einmal, was wollte Sophie denn mit so einem Manöver beschicken? Wer immer die Preziosen wieder bergen wollte, hätte dazu die Sonnenuhr versetzen müssen. Und wo hatte Sophie vorher den Schmuck? Hatte sie ihn fast 50 Jahre lang unter ihrem Bett, ehe sie auf die Idee kam, dass sie ihn plötzlich verstecken musste?«

Anna funkelte ihn an. »Also nicht unter der Sonnenuhr! Das war ja nur ein Beispiel. Anderswo gab es bestimmt Verstecke, an die man leichter wieder herankommen konnte.« Sie nahm einen Schluck Wein, während sie nachdachte, dann richtete sie sich auf und sah Jarre triumphierend an. »Unter dem Schloss, zum Beispiel. Im Gartentheater! Überall gibt es Stellen, die leicht zugänglich sind und wo man etwas verstecken kann. Vielleicht steckt der Schatz sogar in einer der Figuren des Theaters!«

Jarre schaute sie gleichgültig an. »Na klar ...«, war alles, was er zu sagen hatte.

Annas Augen blickten böse drein. »Warum glaubst du nicht, dass im Großen Garten ein Schatz versteckt sein soll?«

»Weil man ihn längst entdeckt hätte. Der Garten wurde im Zweiten Weltkrieg fast völlig zerstört und war kaum mehr als ein Kartoffelacker. Das Gelände wurde seitdem mehrfach komplett umgegraben. Da wäre jeder Schatz aufgefallen, bestimmt!«

»Ich denke, der Große Garten ist seit den Zeiten Sophies mehr oder minder unverändert geblieben?«, wunderte sich Anna, als sie diese Information verinnerlichte. Sie wusste, dass er zum 300. Jahrestag besonders herausgeputzt worden war, aber sie konnte sich nicht erinnern, wie der Garten früher ausgesehen hatte. Als kleines Mädchen war sie selten über Kirchrode, wo sie aufgewachsen war, hinausgekommen.

»Nur die Struktur ist fast die Gleiche, selbst wenn der Irrgarten zum Beispiel erst entstand, nachdem Hannover den Garten 1936 gekauft hatte. Auch die Themengärten sind aus den 30er-Jahren. Das heißt, dass die Anlage in ihrer jetzigen Form gerade einmal ein paar Jahre besteht.«

»Du meinst, die Geschichte der Versicherungsdetektivin ist Quatsch?«

»Sagen wir einmal, wenn sie die Geschichte von einem ihrer Informanten hat, hat der sie schön verladen, da bin ich mir sicher.«

Anna seufzte. »Schade. Dabei habe ich uns schon nachts mit Spitzhacke und Schaufel im Großen Garten auf Schatzsuche gesehen. Das wäre sehr romantisch gewesen.«

Jarre lachte auf. »Ja, ich kann mir vorstellen, dass dir das gefallen hätte.«

»Und die Geschichte mit den Juwelen, mit denen Sophie überhäuft wurde?«

»Das ist es ja gerade ... Ich glaube nicht einen Moment an diese Geschichte, trotzdem hat Vicky darauf bestanden.«

»Sie hat halt ihrer Quelle völlig vertraut«, überlegte Anna.

»Ja, mag sein. Nur hatte die Quelle von Sophie absolut keine Ahnung. Die Fürstin war nämlich nicht wirklich glücklich in Italien, und die zahlreichen Liebschaften ihres Gatten fand sie sehr verächtlich. Ich erinnere mich, dass ich in ihrer Autobiografie gelesen habe, wie sie sich darüber beklagt, dass sie sich in Italien sehr fremd fühlte, wo man stets an die Liebe dachte und wo eine Dame als entehrt galt, wenn sie keine Verehrer hatte. Klingt das nach einer Frau, die sich von venezianischen Kaufleuten, die ihr Avancen machten, mit Gold überschütten ließ?«

Anna schüttelte den Kopf. »Nicht wirklich. Sie ist offenbar irgendwann zu einer echten Hannoveranerin geworden, wenn sie so einem Blödsinn misstraut hat.«

»Eben. Irgendwie ist das alles nicht schlüssig. Das ist nicht das Einzige, worüber ich mir Gedanken mache. Vicky Quinlivan geht mir nicht aus dem Kopf …«

»Dir geht die Versicherungsdetektivin, die aussieht wie ein südamerikanisches Model, nicht aus dem Kopf?« Der gewisse Unterton in ihre Stimme war Jarre diesmal nicht entgangen.

»Es ist wegen dem, was sie über die Angreifer gesagt hat«, sagte Jarre, der sich alle Mühe gab, sich von Annas Ton nicht irritieren zu lassen. »Sie hat gesagt, dass die Kerle uns wohl nicht angegriffen haben, um über die Thronfolge zu diskutieren.«

»Versuch, sinnvolle Sätze zu bilden. Über was für eine Thronfolge reden wir? Über Elizabeth und Prince Charles? Der Junge ist nicht einmal volljährig.«

»Nein, über die reden wir sicher nicht«, brummte er. »Nein, die einzige offene Frage hinsichtlich der britischen Thronfolge ist seit über 300 Jahren nicht gelöst. Sie betrifft die Ablösung der katholischen Herrscher von

England und Schottland zugunsten des protestantischen Hauses von Hannover.«

»Also hat der Vatikan damit zu tun!«, erkannte Anna.

Jarres langer, strafender Blick verunsicherte sie ein bisschen, weshalb sie lieber schwieg, um ihn nicht weiter aus dem Konzept zu bringen.

»Ich glaube nicht, dass Papst Paul damit etwas zu tun hat«, bekannte Jarre. »Vertrackt ist die Geschichte dennoch. 1714 wurde das House of Stuart endgültig durch das House of Hanover ersetzt. Die Frage, wer König sein sollte, betrifft also diese beiden Häuser.«

Anna stutzte kurz. »Ich denke, Elizabeth gehört zum House of Windsor?«

Jarre schüttelte den Kopf. »Eigentlich nicht. Queen Victoria war nominell die letzte Königin aus dem House of Hanover, zugegeben. Sie hat geheiratet und dadurch den Namen ihre Mannes, Sachsen-Coburg-Gotha, angenommen. Die Dynastie ist dieselbe, obgleich sich die Familie im Ersten Weltkrieg einen neuen Namen gesucht hat, um nicht mehr so deutsch zu klingen. Deswegen haben sie sich damals den Namen des Schlosses, in dem sie wohnten, gegeben. Eigentlich ist Elizabeth eine Hannoveranerin.«

»Weiß sie das auch?«

»Ich werde sie fragen, wenn ich sie das nächste Mal sehe«, versprach Jarre.

»Das heißt, die Frage, wer König sein sollte, muss zwischen den Stuarts und den Windsors geklärt werden«, hakte Anna nach. »Gibt es denn genug Stuarts, die auf den Titel Wert legen?«

»Eine gute Frage«, murmelte Jarre. »Ich war bislang immer davon ausgegangen, dass der letzte echte Stuart,

Bonnie Prince Charlie, 1788 kinderlos gestorben ist. Ob seitdem die Linie über die weibliche Linie oder irgendwelche illegitimen Kinder weitergeführt wird, weiß ich nicht.« Er seufzte. »Du hast nicht zufällig eine Enzyklopädie hier irgendwo? Den Brockhaus oder die Britannica?«

»Doch, habe ich«, erklärte sie und wies auf eine Buchreihe im untersten Fach ihres Bücherregals. »Geschenk von meinem Opa zur Konfirmation.«

»Opa sei Dank.« Jarre sprang auf und zog den Band mit dem Buchstaben S hervor. Er blätterte rasch durch die Seiten, bis er an einer Stelle hängenblieb und gebannt las. Nach ein paar Minuten sah er mit einem Grinsen auf. »Es gibt noch Stuarts!«, gab er triumphierend wieder. »Zumindest einen. Albrecht, der Herzog von Bayern, und sein Sohn Franz sind anscheinend die letzten Stuarts. Sie sind über Henrietta von England, die Tochter von Charles I., mit der Familie verwandt. Die Anhänger der Stuarts haben ihn sogar als Prince of England, Scotland, France and Ireland und als Prince of Cornwall and Rothesay anerkannt, will heißen, Albrecht ist der legitime englische Thronfolger aus der Linie der Stuarts.«

»Ein Bayer soll englischer Thronfolger sein?«, staunte Anna.

»Ja, sieht so aus. Er hat anscheinend nie Ambitionen auf den Titel gehabt, eher im Gegenteil. Außerdem glaube ich nicht, dass der alte Herr nachts in Bibliotheken einbricht. Er ist immerhin schon Anfang 60.«

Anna seufzte. »Also können wir diese Spur vergessen.«

Jarre runzelte die Stirn. »So ganz möchte ich die Spur nicht aufgeben«, meinte er. »Immerhin hat die Frage nach der Thronfolge etwas mit Macht und Geld und Einfluss zu tun, und damit hätten wir zum ersten Mal ein echtes Motiv für den Diebstahl – wenn man einmal von verrückten Briefsammlern absieht. In den Briefen könnte etwas über die Thronfolge stehen, und deswegen sind sie vielleicht auch verschlüsselt worden.«

»Hast du eigentlich schon etwas über mögliche Sammler erfahren?«

»Nein. Ich habe zwar zwei Quellen angezapft, doch die wollen nicht so richtig sprudeln. Meine Informanten brauchen Zeit, um ihre Fühler auszustrecken.«

Das war eine Welt, die Anna völlig fremd war. Die geheimen Verbindungen, die Jarre zu einem erfolgreichen Kunstdetektiv gemacht hatten, würden ihr wohl immer verborgen bleiben.

»Wenn Macht und Einfluss ein so gutes Motiv sind, fragt sich doch, für wen?«, gab sie zu bedenken.

»Das ist genau das, was ich mich frage. Gibt es jemanden, der sich unter diesen Voraussetzungen einen Vorteil von den Briefen verspricht?«

»Vielleicht eine Nebenlinie der Stuarts, die den Thron fordert, oder einfach jemand, der sich aufgrund geheimer Schreiben von Sophie in der Lage sieht, Geld und andere Vorteile einzufordern?«

Jarre zuckte mit den Schultern. »Ich kann mir keine Konstellation vorstellen, die das möglich macht. Bis wir etwas über irgendwelche Briefsammler hören, sollten wir auch dieser Spur folgen.«

»Das heißt, wir gehen morgen in die Bibliothek und versuchen herauszufinden, welche Nebenlinien der Stuarts es gibt und wer von denen verrückt genug ist, einen codierten Brief von Sophie zu stehlen, weil darin etwas über die englische Thronfolge stehen könnte?«

»So in etwa, ja. Ich dachte, wir könnten uns die Sache etwas einfacher machen.« Erwartungsvoll sah er Anna an, und zwar so lange, bis sie entgeistert von sich hören ließ: »Doch nicht etwa Onkel Josh?«

»Natürlich Onkel Josh. Er schuldet mir was. Seine Seniorentruppe war schlimmer als alles, was wir je von ihm verlangen könnten.«

»Und du glaubst, die CIA weiß etwas über machtversessene Briten, die in Deutschland Briefe klauen?«

»Die CIA weiß alles – behauptet jedenfalls die CIA.«

Anna schaute auf die Uhr. »Es ist Freitag, und in Washington ist es fast drei Uhr nachmittags. Wenn, dann müssen wir ihn gleich anrufen.«

»Machen wir das doch!«, forderte Jarre sie begeistert auf, obwohl er ahnte, dass Onkel Josh bestimmt etwas einfallen würde, weshalb er seinen Enthusiasmus später bereuen würde.

KAPITEL SIEBEN

Samstag, 17. September 1966

Es war Samstagmorgen und sehr früh, trotzdem wagte Jarre Behrend es, einen kurzen, vorsichtigen Blick aus dem Fenster zu werfen. Langsam schob er zwei Lamellen der Jalousie auseinander, doch sobald das gleißende Licht ihn blendete, ließ er sie rasch wieder los.

»Ein wunderschöner Tag«, hörte er gleich darauf eine Stimme hinter sich. Anna, natürlich. Er konnte sich eigentlich immer darauf verlassen, dass sie eher wach war als er.

»Guten Morgen«, brummte er. »Für gewagte Vorhersagen ist es viel zu früh.«

»Da könntest du recht haben. Werner ist am Telefon, er möchte dich sprechen.«

Also doch. Irgendwie war ihm so gewesen, als habe ihn ein Geräusch geweckt. Das war das Telefon gewesen, das bei Anna weitaus leiser und weniger aufdringlich klingelte als bei ihm. Grummelnd fügte er sich in sein Schicksal und trottete ins Wohnzimmer.

»Hahmm«, meldete er sich, was Werner offenbar genügte, um ihn zu identifizieren.

»Jarre!«, rief er. »Ich wollte wissen, wie weit du mit den Briefen schon gekommen bist.« Selbst in seinem verschlafenen Zustand merkte Jarre, dass Werner keineswegs in der heiteren Stimmung für ein Schwätzchen war. Eher im Gegenteil, er wirkte verzweifelter als zuvor und seine Stimme hatte einen bedenklich brüchigen Ton.

»Es ist neun Uhr morgens«, entgegnete Jarre, der hoffte, die von Nebeln verhangenen Ziffern der Uhr an der Wand richtig gedeutet zu haben. »Du kennst mich seit fast zehn Jahren. Du weißt, dass es kein weiser Entschluss ist, mich um diese Zeit anzurufen, weil ich entweder komatös oder mordlustig bin. Zum Glück bin ich heute komatös. Also, was ist los?«

»Jarre, ich habe ein Problem.«

Für einen Augenblick stutzte Jarre und sah den Hörer in seiner Hand an, so als sei der dafür verantwortlich, dass er plötzlich in einer Zeitschleife gefangen war. Dann riss er sich zusammen und antwortete Werner: »Ja, das hast du mir schon gesagt. Am Donnerstag. Weißt du noch?«

Werner Heidenreich war Manns genug, um nicht mit einem unanständigen Schimpfwort zu reagieren. »Natürlich weiß ich das! Tut mir ja leid, dass ich dich so früh damit belästigen muss, ich habe ein weiteres Problem!« Immerhin, die Anspannung war nach seinem kurzen Ausbruch aus seiner Stimme gewichen.

»Noch eins?«

»Ja. Mein Direktor ahnt etwas.«

Sofort war Jarre hellwach. »Wie das? Was ahnt er denn?«

»Irgendwie muss er darauf gekommen sein, dass etwas mit den Briefen ist, aber er scheint sich seiner Sache nicht ganz sicher zu sein.«

»Erzähl mehr.«

»Er war gestern Abend bei mir im Büro und hat mich zuckersüß nach meinen Fortschritten bei der Konzeption der Ausstellung befragt. So etwas tut er sonst nie, jedenfalls nicht so. Er verlässt sich für gewöhnlich darauf, dass seine Mitarbeiter die Aufgaben, die er ihnen stellt, problemlos bewältigen oder sich bei ihm melden, wenn es Schwierigkeiten gibt.«

»Lobenswert.«

»Ja, doch diesmal wirkte er so, als sei er sich gar nicht sicher, dass alles glatt läuft. Er hat mich aufgefordert, ihm bis Dienstag ein verbindliches Konzept der Ausstellung und ein entsprechendes Inventar der Ausstellungsstücke vorzulegen.«

»Oh-oh ...«, brummte Jarre, der ahnte, was das bedeutete. »Hat ihm jemand etwas gesteckt?«

»Scheint so. Nur wer? Und was? Nein, wenn er wirklich Bescheid wüsste, wäre er verpflichtet, die Sache genauer zu untersuchen. Es scheint Gerüchte zu geben, woher die auch immer kommen mögen.«

»Was ist, wenn du ein Konzept ohne die gestohlenen Briefe vorlegst?«

»Ja, das würde gehen«, sagte Werner. »So fehlt mir allerdings ein wesentlicher Teil der Ausstellung. Die codierten Briefe sind die echte Sensation, und die will ich nicht einfach übergehen.«

»Kannst du sie denn nicht später in das Ausstellungskonzept mit aufnehmen?«

»Ich dachte, ich hätte gesagt, er habe ein verbindliches Konzept verlangt.« Werner wurde zunehmend ungehalten. »Wir machen unsere Arbeit nicht zum Spaß, weißt du ...«

Jarre wurde bewusst, dass langsam der Zeitpunkt gekommen war, das Gespräch in andere Bahnen zu lenken. Ruhig erklärte er Werner, was alles geschehen war, seitdem sie das letzte Mal miteinander gesprochen hatten. Er berichtete von Pee-Wees Behauptung, dass es sehr schwer sein würde, für die Briefe einen Käufer zu finden, wenn die Diebe nicht im Auftrag eines Sammlers arbeiten. Er erwähnte, dass es sehr wenige dieser Sammler gab, von denen keiner als derart besessen genug galt, um solch einen Einbruch in Auftrag zu geben.

Dann erzählte er, was Vicky Quinlivan und ihm im Großen Garten wiederfahren war, was Werner mit einer langen Schrecksekunde hinnahm, woraufhin alle Spannung in seiner Stimme von tiefer Betroffenheit abgelöst wurde. Ganz unnütz beharrte er eine Weile darauf, dass Jarre und Vicky unbedingt zu Polizei gehen sollten, doch Jarre widersprach ihm.

Schließlich teilte er seinem Freund mit, dass sie Josh Bingham, Annas Onkel, eingeschaltet hatten, den Werner von ihrem Abenteuer mit dem Welfenschatz kannte. Ob es Werner beeindruckte, dass sogar die CIA nach den verschwundenen Briefe suchte, wusste Jarre nicht, aber sein Freund beruhigte sich jedenfalls so weit, dass Jarre mit ihm ein paar Worte über ihr weiteres Vorgehen austauschen konnte. Als sie übereingekommen waren, sich später am Tag persönlich zu treffen, beendete Werner das Gespräch in weitaus zuversichtlicherer Laune, als er es begonnen hatte.

Jarre konnte den Optimismus seines Freundes nicht recht teilen, da die Arbeit, die ihnen bevorstand, äußerst schwierig und umfangreich war, aber er würde sein Bestes geben. Für den Augenblick hatte er sich vorgenommen, den Brief ein weiteres Mal zu begutachten. Mit grimmiger Miene schnappte er sich die Unterlagen, mit denen er und Anna tags zuvor gearbeitet hatten, und setzte sich an den Küchentisch.

»Was wollte Werner?«, fragte Anna, die gerade dabei war, das Geschirr abzuwaschen. Samstags war sie dran, sonntags er. Rasch erzählte Jarre ihr von Werners Anruf, woraufhin sie ihn betroffen anguckte.

»Das heißt nichts Gutes«, stellte sie fest.

»Nein, wirklich nicht. Deswegen müssen wir bald einen Schlüssel für diese blöden Briefe finden!«

Anna setzte sich zu ihm. »Wir brauchen immer noch ein Schlüsselwort, nicht wahr?«

»Ja, und zwar eines, das für Leibniz und Sophie gleichermaßen eine Bedeutung hat.«

»Also müssen wir eben alles durchgehen, was sie verband.« Sie schnappte sich ebenfalls einen Bogen Papier, dann machten sich beide daran, den Leibniz-Code zu knacken.

Eine Stunde später schob Jarre Behrend frustriert seinen Stuhl vom Küchentisch zurück. Irgendwie war alles wie verhext, denn sie waren weiterhin Meilen von einer Lösung entfernt. Außerdem hatte Werners Anruf ihn nachdenklich gestimmt, denn er hatte sich selbst gegenüber zugeben müssen, dass sie trotz all ihrer Mühen bei den Nachforschungen kaum vorangekommen waren. Jarre warf Anna einen anklagenden Blick zu, als sie sich für ihren Dienst am Nachmittag fertig machte.

»Das ist doch alles Blödsinn!«, bemerkte er.

»Ja, sicher«, murmelte sie, während sie gerade ihre Zahnbürste im Mund hatte und in der Wohnung herumlief, um einige Sachen zusammenzusuchen, die sie am Tag brauchen würde.

»Wir kommen überhaupt nicht weiter!«, fluchte Jarre.

»Hmm, hmmm«, war alles, was Anna entgegnete, aber Jarre verzieh ihr, da sie in dem weiten T-Shirt, das sie nachts trug, einfach hinreißend aussah, vor allem wenn ihr bewundernswert knackiger Po darunter hervorlugte.

»Irgendwie ist alles sinnlos!«, setzte er seine Tirade fort.

»Bestimmt, Liebster«, nuschelte Anna – etwas unpassend, wie er fand. Empört blickte er ihr nach, während sie durch den Flur lief, weiter ihre Zähne putzte und dabei ihre Schlüssel suchte.

»Hörst du mir überhaupt zu?«

Erst in diesem Augenblick nahm sie die Zahnbürste aus dem Mund. »Nein, nicht wirklich. Hast du meine Schlüssel gesehen?«

Seufzend stand Jarre auf und kam zu ihr herüber. Nach einem kurzen Griff in Annas Handtasche präsentierte er ihr ihre Schlüssel.

»Meinst du die hier?«, fragte er mit nur leicht gemildertem Sarkasmus, als er den Bund hochhielt.

»Genau die«, strahlte Anna und gab ihm einen Zahnpastakuss, was er ausnutzte, um sanft ein paar der Körperteile zu streicheln, die sich ihm gerade so einladend anboten. Mit schlecht gespielter Empörung gab sie ihm mit der Zahnbürste einen Klaps auf die Hände.

»Du nutzt die Situation aus«, schalt sie ihn und verschwand grinsend im Badezimmer.

Während im Badezimmer die Dusche lief und später der Fön anging, studierte Jarre zum wiederholten Mal die Briefe. Das Durcheinander der Buchstaben blieb verwirrend. Er hatte versucht, Annas Rat zu folgen und den Text mit einigen offensichtlichen Schlüsselwörtern zu dekodieren, ohne Erfolg. Bei ›reine‹, französisch für Königin, hatte die ersten Worte ihres Absatzes ›pecrwriax z eswbapu ake‹ ergeben, und bei ›angleterre‹, also England, war ›gvetwpirt z vjydanu rge‹ herausgekommen. Wenn es eine Sprache gab, in der diese Worte vorkamen, würde er sie lieber nicht hören wollen, sagte er sich.

›Hanovre‹ probierte er als Nächstes, er kam bis ›zixqfribk q hbnkxgl ucr zzs‹, ehe er aufgab. Dann hörte er Anna, die mit rosig glühenden Wangen in die Küche kam und sah, womit Jarre nach wie vor haderte.

»Damit kannst du dich die nächsten zehn Jahre beschäftigen, wenn wir nicht eine ungefähre Idee haben, worum es in den Briefen geht«, stellte sie aufmunternd fest.

»Ich fürchte, du hast recht. Ich werde frischen Kaffee kaufen müssen, damit ich das durchhalte.«

»Mach das«, forderte Anna. »Bleibst du ansonsten hier? Ich meine, falls Onkel Josh anruft?«

Jarre nickte. »Klar, den Anruf möchte ich um keinen Preis verpassen.«

»Gut! Also sehen wir uns morgen?«

»Sicher.«

»Sehr schön. Grüß Onkel Josh und mach's gut.« Sie hauchte sie ihm einen Kuss auf die Wange und verschwand. Sie kam noch einmal wieder, um ihre Tasche zu holen, doch dann war sie endgültig weg.

Jarre verbrachte eine weitere Stunde mit verschiedenen

Ansätzen, um die Texte zu entschlüsseln – ohne Erfolg. Erst das Klingeln von Annas Telefon unterbrach seine Gedanken. Das musste Onkel Josh sein!

Ohne zu zögern, hob Jarre ab und meldete sich mit einem einfachen »Hello?«, worauf er jedoch keinen freundlichen Gruß oder gar den Namen des Anrufers hörte. Stattdessen klang ein knurriges »Jerry, is that you?« aus dem Hörer. Onkel Josh, ganz klar.

»Hallo, Josh«, entgegnete er auf Englisch. »Schön, von dir zu hören. Wie geht es dir?«

»Es ist 7.30 Uhr morgens, und ich sitze in meinem Büro, um mit Deutschland zu telefonieren. Was denkst du, wie es mir geht?«

»Uns geht es auch gut, danke der Nachfrage«, entgegnete Jarre mit einem Lächeln, da der bärbeißige Ton von Josh Bingham zeigte, dass er eigentlich bester Laune war. Der Bruder von Annas Mutter war Abteilungsleiter im ›Directorate of Intelligence‹ der CIA, und damit ein hohes Tier im Bereich der Informationsbeschaffung des Geheimdienstes. Anna kannte ihren Onkel genau und hatte Jarre erzählt, dass Josh lediglich mit Vorsicht zu behandeln war, wenn er auf einmal gar nichts mehr sagte. Überraschende Freundlichkeit war ebenfalls ein Alarmzeichen, Brummigkeit hingegen normal. In vielen Jahren hatte er diese spezielle Eigenart kultiviert, die ihm half, eine dicke Haut gegen allerlei unsinnige Fallstricke der Bürokratie zu entwickeln. Jarre konnte sich vorstellen, dass man in Joshs Position solch eine dicke Haut brauchte.

»Also, was ist das mit diesen Stuarts? Wo hast du Anna diesmal wieder reingeritten?«, fragte Josh unverblümt.

Jarre verbat sich entrüstet die Unterstellung, dass er Anna in etwas reinreiten würde, und erzählte ihm, dass er gebeten worden war, sich mit einem Diebstahl zu beschäftigen, bei dem es nicht auszuschließen war, dass ein Mitglied des House of Stuart auf irgendeine Weise darin verwickelt war.

Josh Bingham nahm seine Informationen mit einem kurzen Schweigen auf. »Ihr Europäer mit euren Königsfamilien«, brummte er schließlich. »Wir wissen schon, warum wir mit denen nichts mehr zu tun haben wollen.«

»Darf ich dich darauf hinweisen, dass es auch in Deutschland schon seit fast einem halben Jahrhundert keinen Kaiser und keine Könige mehr gibt?«, fragte Jarre honigsüß.

»Und was ist mit diesem Ernst August, von dem Anna manchmal erzählt? Ist der nicht sogar ein Prinz von Hannover, also so eine Art König? Ist er nicht sogar auf der Liste der britischen Thronfolger?«

Jarre war zufrieden. Ganz offenbar hatte Onkel Josh seine Hausaufgaben gemacht. »Wenn die Welfen an der Macht wären, würden wir von Ernst August IV. regiert werden, ja. Der Mann hätte sogar ein Anrecht, den Titel eines Duke of Cumberland zu führen, zusammen mit ein paar anderen Titeln, aber er tut es nicht. Bislang ist er zufrieden damit, der Prinz von Hannover zu sein.«

»Du weißt genau Bescheid für jemanden, der vorgibt, mit Königen nichts zu tun haben zu wollen«, wandte Josh ein.

»Natürlich, das gehört zum Job«, gab Jarre zu. »Du willst doch nicht etwa behaupten, dass die CIA sich so gar nicht für unsere Könige und Königinnen interessiert, oder?«

»Wir interessieren uns für alles«, sagte Onkel Josh großspurig und gab damit die Antwort, die Jarre erwartet hatte. »Die britische Thronfolge ist eine wichtige Sache. Vergiss nicht, dass die Queen das Staatsoberhaupt von mehreren Dutzend Ländern ist. Ein Streit um den britischen Thron kann für erhebliche Unruhe sorgen, und unsere Freunde jenseits des Atlantiks haben schon genug Schwierigkeiten, da brauchen sie keinen Streit um die Krone. Jeder hier in Langley ist froh, wenn die Queen viele Jahre herrscht und mit ihrem Einfluss die Lage stabilisiert.«

»Das heißt, wir müssen nicht damit rechnen, dass ihr demnächst im Buckingham Palast tätig werdet und für eine neue Thronfolge sorgt?« Diese Spitze musste sein. Wer bei der CIA arbeitete, musste so etwas abkönnen.

»Solange die Queen nicht anfängt, die Kommunisten zu unterstützen, nein«, entgegnete Josh kühl. »Können wir nun zum Thema kommen?«

»Sicher. Es geht um die Stuarts.«

»Richtig. Und Anna sagte, du hättest vorgeschlagen, dass ich mich um die ›Stuarts‹ mit u kümmern soll, nicht um die ›Stewarts‹ mit ew.«

Stimmt. Wir suchen jemanden, der einen Brief aus dem Jahr 1700 geklaut hat, in dem möglicherweise etwas über die britische Thronfolge steht. Außer verrückten Briefsammlern sind uns lediglich die Stuarts eingefallen, die von diesen Dokumenten profitieren könnten. Die Briefe stammen aus der Zeit, als die Thronfolge in England neu geregelt wurde. Wenn die Annahme stimmt, steckt ein Stuart dahinter, der die traditionelle Linie des House of Stuart wiederaufleben lassen will. Deswegen wird er sicher die traditionelle Schreibweise des Namens bevorzugen.«

»Interessante Überlegung. Ich verstehe, worauf du hinauswillst.«

»Wenn wir einen Stuart mit u finden, der die Thronfolge hartnäckig verfolgt und mit seinen Forderungen vielleicht sogar öffentlich geworden ist, hätten wir unseren Verdächtigen.«

»Das ist praktisch gedacht. Der Name ›Stewart‹ mit ew ist nicht gerade selten.«

»Eben. Also, was hast du gefunden?«, beendete Jarre das Geplänkel.

»Dazu muss ich etwas weiter ausholen. Ähm, wie gut sind eigentlich deine Geschichtskenntnisse?«, fragte Josh gleich darauf.

»Gut genug«, entgegnete Jarre gelassen. Einem Amerikaner konnte er jedenfalls immer etwas vormachen.

»Also hast du bestimmt nachgeprüft, welcher Stuart als letzter Anspruch auf den englischen Thron erhoben hat?«

»Sicher. Charles Edward Stuart, der als Bonnie Prince Charlie eine fehlgeschlagene Revolution gegen die englische Krone angeführt hat. Er ist 1788 gestorben, ohne dass er einen legitimen Nachfahren gehabt hätte. Mit ihm ist die Linie eigentlich ausgestorben. Ich hoffe nicht, dass Bonnie Prince Charlie der letzte Stuart ist, den ihr in euren Akten habt.«

»Nein. Ich wollte sichergehen, dass du weißt, dass die Sache etwas kompliziert ist. Es gibt einige Nebenlinien der Stuarts, deren Nachfahren heute in Amerika leben.«

»Selbstverständlich. In Europa gibt es zum Beispiel

Albrecht von Bayern. Er ist Anfang 60 und bislang nicht verdächtig«, meinte Jarre.

»Gut. Es gibt tatsächlich viel interessantere Charaktere.«

Als Jarre das hörte, spitzte er unwillkürlich die Ohren.

»Das klingt vielversprechend. Also, was hast du vorzuschlagen?«

»Ich fange einfach einmal mit den Stuarts an, die in unserer Datei gelandet sind. Da ist zum Beispiel Don ›Stu‹ Stuart, Jahrgang 1928, geboren in Tulsa, New Mexico. Er hat eine fünfjährige Freiheitsstrafe verbüßt. Seine Spezialität ist Unterschlagung. Er hat es immer wieder verstanden, seinen Kunden weiszumachen, dass er der Erbe eines großen europäischen Vermögens sei und Geld brauche, um seine Ansprüche geltend machen zu können. Tatsächlich waren die meisten Leute, die er ansprach, bereit, ihm bis zu 10.000 Dollar für die notariellen Auslagen vorzustrecken. Ich muss dir nicht sagen, dass er natürlich kein Erbe irgendeines Vermögens ist, jedenfalls nicht nach den Untersuchungen der Staatsanwaltschaft, die den Fall damals verhandelt hat. Er ist immerhin als Donald Stuart geboren worden, und wer weiß …«

»Interessante Masche. Daraus lässt sich bestimmt etwas machen. Wie viel hat er denn damit erbeutet?«

Josh lachte leicht. »Sitzt du gut? Die Summe, um die er seine Kunden geprellt hat, beträgt 1,6 Millionen Dollar. 40.000 Dollar davon konnten sichergestellt werden, den Rest hatte Stuart nach eigenen Angaben bereits ausgegeben.«

»Nicht schlecht. Das klingt leider nicht nach dem, was wir suchen.«

»Kann sein. Er ist wegen dieser angeblichen europäischen Verbindungen in unserer Datenbank gelandet. Als Nächstes haben wir Victor Emanuel Stuart, der ursprünglich aus Sardinien stammt. Er ist Jahrgang 1922 und hat den Job bei einer großen Bank genutzt, um sich unentdeckt und illegal mit Wertpapieren zu versorgen. Sein Konto wurde entdeckt, als er sich das Bein brach und ein Kollege für ihn einspringen musste, ehe Victor Zeit hatte, seine Spuren zu verwischen. Der Schaden betrug acht Millionen Dollar, von denen das meiste zurückerstattet wurde. Nachdem er versprochen hatte, das Finanzhaus in seine Methode einzuweihen, wurde die Anzeige zurückgezogen.«

Jarre brummte etwas Unverständliches, denn der Name des Bankangestellten gab ihm zu denken, da sich die Linie der Stuarts über das italienische Königshaus fortgesetzt habe. Er sagte Josh, dass er diesen Kandidaten auf keinen Fall außer Acht lassen wolle.

»Wie du willst«, erwiderte Josh großherzig. »Wir haben keinen Hinweis darauf, dass sich dieser Stuart in irgendeiner Weise politisch bemerkbar gemacht hätte.«

»Egal«, murmelte Jarre. »Wer ist der Nächste?«

»Charles Francis Stuart, Jahrgang 1923, geboren in London. Er ist uns aufgefallen, da er Geldgeber in Amerika suchte, allerdings unter nicht ganz so fadenscheinigen Bedingungen wie sein Namensvetter aus Tulsa. Es hat nie eine Anzeige oder gar Ermittlungen gegen ihn gegeben, aber er hat viele Gelder eingeworben für einen Zweck, den er als ›noble Sache‹ und ›gut für alle Katholiken‹ beschrieben hat.«

»Jetzt wird es brenzlig, nicht wahr? Es geht um Nordirland, oder?«

»Möglich. Du weißt ja, dass der Widerstand gegen die britische Regierung in Nordirland immer weiter zunimmt. Seit Jahren verdichten sich die Hinweise, dass einige Mitglieder der radikalsten irlandtreuen Partei, der IRA, sich von ihrer Mutterpartei abspalten wollen, um einen bewaffneten Kampf gegen die Briten in Nordirland zu führen. Bislang ist es nicht so weit, doch es kann jeden Moment dazu kommen, und dafür brauchen die radikalen Iren Geld. Ob Stuart damit zu tun hat, wissen wir nicht. Unsere Ermittlungen sind schlicht im Sande verlaufen.«

»Um wie viel Geld geht es in diesem Fall?«

»Wir wissen von mehreren Spenden im sechsstelligen Bereich. Wir haben keine konkreten Zahlen, da es nie Ermittlungen gab. Trotzdem haben wir ihn als ›verdächtig‹ abgespeichert, falls doch einmal ein Alarmglöckchen klingeln sollte.«

»Ja, das klingt wirklich merkwürdig, merken wir uns den auch einmal. Und der nächste Kandidat?«

»Bernard James Stuart, Jahrgang 1941. Er ist vermutlich eher ein verkrachter Beatnik als alles andere. Er ist jedenfalls illegal nach Kuba eingereist, gleich nach der Raketenkrise. Er hat sich auf Jamaika Drogen besorgt und ist weiter nach Kuba gejettet, um das Zeug zu rauchen und das Geld seines alten Herrn ganz wie Papa Hemingway in Mojitos und Daiquiris anzulegen – was illegal ist.«

»Klingt ansonsten wie eine gute Idee. Der hat nichts mit uns zu tun, denke ich.«

»Vermute ich auch. Der nächste ist Stanley Steven Stuart.«

»Nicht wirklich, oder?«

»Doch. Manche Eltern sind echt grausam. Ob seine restliche Karriere durch seinen Namen geprägt wurde, weiß ich nicht. Er sitzt jedenfalls seit 1964 in Sing Sing zwei Strafen ab, eine wegen eines Banküberfalls, eine wegen einer Vergewaltigung.«

»Das ist bestimmt nicht unser Kandidat.«

»Wohl nicht. Einen interessanten Fall habe ich noch. Sir Charles Stuart, Alter unbekannt, vermutlich um die 60, Geburtsort unbekannt, vermutlich irgendwo im Reich ihrer Majestät, der Queen.« Josh machte eine Pause, weil er darauf wartete, dass Jarre etwas sagte, der tat ihm allerdings nicht den Gefallen. »Er wurde im New Yorker Carlyle Hotel festgenommen, wo er eine beachtliche Rechnung angesammelt hatte, und zwar für eine Suite, gutes Essen, viel Champagner und allerlei weitere Serviceleistungen für sich und einige recht illustre Bekannte, die während Stuarts Aufenthalt in dem Nobelhotel immer wieder einmal vorbeischauten.

Als die Rechnungssumme irgendwann einen sechsstelligen Betrag erreicht hatte, Sir Charles sich in keiner Weise darum bemüht hatte, einen Teil davon zu begleichen, wurde der Hoteldirektor ungeduldig und stellte Erkundigungen über seinen angeblich so noblen Gast an. Leider kam dabei heraus, dass die Adresse, die er angegeben hatte, falsch war, dass seine Bankverbindung nicht existierte und dass die Empfehlungsschreiben von ehemaligen Gästen des Carlyle, die er statt einer Kaution vorgelegt hatte, allesamt gefälscht waren. Als Sir Charles seine Situation den Strafverfolgungsbehörden erklären musste, wies er daraufhin, dass er von einem Land, das er im Moment nicht benennen könne, aufgefordert worden sei, eine ›einflussreiche Position‹ zu übernehmen, die große finanzielle Vorteile mit sich bringen würde.

Im Gegensatz zu unseren anderen Betrügern hat er seine möglichen Unterstützer empfangen, ohne von ihnen Geld zu verlangen. Er wollte, dass er im Falle einer Übernahme dieser einflussreichen Position genug Rückendeckung aus der amerikanischen und europäischen Industrie hatte. Da hauptsächlich das Carlyle geprellt wurde, verlief der Prozess recht glimpflich für ihn, sodass er mit einer Bewährungsstrafe davonkam. Trotzdem hat er den ›knauserigen Inhabern des Carlyle‹ geschworen, dass er sich mithilfe seiner ›Verbindungen zu europäischen Potentaten‹ bitter für die erlittene Schmach rächen werde. Diese Drohung war es, die ihm einen Eintrag in unsere Datenbank eingebracht hat.«

»Interessant. Trotzdem klingt das nach einem Betrüger mit Sinn für Stil. Immerhin ist er ins Carlyle gezogen, nicht in irgendein zweitklassiges Hotel. Ihr habt keine Angaben zu der einflussreichen Position, die er zu bekleiden dachte, oder?«

»In unseren Akten ist nichts vermerkt, und ich glaube nicht, dass die Bundespolizei mehr hat.«

»Na schön. Und sonst?«

»Das war's. Wie gesagt, Leute, die den Namen Stuart in der alten Schreibweise tragen, sind in unserem Land eher selten.«

»Das war zu vermuten, aber wir haben immerhin schon einmal zwei Leute, mit denen ich mich näher beschäftigen möchte – Victor Emanuel und Charles Francis Stuart. Kannst du mir Details über sie geben?«

Natürlich konnte Josh das, und die nächste halbe Stunde verbrachte Jarre damit, sich Notizen über die umfangreichen Dossiers der beiden Stuarts zu machen. Als ihm schon die Hand wehtat, beendete Josh sein Diktat.

»Sehr gut«, sagte Jarre. »Du hast mir sehr geholfen, vielen Dank dafür.«

Josh ließ ein leises Lachen hören. »Keine Sorge, Junge, das mache ich doch gerne. Du weißt ja, eine Hand wäscht die andere, und deine Tour ist bei den alten Herrschaften gut angekommen. Bestimmt komme ich bald wieder auf dich zurück. Bye.«

»Ist das eine Drohung?«, wollte Jarre wissen, doch da hatte Onkel Josh schon aufgelegt.

KAPITEL ACHT

Jarre studierte für eine Weile die Beschreibungen, die Josh Bingham ihm durchgegeben hatte. Wieder einmal wünschte er sich, dass es eine einfache Methode gäbe, Bilder über lange Distanzen per Telefon zu verschicken. Lediglich die Polizei und ein paar andere Institutionen verfügten über Fernschreiber, die in der Lage waren, Bilder zu senden. Nicht einmal die Bibliothek hatte ein Bildfunkgerät. Er musste sich deswegen erst einmal mit den mündlichen Beschreibungen begnügen. Zum Glück hatte Josh die beiden Stuarts recht wortgewaltig beschrieben, sodass er die Männer ziemlich gut vor Augen hatte.

Da Werner am Samstag keinen Dienst hatte, schnappte Jarre sich seine Unterlagen und fuhr in dessen Wohnung in Bothfeld, am anderen Ende der Stadt. Sein Freund wirkte abgespannt und nervös, als er die Tür öffnete, doch Jarres zuversichtliche Miene lockte eine erwartungsvolle Spannung in seine Züge. Er schob Jarre geradezu ins Wohnzimmer, wo Ella Fitzgeralds Stimme von einem Tonband lief.

Kaum dass er saß, fischte Jarre die Beschreibung der beiden Stuarts aus der Innentasche seines Jacketts.

»Ich habe ein langes Gespräch mit Onkel Josh geführt. Er hat einige interessante Sachen auf Lager gehabt. Das hier sind die Beschreibungen von zwei Männern, die eventuell ein Interesse an den Leibniz-Briefen haben könnten. Hast du einen von denen schon einmal bei euch gesehen?«

Er gab Werner die Zettel und entschuldigte sich für die hastig hingeworfenen Zeilen und die furchtbare Schrift, doch Werner winkte ab. Er war von den Leihzetteln der Benutzer weitaus Schlimmeres gewohnt. Er las die Beschreibungen ausführlich, schüttelte jedoch den Kopf.

»Tut mir leid, die Beschreibungen kommen mir nicht bekannt vor. Wenn ich mir diese Steckbriefe so ansehe, bin ich mir sicher, dass ich es nicht vergessen hätte, wenn mir einer von denen schon einmal untergekommen wäre. Beides sind keine sympathischen Typen, oder?«

Jarre konnte kaum bestreiten, dass Werner mit seiner Einschätzung recht hatte. »Und du bist dir ganz sicher?«, versicherte er sich noch einmal.

Werner schüttelte den Kopf. »Nein, und ich bin froh darüber. Das hört sich so an, als würden die in einen Durbridge-Krimi gehören und nicht auf die Straße.« Er tippte auf die Zettel, die vor ihm auf dem Couchtisch lagen. »Der hier, der mit den ›scharfen Zügen‹ und der ›vornehmen Haltung‹, das hört sich doch genau so an, als wär er der fiese Arzt in ›Melissa‹. Weißt du noch?«

Natürlich wusste Jarre von dem Straßenfeger, der Anfang des Jahres für Aufregung gesorgt hatte, gesehen hatte er ihn allerdings nicht. Sein Freund hatte sich als einer der Ersten einen Fernseher gekauft und seitdem eifrig das Programm verfolgt. Jarre hingegen hatte keinen Fernseher. Er hatte auch nicht vor, sich in näherer Zukunft einen Fernseher zuzulegen, obgleich inzwischen jeder einen zu haben schien. Ihm kam es wie Zeitverschwendung vor, die Welt durch die Glasscheibe solch eines Gerätes zu erleben.

»Gibt es denn jemanden, den du fragen könntest? Einen Kollegen, der ein besonders gutes Personengedächtnis hat? Jemanden, der ständig mit Leuten zu tun hat?«, hakte er indes nach.

Werner dachte kurz nach. »Ich könnte Karsten Kampmann anrufen. Er macht die Führungen durch das Archiv und die Bibliothek und betreut die Nutzer, die zum ersten Mal bei uns sind. Warte, ich glaube, ich habe seine Privatnummer hier irgendwo …« Er ging zu seinem voll beladenen Schreibtisch und kramte ein verschlissenes Notizbuch hervor, das er triumphierend hochhielt. Er blätterte kurz darin herum und wählte gleich darauf die Nummer seines Kollegen. Da die Wählscheibe gar nicht aufhören wollte zu rattern, ahnte Jarre, dass Werner eine Nummer außerhalb Hannovers anrief.

»Karsten? Hier ist Werner Heidenreich«, meldete der Bibliothekar sich, als am anderen Ende der Leitung abgenommen wurde. Danach hörte Jarre eine ausgesprochen einseitige Unterhaltung, bei der zuerst das übliche Geplauder im Vordergrund stand – Frau, Kinder und das Wetter am Wochenende, dann erst sagte Werner, warum er seinen Kollegen angerufen hatte. Einen Moment später las er ihm bereits die Beschreibung vor, die Josh durchgegeben hatte. Danach geschah eine Weile gar nichts, und Jarre hoffte, dass Kampmann einiges über die Leute zu erzählen hatte. Als Werner auflegte, bestätigte sein Grinsen Jarres Vermutung.

»Karsten hat wirklich schon einmal einen der beiden gesehen!«, erklärte er. »Der zweite Typ, der mit den ›kalten, stahlblauen Augen‹ und dem ›Kinn, mit dem man Nüsse knacken kann‹, war vor ein paar Wochen bei einer

Führung dabei, die er gemacht hat. Carsten sagt, er sei ihm aufgefallen, weil er pausenlos so furchtbar aufmerksam zugehört habe und ihn dabei gemustert habe, als sei er ein Insekt, das er einzig deshalb am Leben ließe, weil es sprechen könne.« Werner grinste. »Karstens Worte, nicht meine. Du weißt ja, wie das ist. Bei so einer Führung hören einem selten alle zu, irgendeiner ist immer abgelenkt und guckt in der Gegend herum. Ab und zu ist da plötzlich einer, der einen die ganze Zeit wie gebannt anstiert. Das ist richtig etwas, das einem Angst machen kann.«

Jarre nickte zustimmend. »Das kann ich mir vorstellen. Sonst ist der Typ nicht aufgefallen, oder? Ich meine wegen irgendwelcher Fragen, die er gestellt hat?«

Werner hob die Schultern. »Viel hat Karsten darüber nicht gesagt. Der Mann hat sich noch rege nach eventuellen Renovierungs- und den Bauarbeiten erkundigt, doch das macht bei jeder Führung mindestens einer. Viele kommen wegen des Gebäudes, nicht wegen der Archivalien.«

»Jetzt sag bitte, dass er sich nach euren Sicherheitsvorkehrungen erkundigt hat!«

»Leider nicht«, musste Werner zugeben.

Jarre wusste, dass das zu gut gewesen wäre, um wahr zu sein. Dennoch sah er Werner entschlossen an, als er ihm die Beschreibungen wieder abnahm. »Das wäre ja zu schön gewesen, aber jetzt haben wir einen Verdächtigen. Wir müssen uns also um Charles Francis Stuart aus London kümmern. Josh sagt, er habe vor ein paar Jahren in Amerika Geldgeber gesucht, und zwar für eine noble Sache, die gut für alle Katholiken sei. Das könnte wirklich passen.«

»Meinst du?«

»Wir werden es merken. Wenn es um eine mögliche katholische Thronfolge geht, dann ja. Ich denke, ich fliege in den nächsten Tagen nach England und schaue mir den Typen einmal genauer an ...« Rasch überflog er die weiteren Angaben, die Josh geschickt hatte, und wies auf das Papier. »Siehst du? Hier ist fast schon so etwas wie der Beweis dafür, dass er ein Schurke ist!«, deklamierte er.

»Wieso?«, staunte Werner.

»Er ist Immobilienmakler!«, stellte Jarre empört fest.

»Oh ja, das ist schlimm«, gab Werner zu. »Sieh es einfach positiv – er hätte Gebrauchtwagenhändler sein können.«

»Werde bitte nicht geschmacklos«, ermahnte sein Freund ihn. »Es heißt hier, er habe sich auf die Vermietung und den Verkauf von Schlössern und Burgen spezialisiert, sowohl in England als auch auf dem europäischen Festland.«

»Also ein nobler Immobilienmakler?«

»Eher ein Makler für noble Immobilien.« Jarre warf einen viel sagenden Blick auf den schwarzen Apparat vor ihm. »Wir könnten gleich einmal versuchen, ihn ausfindig zu machen. Hättest du etwas dagegen, wenn ich von hier aus ein Ferngespräch führe?«

»Nein, wenn du dich an die Devise der Post hältst.«

Jarre sah ihn mit hochgezogenen Brauen an. »Fasse dich kurz? Ich werde es versuchen. Doch erst einmal brauche ich die Nummer der Auslandsauskunft.«

Werner blätterte die ersten Seiten seines Telefonbuchs auf. »00118«, verkündete er, was Jarre die knurrige Bemerkung entlockte, dass er sich das hätte denken könne, da unter 118 die normale Auskunft zu erreichen war. Er wählte die fünf Ziffern und sagte der freundlichen Stimme am anderen Ende, wen er suchte. Wenig später gab die Stimme ihm eine Nummer in London durch und wies ihn darauf hin, dass er die Nummer selbst anrufen könne, da Telefonnummern in London seit Kurzem nur aus Ziffern bestanden. Das wusste Jarre zwar, aber er bedankte sich dennoch freundlich.

Obgleich die Chancen nicht besonders gut waren, an einem Samstag um zwei Uhr jemanden in London zu erreichen, wählte Jarre die englische Nummer und machte eine erstaunte Miene, als nach dem zweiten Klingeln sein Anruf angenommen wurde.

Ohne mit der Wimper zu zucken, verkündete er der jungen Frau, die sich meldete, in einem hochnäsig klingendem Englisch, dass er Sir Wilberforth Pennyworth sei und auf Empfehlung des Ehrenwerten Freddy Arbuthnot anriefe. Er suche nach einer kleinen Burg irgendwo in Deutschland oder Italien, und ob er Charles Stuart sprechen könne, damit der ihm half, ein geeignetes Objekt zu finden.

Leider musste die Frau, offenbar Stuarts Sekretärin, ihn enttäuschen. Mr. Stuart sei momentan nicht im Land, da er einige Objekte in Deutschland besichtige. Statt enttäuscht oder verärgert zu reagieren, zeigte sich Sir Wilberforth Pennyworth über diese Nachricht nach eigenen Angaben höchst entzückt.

Er sagte, dass er vorhabe, nächste Woche erst ein paar Tage in Hamburg und danach eine Woche in München zu verbringen. Vielleicht könne er sich ja in Deutschland mit dem ehrenwerten Charles Stuart treffen, der ihm so wärmstens empfohlen worden sei? Das sei sicher möglich, da Mr. Stuart in diesen Tagen zwei Verträge in Niedersachsen abschließen würde und für einen Klienten mit der Bewertung eines Rittergutes in der Nähe von Hannover beschäftigt sei, teilte ihm die Stimme mit. Ob Sir Wilberforth Pennyworth Mr. Stuart anrufen wolle, um einen Termin zu vereinbaren? Aber natürlich, säuselte Jarre, und notierte sich breit grinsend die Nummer mit einer Stadthagener Vorwahl. Darauf beendete er das Gespräch, nicht ohne der Stimme am anderen Ende mitgeteilt zu haben, wie sehr er das Telefonat genossen habe.

»Bingo!«, sagte er, als er den Hörer wieder auflegte. »Der Kerl ist in Deutschland, irgendwo in der Nähe. Wenn du mich fragst, steckt er ein paar Kilometer von hier auf irgendeinem Schloss, das er verhökern will, vermutlich in Stadthagen.« Er erzählte ihm, was Stuarts Assistentin ihm gesagt hatte und wo der Makler zu finden war.

»Du meinst also, dass dieser Kerl hinter der Sache steckt?«

»Darauf weist doch alles hin, nicht wahr? Was genau los ist, werden wir herausfinden.« Jarres Ton war ganz zuversichtlich.

»Und wie willst du das machen?«

Sein Freund grinste breit. »Na, wie wohl? Ich werde ein Haus kaufen. Wenn ich zu Hause bin, rufe ich gleich bei Charles direkt an. Vorher muss ich allerdings mit jemandem von der Sparkasse reden, um zu sehen, wie vermögend ich gerade bin, wenn ich glaubwürdig sein will.«

»Um diese Zeit? Es ist Samstag!«

Jarre zuckte mit den Schultern. »Das ist vielleicht ein

Problem, aber kein Großes, zum Glück. Also, mach's gut.« Damit war er weg. Werner blickte ihm hinterher und lächelte dünn. Er hatte solche Probleme natürlich nicht, aber manchmal wünschte er doch, er hätte sie.

Jarre ging zu seinem VW und fuhr nach Linden zurück, Richtung Innenstadt. Als er auf die Podbi einbog, folgte ihm ein dunkler Mercedes, der gegenüber seines VW auf der Straße geparkt hatte. Da der Wagen einen großen Abstand zu seinem eigenen hielt, beunruhigte er Jarre nicht. Hätte er die beiden dunkel gekleideten Gestalten in dem Auto gesehen, hätte sich das gewiss geändert. Er war zu abgelenkt, um auf so etwas zu achten, und wusste daher nicht, dass er von zwei Männern verfolgt wurde, deren einzige Aufgabe es war, um jeden Preis zu verhindern, dass weitere Informationen über die geheimen Leibniz-Briefe an die Öffentlichkeit gelangten. Sie waren entschlossen, diesen Auftrag gewissenhaft zu erfüllen.

Jarres erste Station auf dem Heimweg befand sich bereits in Linden. Als er eine Parklücke für seinen VW gefunden hatte, hielten die dunklen Männer in dem Mercedes in einer Garageneinfahrt und warteten.

Jarre war auf dem Weg ins ›Kleine Museum‹. Die Kneipe, die in jeder freien Ecke mit Andenken an die Reisen ihres Besitzers vollgeräumt war, lag eine Straße weiter und machte ihrem Namen alle Ehre. Sie war so etwas wie die inoffizielle Zentrale von Pee-Wee Wagner, seinem Informanten. Jarre wollte den kleinen Mann fragen, ob er schon etwas über mögliche Käufer für alte Briefe gehört hatte. Wenn dabei der Name Stuart fiel, war die Indizienkette fast geschlossen, dachte er.

Er betrat die schummrige Kneipe und brauchte einen Moment, um sich in dem dunklen Raum zu orientieren. Er entdeckte Pee-Wee an einem Tisch am Fenster, der für ihn in fast allen Belangen sein Büro darstellte.

»Behrend!«, rief er mit seiner kieksigen Stimme, als er Jarre sah. Begeistert klang es nicht.

»Hallo, Pee-Wee«, grüßte Jarre ihn und setzte sich ungebeten zu ihm.

»Nimm Platz«, murmelte Pee-Wee und blickte ihn ungehalten an. »Was sag ich denn, du sitzt ja schon.«

»Schlechte Laune, Pee-Wee?«, erkundigte Jarre sich.

»Wenn einem die Kunden im Nacken sitzen, als wären sie die Steuerfahndung, dann ja«, maulte der.

Jarre schnalzte mitleidig mit der Zunge. »Gut, dass du solche Kunden gar nicht hast, nicht wahr?«

Pee-Wee war nicht besänftigt. »Sind wir plötzlich in der Lach- und Schießgesellschaft? Ich wusste, gar nicht, dass du so komisch sein kannst.«

Jarre beschloss, über die schlechte Laune des kleinen Mannes hinwegzusehen. »Hast du schon etwas herausfinden können?«

»Worüber?«, keifte Pee-Wee und starrte Jarre durchdringend an.

»Nun, über …« Er stockte, da er in diesem Moment begriffen hatte, wer für die schlechte Laune seines Gegenübers verantwortlich war. »Sammler, denen ich ein Angebot machen kann, wenn ich ein paar Briefe zu verkaufen habe«, fuhr er fort, ohne dass jemand, der ihn nicht kannte, sein Zögern bemerkt hätte. Auf jeden Fall war seine Formulierung weitaus neutraler als die, die er sonst gewählt hätte.

»Ich sagte doch, dass ich darüber nichts weiß«, entgegnete Pee-Wee ebenso ungnädig wie zuvor.

Jarre verzog sein Gesicht und erhob sich abrupt. »Dann eben nicht. Ich hatte gedacht, du würdest dir vielleicht ein paar Mark dazuverdienen wollen. Ich habe mich wohl getäuscht. Na ja, wenn dir etwas einfällt, kannst du mich ja anrufen.« Er klaubte eine zerknickte Visitenkarte aus seiner Brusttasche und schrieb etwas darauf. »Hier, da kannst du mich immer erreichen.« Dann stapfte er mit finsterer Miene aus der Kneipe und ging Richtung Fluss.

Es dauerte keine zehn Minuten, bis er die letzten Häuser hinter sich gelassen und bei der Bettfedernfabrik von Werner & Ehlers an die Leine gelangt war, die sich hier mit der Ihme vereinigte. Es dauerte jedoch mehr als zehn Minuten, bis aus der gleichen Richtung, aus der er selbst gerade gekommen war, eine Gestalt in einer grünen Windjacke auf ihn zukam. Pee-Wee hatte sich ganz schön Zeit gelassen.

»Also, was soll der Quatsch?«, begrüßte er seinen Informanten, als der sich zu ihm gesellte.

»Du bist eine Gefahr, Behrend«, teilte der andere ihm unumwunden mit.

Jarre hatte das schon lange geahnt. »Wie das?«, fragte er so kühl wie möglich.

»Du und deine Fragen!«, grollte Pee-Wee weiter. »Schon meine zweite Quelle hat mich explizit gefragt, ob ich Ärger haben wolle, wenn ich weiter vorhabe, in einem Wespennest herumzustochern, in das meine Nase nicht reingehöre.«

Jarre verkniff es sich, eine Bemerkung über falsche Metaphern zu machen, und ließ Pee-Wee weiterreden.

»Ein anderer hat einfach aufgelegt, als ich ihn nach

Briefen von berühmten Leuten aus dem 18. Jahrhundert fragte.«

»Wirklich …? Hat deine Quelle gesagt, wem es nicht behagt, dass du deine Nase in ein Wespennest steckst?«

»Nein, und ich hatte keine Lust, ihn danach zu fragen. Er hat recht deutlich gemacht, dass solche Fragen ungesund sind.«

»Ungesund?«

»Offenbar ging vor ein paar Wochen eine Anfrage in den entsprechenden Kreisen um, die um Hilfe bei der ›Beschaffung‹ kostbarer Briefe eines deutschen Gelehrten aus der Zeit um 1700 suchte. Alles war sehr diskret und sehr geheim, aber die Szene blieb skeptisch, denn stellte sich heraus, dass der mögliche Käufer ein wenig vertrauenswürdiger Charakter sei. Leider hat mir meine Quelle nicht sagen wollen, wer dieser geheimnisvolle, gefährliche Käufer denn nun ist.«

»Will heißen, dass du nichts Konkretes für mich hast, oder?«

»Was ist für dich konkret? Dass ich seitdem mindestens dreimal Typen gesehen habe, die mich mit einem unheimlichen Blick gemustert haben? Dass ich seitdem nicht mehr schlafen kann?« Pee-Wee kreischte fast. »Dass ich eine Scheißangst habe? Ist das konkret genug?«

Jarre blickte überrascht drein. »Du machst dir Sorgen wegen seltsamer Typen, die dich schräg anschauen? Darf ich dich daran erinnern, dass wir hier in Linden sind?«

Pee-Wee musterte ihn verächtlich, musste jedoch lachen. »Verdammt, Behrend, in diesem Geschäft ist man immer nervös, und wenn du mit so seltsamen Fragen kommst, ist das schwer zu verdauen.«

»Mag sein«, gab Jarre zu. »Ich glaube, du musst dir keine Sorgen machen«, versuchte er ihn zu beruhigen. »Der Einzige, der sich wirklich Gedanken machen sollte, bin ich.«

»Wenn du das sagst, werde ich das gerne allen finsteren Typen sagen, die ich sehe!«, scherzte er etwas unbeholfen.

»Nicht gleich allen vielleicht, aber wenn es sein muss, mach das. Zurück zu den Namen von Leuten, die dahinterstecken könnten. Hast du welche oder nicht?«

»Habe ich«, erklärte Pee-Wee. »Ein guter Freund in Berlin hat sich doch bereitgefunden, mir etwas zu erzählen. Er wusste nichts Genaues, außer ein paar Namen, wer hinter dem Fremden stecken könnte, hatte er für mich.«

»Schieß los.«

»Zum einen ist da Baron Gregor Amadeus von Haltenbach-Rintz. Er ist einer der bekanntesten Sammler alter Autografen in Deutschland. Seine Familie verfolgt seit Generationen die gleiche Sammlerleidenschaft. Für einen Brief von Mozart hat er vor wenigen Jahren eine ungeheure, allerdings nicht veröffentlichte Summe bezahlt.«

Jarre sagte der Name nichts. Er fragte sich, warum es eigentlich immer Adlige waren, die sich mit so etwas beschäftigten. Vermutlich war das ein interessanter Weg, sich ein wenig mit dem Familienvermögen zu amüsieren.

»Was noch?«

»Günter Hartleben. Ein Industrieller. Er gilt als völlig skrupellos. Einen Anbieter hat er im Vorfeld einer Auktion mit so vielen üblen Gerüchten über dessen Glaubwürdigkeit in den Ruin getrieben, dass er dessen Sammlung für einen Bruchteil ihres originalen Wertes aufkaufen konnte.«

Auch diese Beschreibung passte nicht in das Bild, das Jarre sich gemacht hatte. Er hatte bislang geglaubt, dass die Briefe selbst wichtig seien, nicht ihr Wert als Sammlerobjekt. Trotzdem speicherte er die Namen für eine Überprüfung ab.

»Das klingt interessant«, meinte er, um Pee-Wee bei Laune zu halten, obwohl ihm Onkel Joshs Anruf nicht aus dem Kopf ging. »Ist dir in deinen Gesprächen der Name Stuart begegnet?«, fragte er also.

»Wie in James Stewart?«, fragte Pee-Wee und schüttelte den Kopf. »Nein, nichts Englisches.«

Mit einem warmen Lächeln legte Jarre dem kleinen Mann die Hand auf die Schulter. »Das war sehr hilfreich«, erklärte er und gab ihm mit viel Zeremoniell fünf Zehnmarkscheine für erwiesene Dienste. Pee-Wee strahlte und bedankte sich mit seiner kieksenden Stimme, dann kehrte er um, damit er seinen Platz im ›Kleinen Museum‹ wieder einnehmen konnte, während Jarre ein Stück die Leine entlangging und abbog, als er die Straße erreicht hatte, in der sein Auto parkte.

Die Männer im schwarzen Mercedes warteten geduldig auf ihn. Sie hatten in der vergangenen Dreiviertelstunde ihren Standort wechseln müssen, sodass sie mittlerweile vor dem dunkelroten VW 1600 parkten. Jarre hatte keine Chance, ihre Mienen zu sehen, als er in sein Auto stieg und davonfuhr. Gleich darauf hängte sich der Mercedes hinter den VW.

Hätte Pee-Wee bemerkt, wie Jarre verfolgt wurde, hätte er dazu sicher ein paar Kommentare gehabt. »Ich habe es ja gleich gesagt«, wäre sicherlich noch der netteste davon gewesen.

KAPITEL NEUN

Sonntag, 18. September 1966

Als Vicky Quinlivan am Sonntagmorgen auf dem Rittergut eintraf, sah sie sich dem gleichen Bild wie bei ihren letzten Besuchen gegenüber. Charles Stuart saß mehr oder minder reglos in seinem Sessel hinter dem übergroßen Schreibtisch und musterte sie aus seinen leeren, hellen Augen.

»Es sind also weiterhin zwei Leute, um deren Wissen wir uns Sorgen machen müssen?«, versicherte er sich ein weiteres Mal nach ihrem Bericht.

»Ja, beide werden im Moment von meinen Leuten observiert. Es handelt sich um Werner Heidenreich von der Bibliothek und Dr. Jarre Behrend, den Kunsthistoriker, den er um Hilfe gebeten hat.«

Stuarts Blick wurde finsterer. »Die Namen sind mir vertraut, da Sie sie mir schon einmal genannt haben«, wies er sie zurecht. »Was mich interessiert, welche Gefahr von Ihnen ausgeht.«

»Keine geringe jedenfalls. Wie ich sagte, Dr. Behrend wurde gestern gesehen, wie er mit einigen Dokumenten bei Heidenreich erschien, und bald danach hat er sich bei Ihrer Sekretärin in London mit einer fadenscheinigen Geschichte ihre Nummer besorgt. Er ist Ihnen auf der Spur, würde ich sagen.«

Stuart schaute zu ihr hoch. »Was Sie nicht sagen! Als er mich anrief, gab er allerdings vor, er wolle sich mit mir treffen, um dieses Anwesen zu besichtigen, da er sich eine Rückzugsmöglichkeit auf dem Lande schaffen möchte. Ein Anruf bei meiner Bank hat ergeben, dass er dazu die Mittel hat.«

»Trotzdem, das kann kein Zufall sein.«

»Nein, natürlich nicht«, knurrte Stuart.

»Habe ich also freie Hand, etwas gegen die beiden zu unternehmen?«

»Ja, die haben Sie. Es muss verhindert werden, dass sie uns schaden.«

»Gut«, brummte Vicky und griff zum Telefon.

*

Anna Winter war überrascht, als Jarre sie an diesem Sonntagmittag nach ihrem Dienst vor dem Nordstadt-Krankenhaus abholte. Eigentlich hatten sie sich auf einen ruhigen Nachmittag gefreut, dachte sie, und sie war sich daher nicht sicher, ob Jarre es wirklich ernst meinte, als er ihr seine Pläne für den Tag mitteilte. Doch als er am Großen Garten vorbei direkt auf einen der Schnellwege fuhr, die Hannover wie ein großes Netz durchzogen, war ihr klar, dass sie sich von nun an mit jedem Meter von ihrer Wohnung in der Nordstadt entfernten.

Als ihr Freund nach einiger Zeit auf die Bundesstraße 65 Richtung Westen abbog, wusste sie, dass ihre Befürchtungen wahr geworden waren. Jarre war auf dem Weg, um diesen verdächtige Engländer zu interviewen! Sie steckte also ihre Sonnenbrille ins Haar, was für Leute, die sie kannten, ein Alarmzeichen war, und bedachte ihn mit ihrem besten strengen Blick.

»Du willst tatsächlich diesen Stuart-Heini in seinem Rittergut aufsuchen und ihn fragen, ob er Leibniz' Briefe gestohlen hat?«, fragte sie mit einem Unterton, der als schneidend bezeichnet werden musste.

»Wir besuchen den hochwohlgeborenen Charles Francis Stuart, ganz recht«, erklärte Jarre fröhlich. »Nur ist es nicht sein Rittergut, er verkauft es lediglich.«

»Ich denke, er wohnt da?«

»Das schon … Ich habe gestern Abend George Wilberforce angerufen, der bei der Bank arbeitet, bei der ich während meines Studiums in England ein Konto hatte. Wir haben uns damals näher kennengelernt, und er war sehr hilfreich. Der Name Charles Francis Stuart war ihm nicht unbekannt, und er hat mir erzählt, dass man unter Bankern schon seit einiger Zeit munkelt, dass Stuart aus finanziellen Gründen seine feste Wohnsitze aufgegeben habe und seither immer in den Objekten wohne, die er verkauft. Bestimmt ist das eine gute Masche, um Geld zu sparen, das er danach für seine katholischen Zwecke einsetzen kann.«

Anna fand diese Bemerkung nicht sehr witzig, sie verfolgte andere Gedanken. »Und wie willst du die Sache mit den Briefen angehen? Du wirst ihn nicht einfach fragen wollen, ob er sie gestohlen hat, oder?«

»Nein. Vielleicht finde ich mehr heraus, indem ich vorgebe, selbst Sammler zu sein.«

Anna schüttelte entsagungsvoll den Kopf. »Das klingt alles nicht wie ein voll ausgereifter Plan.«

»Ich möchte ihn mir zumindest einmal ansehen«,

beschwerte sich Jarre, der dazu neigte, jede Idee bereits als Plan zu betrachten. Genau mit dieser Begründung hatte er sich für heute Nachmittag mit Charles Stuart verabredet. Er hatte ihm eingeredet, dass er ein Rittergut besichtigen wolle, da er sich überlege, einen Landsitz zu kaufen. Tatsächlich hatte die kultivierte, eiskalte Stimme am anderen Ende ohne weitere Umstände einem Treffen zugestimmt, damit Jarre das Gut besichtigen konnte, das Stuart gerade für einen Mandanten betreute, wie er sich ausdrückte.

»Das ist also wirklich dein ganzer Plan?«, staunte Anna. »Da hingehen und so tun, als wolltest du ein Haus kaufen? In der Hoffnung, dass du zufällig einen Beweis findest, dass Stuart ein Dieb ist?«

»Sicher.« Jarre klang sehr zuversichtlich. »Ich gebe den reichen Snob, der Stuart etwas abkaufen will, und du siehst in diesem wunderbar kurzen Rock hinreißend aus. Wir geben ein perfektes Bild ab. Den Rest improvisieren wir. Was soll da schon schiefgehen?«

*

Die Standuhr, die eine Schmalseite des großen Raums beherrschte, in dem sich Charles Stuart ständig aufzuhalten schien, schlug dreimal. Viertel vor zwei Uhr. Unwillkürlich warf Vicky einen Blick auf ihre Armbanduhr und verglich die Zeiten, merkte jedoch, dass die alte Uhr höchst genau ging. Sie lächelte dünn, denn eigentlich hätte sie das nicht verwundern dürfen, wenn man bedachte, was für ein Pedant ihr Auftraggeber war.

»Er hat sich für 14 Uhr angemeldet?«, fragte sie erneut.

»Ja, das habe ich gesagt«, entgegnete Stuart mit einem etwas ungnädigen Ton. Er studierte einige Papiere, die anscheinend seine volle Aufmerksamkeit forderten.

Vicky erhob sich. »Es wird Zeit, zu handeln.«

Stuart wirkte überrascht, als er aufsah. »Gewiss ... Ich hätte gerne mit ihm geredet. Es interessiert mich gar sehr, wie die Überlegungen dieses Behrend abgelaufen sind, dass sie ihn in so kurzer Zeit zu mir geführt haben«, murmelte er und seufzte tief. »Aber Sie haben recht, das Risiko, dem wir uns aussetzen, wenn wir nicht eingreifen, ist zu hoch. Also, tun Sie, was Sie tun müssen.«

Vicky sah ihn emotionslos an. »Das werde ich«, antwortete sie und machte sich wortlos auf den Weg. Sie verließ ohne Umschweife das Haupthaus des Anwesens und betrat den großen Hof. Die Gutsgebäude, von denen einige schon seit vielen Jahrhunderten hier standen, waren wie eine Burg rechteckig um den Hof aufgestellt und boten den einzigen Zugang, der durch ein breites Torhaus in den Hof führte. Dieses Torhaus fungierte dabei als eine Art Riegel, der das Gut zu der Seite abschottete, wo die Bundesstraße an dem Gelände vorbeiführte. Vickys Lotus stand im Schatten dieses Torhauses. Rasch überquerte die junge Irin den Hof mit langen, entschlossenen Schritten und holte eine Gewehrtasche aus dem Kofferraum ihres Roadsters.

Mit der Tasche betrat sie das Torhaus und stieg hinauf in die Kammer, von der aus drei kleine Fenster einen freien Blick auf die Zufahrtsstraße zum Gut boten. Dort entnahm sie das Gewehr aus seiner Hülle und ließ zu, dass sich dessen kaltes Metall für einige Minuten an die Temperatur des Hauses anpasste.

Das Gewehr war eine verlängerte Version des Remington Model 700, das unter der Typenbezeichnung M24 von der US Army verwendet wurde, während die Scharfschützen der US Marines die etwas kürzere M40 Version des Gewehrs verwendeten. Vicky wusste, warum die Amerikaner gerade diese Waffe einsetzten, denn sie liebte das solide, zuverlässige Gewehr und hatte es schon mehr als einmal erfolgreich eingesetzt.

Mit der Gelassenheit einer erfahrenen Schützin lud sie eine Handvoll ›.300 Win Mag‹-Patronen in das Magazin des Remington. Für Distanzschüsse bevorzugte Vicky diese Magnum-Patronen der Firma Winchester, obwohl die neuen ›.300 Remington Ultra Magnum‹-Geschosse auf kurze Distanz sicher wirkungsvoller waren und eine größere Durchschlagkraft hatten. Unwillkürlich huschte ein dünnes Lächeln über Vickys Lippen. Dass man diese klare Angabe von 0,3 Zoll in Deutschland zu 7,62 mm ummünzte, zeigte wieder einmal, wie überlegen das angelsächsische dem metrischen Maßsystem war.

Sie öffnete das rechte der drei Fenster, von dem aus sie den besten Blick auf die Zufahrtsstraße hatte. Sie suchte sich einen ruhigen Auflagepunkt für das Gewehr und visierte einen Punkt an, den ein Auto auf dem Weg zum Gut unweigerlich passieren musste. Die Sonne war noch nicht so weit gesunken, dass sie sie blenden und ein Problem bedeuten könnte, und die beiden Wirtschaftshäuser links und rechts der Einfahrt boten genug freie Sicht auf die schmale Straße. Sogar der Wind hatte nachgelassen und war kaum eine beachtenswerte Größe in ihren

Berechnungen. Die Bedingungen für einen perfekten Schuss konnten nicht besser sein.

Ein kleiner Weg bog direkt von der Bundesstraße zu dem Gut ab, das die derzeitige Adresse von Charles Francis Stuart war. Eine Teerstraße führte an einigen dünnen Bäumen vorbei und erreichte in gerader Linie das Torhaus des jahrhundertealten Anwesens. Jarre Behrend rollte mit mittlerer Geschwindigkeit durch die Felder, die das Gut umgaben, ehe er die ersten Häuser sah, die zum Anwesen gehörten, jedoch außerhalb des eigentlichen Hofs lagen.

»Zumindest ist es ganz eindrucksvoll«, sagte Anna, als sie das breite Torhaus erblickte, das aus schweren, grauen Natursteinen gebaut war und von einem hohen, dunkelroten Dach gekrönt wurde. »Allerdings etwas trutzig.«

Jarre nickte zustimmend. »Trutzig soll es ja sein. Das war früher immerhin ein Rittergut, und Streitigkeiten mit den Nachbarn waren unter den Rittern damals gar nicht so selten. Wenn man wirklich böse auf den Nachbarn war, hat man schon einmal Krieg gegen ihn geführt und ihn kurzerhand überfallen und gebrandschatzt. Da überrascht es nicht, dass das Gut so gebaut ist, dass man es gut verteidigen kann. Dann sieht so etwas natürlich zwangsläufig wie eine Burg aus.« Er wies auf die Felder um sie herum. »Wer über diese Felder geritten kam und sich dem Tor näherte, war den Waffen der Verteidiger schutzlos ausgeliefert.«

Wenige Augenblicke später stellte sich heraus, wie treffend Jarres Beschreibung war und wie richtig er mit seiner Annahme lag. Im Gegensatz zu den Kanonenkugeln der Ritter konnten sie die Schüsse, die die Vorderreifen seines VW zerstörten, weder hören noch sehen. Der erste Reifen löste sich auf, als sie fast die äußeren Häuser des Guts erreicht hatten. Es gelang Jarre, den Wagen unter Kontrolle zu halten. Für einen Augenblick hatte es den Anschein, als könne er ihn unbeschadet zum Stehen bringen. Anna Winter beobachtete, wie Jarre mit verbissenem Gesicht das Steuer festklammerte. Als sie spürte, wie die Bremsen des Wagens fassten, war es allerdings schon zu spät, denn wenige Sekunden nach dem ersten Reifen löste sich auch der zweite Vorderreifen in tausend Stücke auf, und der Wagen war nicht mehr zu halten.

Ohne eine effektive Steuerung brach der VW aus und raste auf das Feld zu, das neben der Straße lag. Er schoss über die Seitenmarkierung hinaus und bohrte sich in den schmalen Graben. Die ganze Wucht der Beschleunigung des Autos entlud sich in einer gigantischen Hebelbewegung. Der Wagen überschlug sich und landete mit einem grässlichen Geräusch berstenden Metalls auf dem Dach. Das merkten Anna Winter und Jarre Behrend nicht mehr, denn sie waren durch die Wucht des Aufpralls schon längst bewusstlos geworden.

Wenige Augenblicke später kam Vicky Quinlivan an der Stelle an, wo der dunkelrote VW die Straße verlassen hatte. Sie starrte erst die tiefschwarzen Gummispuren auf der Straße und dann das Wrack an. Ihre leere Miene verriet keine Emotion. Sie war sich sicher, dass in diesem Wrack niemand überlebt hatte. Das Dach des VW war so weit eingedrückt, dass es unmöglich war, aus diesem Haufen Blech lebendig herauszukommen.

Traurig schüttelte sie den Kopf, denn sie hatte den

attraktiven Kunsthistoriker, der sie mit seinem wachen Verstand beeindruckt hatte, lediglich in einen Unfall verwickeln wollen. Sie wollte ihn erschrecken und gegebenenfalls festhalten. Sie hatte nicht vorgehabt, ihn zu töten. Das war eine Option, auf die sie zurückgreifen wollte, wenn sie alle Informationen, die sie brauchte, zusammengehabt hätte.

Vor ihr parkte der schwarze Mercedes der Männer, die Jarre Behrend in ihrem Auftrag verfolgt hatten. Als sie ihren eigenen Wagen gleich dahinter, direkt neben dem mit Trümmern übersäten Feld, geparkt hatte und in den Graben geklettert war, um zu dem zertrümmerten Auto zu kommen, waren die Männer dabei, die beiden bewusstlosen Insassen aus dem Fahrzeug zu bergen.

Sie sah, dass Jarre aus einer Schnittwunde über dem linke Auge blutete und dass die blonde Frau mehrere Verletzungen an ihrem linken Arm hatte, aber beide atmeten flach und doch bemerkenswert regelmäßig. Vicky überzeugte sich rasch, dass der Puls der beiden stabil war. Ob sie innere Verletzungen davongetragen hatten, war im Moment unmöglich zu sagen. Sie gab ihren Helfern einen Wink, die daraufhin erst Anna und danach Jarre vom Feld trugen, um sie auf die umgeklappten Vordersitze des Mercedes und des Lotus zu legen.

Mittlerweile waren ein paar der wenigen Arbeiter, die auf dem Gut verblieben waren und die notwendigsten Arbeiten erledigten, zum Unfallort gelaufen. Nachdem sie gesehen hatten, dass sich die Herrschaften aus dem Gutshaus um die Verunglückten kümmerten, redeten sie wie wild über den Ablauf und den Grund des Unfalls. Die Diskussion war noch nicht richtig in Gang gekommen, als sich die Türen des nahen Gutshofs hinter den beiden Verletzten geschlossen hatten.

Als Jarre Behrend erwachte, war ihm, als würde man versuchen, ihm einen Keil in den Schädel zu treiben, um ihn zu öffnen und ein bisschen darin herumzuwühlen. Der Kopfschmerz war so durchdringend, dass er ihn bis hinunter in seine Fingerspitzen fühlte. Und das war erst der Anfang, denn ihm tat so ziemlich alles an seinem Körper weh, was wehtun konnte. Der einzige Trost war dabei, dass er mit diesen Schmerzen nicht tot sein konnte, nie im Leben.

Etwas verzweifelt über seinen Humor stöhnte er auf und schlug sich die Hände vors Gesicht. Dabei ertastete er ein Pflaster über seinem linken Auge. Er spürte einen weiteren stechenden Schmerz, als er vorsichtig die darunter liegende Wunde berührte. Der Schnitt war ein paar Zentimeter lang, schien jedoch nicht tief zu sein, da er bloß von dem Pflaster zusammengehalten wurde. Für einen Moment fragte er sich, was geschehen war. Am VW waren zwei Reifen gleichzeitig geplatzt, daran konnte er sich erinnern. Doch was war danach passiert? Offenbar hatte sie jemand aus dem Auto gezogen und hierher gebracht. Charles Francis Stuart vermutlich oder einer seiner Angestellten. Das erklärte zumindest, warum er in diesem Zimmer aufgewacht war. Blieb noch die Frage, wie zwei Reifen seines Autos gleichzeitig platzen konnten. Er war sich sicher, dass das kein Zufall sein konnte. Er hatte schon eine klare Idee, wer dafür verantwortlich war. Solche Überlegungen waren im Moment allerdings müßig. Es gab Wichtigeres zu tun.

Sowie er in der Lage war, sich senkrecht zu halten, musste er Anna finden, das wusste er. Er musste unbedingt wissen, wie es ihr ging. Der Nachteil an diesem Plan war, dass das mit dem Senkrecht-Halten schwer zu realisieren war. Er brauchte ein paar Minuten mehr, ehe die Nachricht, dass er wieder einen funktionierenden Kreislauf hatte, sich überall verbreitet hatte.

Inzwischen hatte er das Inventar des Zimmers aufgenommen, in dem er sich befand. Zuerst hatte er registriert, dass das Bett, auf dem er lag, recht schmal und bemerkenswert staubig war. Es stand unter einer niedrigen Dachschräge und verbreitete einen unangenehmen Geruch, der dem ganzen Zimmer seinen Stempel aufdrückte. Der Vorhang, der es von dem restlichen Zimmer trennte, tat sein Bestes, um den muffigen Geruch zu verstärken.

Die mit zartblauen Blumen bedruckte Tapete an der Wand über ihm stammte seiner Schätzung nach aus einer Zeit, als Otto von Bismarck Reichskanzler war. Die Decke war dunkelgelb gestrichen, in einer Farbe, die ihn vage an die Symptome einer schrecklichen Krankheit erinnerte. Sie stammte sicher aus der gleichen Zeit wie die Blümchentapete. Jarre nahm an, dass er sich in einem der Dienstbotenzimmer des Gutshauses befand.

Als er sich kräftig genug fühlte, wandte er sich zur Seite, um aus dem Bett zu klettern. Dabei ließ er unwillkürlich ein lautes Stöhnen hören, das seinen Kopfschmerzen angemessen war.

»Das klingt so, als würde es dir nicht viel besser gehen als mir«, hörte er daraufhin ein schwaches Flüstern. Er schob den Vorhang beiseite und sah Anna Winter, die auf einem zweiten Bett lag, das er nicht hatte sehen können. Sie hatte sich halb aufgerichtet und lehnte mit den Schultern an der Wand. Jarre konnte sehen, dass die Ärmel ihrer Bluse abgetrennt worden waren, offenbar damit die Schnittwunden versorgt werden konnten. Ihr Minirock war noch heil, hatte aber einige unschöne Flecken aufzuweisen. Ihre Beine hatten tiefe Kratzer davongetragen und würden sicherlich bald etliche blaue Flecke aufweisen.

»Mir ging's wirklich schon besser«, bestätigte Jarre indes. »Und du? Irgendetwas gebrochen?«

Anna schüttelte langsam den Kopf, eine Bewegung, die sie gleich darauf bereute. »Nein, ein ausgerenkter Nacken, einige Prellungen und ein paar oberflächliche Schnitte, das ist alles.«

»Mit Prellungen kann ich ebenfalls dienen. Es fühlt sich so an, als sei jede Faser meines Körpers zusammengestaucht worden. Gebrochen ist zum Glück nichts. Wie lange bist du schon wach?«

»Nicht lange.« Sie richtete sich vorsichtig auf und sah Jarre mit einem undurchschaubaren Blick an. »Das war kein Unfall, oder? Ich meine, dass du plötzlich beide Vorderreifen verloren hast?«

Jarre schüttelte grimmig den Kopf. »Nein, natürlich nicht. Ich nehme an, jemand hat auf uns geschossen, und das bemerkenswert gut.«

»Wieso das?«

»Die Schüsse müssen direkt von vorn aus dem Torhaus gekommen sein, und das war ein gutes Stück weg. Wenn es Schüsse waren, handelt es sich um Meisterschüsse.«

»Stuart scheint also ein geübter Sportschütze zu sein.«
»Er oder einer seiner Helfer.«
»Wir sind hier im Gutshaus, oder?«

Jarre bejahte und schwang seine Beine vom Bett. Er tastete seine Taschen ab, fand jedoch nichts darin, ganz wie er es erwartet hatte. Endlich stand er auf und kam zu Anna herüber, der er mit einer fürsorglichen Geste eine Hand an die Wange legte. Annas Lächeln war etwas zerknittert, jedoch voller Wärme.

»Schön, dass es dir gut geht«, sagte sie.

»Danke, gleichfalls. Ich versuche einmal, ob die Tür abgeschlossen ist. Wir müssen mehr darüber wissen, wo wir sind und was los ist.« Selbstverständlich war die Tür abgeschlossen. Ihr Rahmen und das Türblatt selbst schienen erstaunlich solide zu sein, sodass es schwierig sein würde, sie mit Gewalt zu öffnen, wenn nicht irgendwo ein Werkzeug in Sicht war, das man benutzen konnte, um die Tür aus den Angeln zu hebeln.

»Wir sind Gefangene«, bemerkte er, ohne dass ihm jemand widersprochen hätte.

»Ja. Aber warum?«

»Der gute Charles Francis Stuart wird nicht mögen, dass wir herauszufinden versuchen, warum er die Briefe stehlen ließ.«

»Er weiß also, warum wir hier sind?«

»Ist das nicht offensichtlich? Jemand wird es ihm gesagt haben.«

»Glaubst du wirklich, dass er uns deswegen einsperren würde? Er hätte uns beinahe umgebracht!«

»Keine Frage, er würde so weit gehen!«, grollte Jarre und wies auf die verschlossene Tür.

»Gutes Argument. Was jetzt?«

»Wir könnten die Tür vielleicht eintreten«, überlegte er, ohne dass er den Vorschlag ernst meinte.

»Damit würdest du die Leute auf uns aufmerksam machen, die uns eingesperrt haben«, gab Anna zu bedenken.

»Ich weiß. Trotzdem, wir müssen hier raus. Unsere Bewacher wissen im Moment nicht, dass wir wach sind, und ich möchte diesen Vorteil nicht ungenutzt lassen.« Er ging in die Knie, um unter die Betten zu spähen, ob nicht ein paar Dielenbohlen lose waren, sodass man durch ein Loch im Boden fliehen konnte.

»Verhältst du dich nicht etwas albern?«, fragte Anna daraufhin. »In den seltensten Fällen haben Räume, in die man eingesperrt wird, einen zweiten Ausgang, den die Bewacher vergessen haben. Das kommt vielleicht bei Paul Temple vor, sonst nichts.«

»Sag nichts gegen Paul Temple!«, beschwerte Jarre sich, zumal er wusste, dass Anna bei jedem neuen Fall vor dem Radio gehockt hatte, um die Abenteuer des britischen Detektivs und Schriftstellers zu hören.

Ein paar Minuten später grinste Jarre sie plötzlich triumphierend an. »Übrigens haben unsere Bewacher wirklich einen Ausgang übersehen.« Er deutete auf den Erker mit dem kleinen Dachfenster, das im Moment ihre einzige Lichtquelle war.

»Ein Fenster, so, so. Und was willst du damit anfangen?«

»Jahrelang Kletterer gewesen«, sagte er schlicht.

Anna seufzte tief. »Ich habe geahnt, dass so etwas kommt. Du hast mir ja ausführlich erzählt, wo du überall geklettert bist. Vergiss bitte nicht, dass ich dir erzählt habe, dass ich nichts damit zu tun haben will. Ich hasse es ja schon, auf einer Leiter zu stehen. Verlang also nicht, dass ich aus diesem Fenster in die Freiheit entschwinden soll.«

»Nicht du, sondern ich.«

Jarre war bereits dabei, das Fenster anzusehen, das mit einem einfachen Mechanismus zu öffnen war. Er löste vorsichtig den Hebel, mit dem man eine Stange drehen konnte, an der sich wiederum in Form eines Hakens der eigentliche Verschluss des Fensters befand. Das Ganze war eine äußerst labile Konstruktion, aber das hölzerne Fenster war komplett verzogen, sodass Jarre etwas Gewalt anwenden musste, um es zu öffnen. Dabei zu vermeiden, dass das Holz ächzte und quietschte, war ein Kunststück, das ihm nicht vollends gelang. Für eine lange Minute lauschten sie, ob jemand das Geräusch gehört hatte, aber niemand näherte sich dem Zimmer.

Das Fenster ließ sich nur so weit öffnen, dass seine Schultern nur durchpassten, wenn er sich etwas verdrehte. Trotzdem blieb Jarre zuversichtlich.

»Ideale Bedingungen«, war seine Beschreibung für das, was er sah.

Anna glaubte ihm kein Wort, doch ihr war klar, dass sie Glück im Unglück hatten, da das Fenster ihres Zimmers auf die umliegenden Felder wies, nicht in den Hof. Das Risiko, von jemandem entdeckt zu werden, war auf dieser ruhigen Seite viel geringer. Sie trat neben Jarre und warf einen Blick auf die alten, mit Flechten besetzten Dachziegel. Dieser Blick genügte ihr, um arge Zweifel an der Tragfähigkeit der ganzen Konstruktion zu wecken.

»Du bist verrückt! Das ist reiner Selbstmord!«, war die Formulierung, die sie für ihre Bedenken fand.

»Wenn ich es nicht versuche, werden wir nie erfahren, ob es klappt«, teilte Jarre ihr ruhig mit und prüfte vorsichtig die Stabilität des Rahmens. Danach begutachtete er die Dachziegel und glaubte, dass sie ihn aushalten würden.

»Du weißt, dass du gerade mit viel Glück einen Autounfall überlebt hast?«, fragte Anna mit eisiger Stimme, während sie seine Vorbereitungen beobachtete.

Er nickte, streckte dabei seine Arme und dehnte sich, nach vorn und nach hinten. »Ich habe zwar ein paar Prellungen, allerdings sind meine Arme nicht so steif, dass sie mich nicht tragen würden«, erklärte er ihr. »Morgen sieht das schon ganz anders aus, also müssen wir jetzt handeln.«

Jarre kletterte aufs Bett und ignorierte Annas letzten, halbherzigen Protest, mit dem sie ihm recht bildlich darstellte, wie er aussehen würde, wenn er in zwei Minuten zerschmettert im Hof lag. Er beugte sich umständlich aus dem Fenster hinaus und prüfte ein weiteres Mal die Ziegel direkt unter dem Fensterbrett. Sie rutschten nicht und gaben nicht nach. Er war sich sicher, dass er ungefährdet auf das Dach gelangen konnte, und er wusste, dass es ihm, einem geübten Kletterer, leicht fallen musste, an einem Spalier, einem Fallrohr oder etwas Ähnlichem nach unten zu klettern.

Kurzentschlossen zog er also seine Schuhe und Socken aus, schob er seinen Kopf und seinen Oberkörper aus dem Fenster. Mit einem raschen Blick erkannte er zwei Punkte, die es ihm möglich machten, sich aus dem Fenster zu ziehen. Vorsichtig setzte er seine Füße auf die Dachziegel und stand auf, wobei er sich bewusst war, dass Annas besorgte Blicke jede seiner Bewegungen verfolgten.

Als er merkte, dass das Dach ihn problemlos trug, richtete er sich auf und sah sich um. Er stand unterhalb des mittleren von drei Erkern, die sich auf der rechten Seiten des Daches befanden. Auf der anderen Seite gab es drei weitere Erker und einen großen Dachvorsprung in der Mitte des Daches mit zwei schmalen Fenstern. Direkt unter ihm befand sich ein Wassergraben, was ihn in gewisser Weise beruhigte, da ein Sturz so weit weniger gefährlich sein würde. Es war immer besser, glücklich auf Wasser aufzukommen als unglücklich auf dem harten Erdboden. Rechts von ihm befand sich eine Schmalseite des Dachs, die anscheinend zu einem Garten abfiel, der seinerseits wieder durch den Wassergraben nach außen begrenzt wurde. Er wusste sofort, dass das sein Ziel sein musste, wenn er eine kleine Chance haben wollte, das Dach ungesehen zu verlassen.

Charles Francis Stuart setzte sich in den Ledersessel, der direkt vor dem Feuer stand, und lehnte sich behaglich zurück. Er fühlte sich etwas besser heute, zudem umklammerten seine Hände eine Tasse mit heißem Tee, den er um seiner Wärme willen gemacht hatte. Vicky Quinlivan, die eben das Arbeitszimmer betreten hatte, nahm ihm gegenüber Platz und schlug lässig ihre langen Beine übereinander. Wie sie erwartet hatte, beachtete Stuart sie nicht einen Augenblick.

»Nun, was machen unsere Gäste?«, fragte er stattdessen mit seiner blassen Stimme.

»Christos hat gerade gemeldet, dass er erste leise

Geräusche aus dem Zimmer gehört hat, also ist zumindest einer der beiden wach. Ich habe selbst nicht nachgesehen. Sie sollten erst einmal Zeit haben, sich etwas zu sammeln.«

»Da stimme ich Ihnen zu. Ich möchte mit ihnen reden, wenn sie in der Verfassung dafür sind.«

»Und was gedenken Sie mit ihnen zu machen?«, fragte sie interessiert.

»Man wird ihnen erst einmal ein Ultimatum stellen müssen«, überlegte er. »Sie können sich unserer Sache freiwillig anschließen oder sie werden mit Konsequenzen rechnen müssen, wenn sie sich weigern, zu kooperieren.«

»Eine gute Idee. Behrend kann uns von Nutzen sein.«

»Diese Frau kompliziert die ganze Geschichte jedoch«, gab Stuart zu bedenken.

Vicky blickte ihn ohne jede Emotion an. »Wieso? Sie hat sich freiwillig Behrend angeschlossen, ohne dass es dafür eine Veranlassung gegeben hätte, also soll sie das gleiche Schicksal wie er erleiden, finden Sie nicht? Immerhin liegt vor unserer Tür ein Autowrack, das wir vorzüglich nützen können, um ihren Tod glaubhaft zu machen.«

»Sie haben eine sehr überzeugende Art an sich«, meinte Stuart mit einem sardonischen Lächeln. »So machen wir es. Wenn …« Er unterbrach sich, weil er Rufe aus dem Treppenhaus hörte.

Vicky, die die Stimmen lediglich undeutlich verstanden hatte, stand auf und ging zur Tür. Sie redete mit einem ihrer Wächter, der in einer Sprache antwortete, die Stuart nicht verstand.

»Sie sind ganz offensichtlich wach. Christos hat gehört,

dass sie versucht haben, das Fenster zu öffnen«, berichtete Vicky, als sie zu ihrem Sessel zurückging.

Erneut lächelte der Brite. »Unseren Gästen verlangt es offenbar nach frischer Luft. Nun, sie werden bald so weit sein, dass ...« Er brach ab, da er Vickys Miene sah, die plötzlich eisig und erstarrt war.

»Das Fenster?«, murmelte sie. »Ich Idiot!« Sie sprang auf und sprintete aus dem Raum, ohne ein Wort der Erklärung zu verlieren.

Der einfache Weg wäre gewesen, an der Dachkante entlang zu der Ecke oberhalb des Gartens zu gehen, das wusste Jarre natürlich. Die wenigen Meter wären leicht zurückzulegen gewesen, wenn sich nicht ein dritter Erker zwischen ihm und der Ecke befunden hätte. Offenbar lag dort eine weitere Dachkammer. Ihm war klar, dass es nicht sehr wahrscheinlich war, dass gerade in dem Augenblick, wenn er vorbeiginge, jemand aus dem Fenster dieser Kammer sehen würde, doch das Risiko wollte er nicht eingehen. Daher entschloss er sich, den Erker zu umgehen, indem er über ihn kletterte, wobei er sich so flach machen musste, dass seine Silhouette den Dachfirst nicht überragte, sonst könnte man ihn vom Hof aus erkennen.

Vorsichtig griff er nach dem First des kleinen Erkers und zog sich hoch, sodass er mit dem Bauch auf dem Erker lag. Dann, halb strampelnd, halb mit der Kraft seiner Arme, drehte er sich auf dem Bauch liegend so weit, bis seine Beine auf der anderen Seite des Erkers herunterhingen und er seinen Weg fortsetzen konnte. Er war eitel genug, um zu wünschen, dass er sich nie wieder einem derart wenig eleganten Manöver stellen musste.

Danach ging alles verdächtig schnell. Er erreichte die Ecke des Daches ohne weitere Probleme und ging in die Knie, um nachzuschauen, wie es um die Möglichkeiten stand, die ihm das alte Gutshaus bot, zu entkommen. Die Regenrinne war alt und voller Dreck, sie würde ihn bestimmt nicht halten, das war ein Klischee aus Filmen. Im wirklichen Leben hangelte niemand an Dachrinnen entlang, ohne nach kurzer Zeit in sein Verderben zu stürzen.

Er bückte sich weiter herunter und spähte unter den Überhang des Daches. Direkt neben der Ecke befand sich das Fallrohr für die Regenrinnen, und das war schon eine ganz andere Sache. Es sah solide aus und war mit schweren Schellen an der Mauer festgemacht. Zudem boten die groben Natursteine, aus denen der Bau bestand, eine hervorragende Möglichkeit, nach unten zu kommen, da sie voller Spalten und möglicher Griffe waren. Gut!

Er entschied sich für das Fallrohr als Einstieg in die kurze Route, die ihn in den Garten führen würde. Er warf einen Blick in den Garten, in dem im Moment niemand zu sehen war, weder Gärtner noch Sonntagsspaziergänger. Er musste schnell handeln, denn besser würden seine Chancen nicht werden. Rasch suchte Jarre sich zwei sichere Griffe am obersten Knick des Fallrohrs, und als er glaubte, dass das Rohr ihn halten würde, schwang er sich vom Dach.

Vicky Quinlivan rannte durch die Eingangshalle des Gutshauses und verfluchte sich dafür, dass sie ihren Autoschlüssel in ihrem Mantel gelassen hatte, sodass sie wertvolle Augenblicke damit verschwenden musste, ihren Mantel vom Garderobenhaken zu nehmen und den Schlüssel aus der rechten Manteltasche zu fischen.

Sie rannte auf den Hof, öffnete den Kofferraum ihres Lotus und entnahm ihm zu zweiten Mal an diesem Tag die dunkle Schutzhülle, die das Remington 700 enthielt. Während sie anschließend quer über den Hof zum Garten lief, befreite sie das Gewehr aus seiner Hülle, die sie achtlos auf den Boden fallen ließ. Sie wusste, dass nach wie vor drei Schuss im Magazin waren, also musste sie sich nicht damit aufhalten, das Gewehr zu laden. Wenigstens etwas.

Im nächsten Augenblick erreichte sie das Tor zum Garten. Mit einer wütenden Geste stieß sie es auf. Als sie hindurchging, sicherte sie sich vorsichtshalber nach allen Seiten ab, obwohl sie wusste, dass sie rechtzeitig gekommen war. Im Garten war niemand.

Doch wo war Jarre Behrend? Da fiel ihr Blick auf die äußerste Ecke des Gutshauses ...

Für einige Sekunden hing Jarre frei nur an seinen Armen, die beide extrem schmerzten, als sie sein gesamtes Gewicht zu tragen hatten. Besonders der linke Arm, der noch nicht ganz geheilt war, seit er vor sechs Wochen angeschossen worden war, wollte nachgeben. Allein Jarres schiere Willenskraft half ihm, so lange auszuhalten, bis er mit beiden Beine das Fallrohr umklammert hatte. In diesem Moment löste er die Griffe, setzte sie in zwei schmalen Spalten des Mauerwerks neu an und begann damit, die zwei Stockwerke hinunterzuklettern, die ihn vom Garten trennten.

Er wusste, dass er zahllose Strecken bewältigt hatte, die schwieriger waren als diese, aber da war er jedes Mal bestens vorbereitet und trainiert gewesen. Hier merkte er sofort, dass schon nach wenigen Griffen sein Herz wie wild zu pochen anfing und seine Muskeln mehr schmerzten, als er erwartet hatte. Außerdem war ihm klar, dass es schwierig sein würde, ungesehen den Gutshof zu verlassen, doch diese Gedanken musste er verbannen, um sich weiter auf den Abstieg zu konzentrieren.

Vorsichtig setzte er Griff um Griff und versuchte, langsam und tief zu atmen, obwohl ihm das immer schwerer fiel, doch nach einigen Metern berührten seine Füße endlich wieder den Boden, dicht neben dem Wassergraben zu seiner Linken. Langsam atmete er durch, wandte sich dem Garten zu und verharrte plötzlich vor Schreck.

Am anderen Ende des Gebäudes stand Vicky Quinlivan. Sie hatte ein kurzes, schwarzes Kleid an und mit leicht geöffneten Beinen hatte sie sich einen festen Stand gesucht. Sie wirkte herrisch und kühl, und die Tatsache, dass sie ein Gewehr an die Wange gepresst hatte, über dessen Lauf sie ihn ohne jede Rührung anvisierte, verstärkte diesen Eindruck.

Jarre war klar, dass es einzig einer falschen Bewegung bedurfte, um sein Leben zu beenden. Er war sich sicher, dass sie es gewesen war, die am Morgen auf seine Reifen geschossen hatte, und daher konnte er sich darauf verlassen, dass sie genau wusste, wie man mit einem Gewehr umging.

»Hallo, Vicky«, begrüßte er sie mit einem schiefen Lächeln. »Leider kann ich nicht sagen, dass ich mich freue, dich wiederzusehen.«

Vicky registrierte erstaunt, dass er sich nicht für einen Augenblick wunderte, sie anzutreffen. Unwillkürlich fragte sie sich, was er alles wusste. Trotzdem gab sie sich keine Blöße, denn diese Schwäche hätte Jarre Behrend sofort bemerkt. Der Lauf ihres Gewehrs zeigte direkt auf seinen Oberkörper. Vicky bedeutete Jarre mit einer Bewegung ihres Kopfes, vorauszugehen.

»Ist das eine Einladung?«, fragte Jarre, als er an ihr vorbeiging. Er bekam seine Antwort nur wenige Sekunden später, als ein Schuss aus Vickys Gewehr kaum mehr als fünf Zentimeter vor seinem linken Fuß einschlug. Er rechnete es sich hoch an, dass er nicht einen Sprung zurück machte, wie es ihm jeder Muskel in seinem Körper befahl.

»Wohl nicht«, murmelte er stattdessen und trottete in Richtung Gartentor.

KAPITEL ZEHN

Werner Heidenreich wusste, dass es um seine Konzentrationsfähigkeit geschehen war, als er nach mindestens einer halben Stunde angestrengter Lektüre zur Uhr blickte und feststellen musste, dass die Zeiger gerade einmal fünf Minuten weitergerückt waren, seit er zum letzten Mal hochgesehen hatte. So konnte das ja nichts werden. Wütend warf er das Magazin, das einen Artikel über Kunsträuber enthielt, auf seinen Couchtisch und stand auf. Es war gerade zwei Uhr und damit langsam Zeit für ein Stück Sonntagstorte. So jedenfalls hatte er es bislang immer gehalten, die Sonntage gehörten der Entspannung und ein schönes Stück Torte schloss diese mit ein. War es überhaupt angebracht, sich an solch einem Tag, wenn das eigene Schicksal in der Schwebe hing, eine leckere Tasse mit frisch gebrühtem Kaffee und ein Stück Torte zu gönnen?

Er brauchte lediglich drei Sekunden für die Entscheidung. Natürlich war es angebracht, denn er würde niemandem helfen, wenn er in seiner Wohnung saß, sich durch Texte quälte, bei denen er jede Zeile dreimal las, und sich Sorgen machte. Wenn Jarre ihn bloß auf seine Expedition mitgenommen hätte! Hatte er jedoch nicht, und so blieb ihm allein die Zuflucht zu einem seiner Lieblingsrituale.

Er schnappte sich seine Jacke und machte sich auf den Weg, wobei er sich unschlüssig war, wo er seinen Kaffee trinken sollte, allerdings war er sich sicher, dass es irgendwo in der Stadtmitte sein würde, da er den Sonntag oft nutzte, um etwas bummeln zu gehen. Nur, wo sollte er diesmal hingehen? Während der kurzen Fahrt überlegte er sich, dass er in die Holländische Kakaostube gehen konnte, die immer besonders leckeren Kuchen hatte, die zu 90 Prozent aus Butter und Sahne zu bestehen schienen. Oder vielleicht würde er ins Café Kröpcke gehen, wo immer etwas los war und es mehr zu sehen gab als alte Damen mit lila Haaren und weißen Pudeln.

Er hatte Glück und fand ganz in der Nähe des Kröpcke, direkt vor dem Magis-Haus, einen Parkplatz. Er parkte seinen weißen Opel Kadett gleich hinter der Kreuzung mit der Bahnhofstraße und merkte dabei nicht, dass auf der anderen Seite der Kreuzung ein dunkler Mercedes in eine Parklücke fuhr. Zwei dunkel gekleidete Männer auf den Vordersitzen musterten Werner mit finsteren Blicken, als er seinen Wagen abschloss und auf eine Lücke im Verkehr wartete, um die viel befahrene Georgstraße zu überqueren. Als die beiden Männer wussten, in welche Richtung Werner gehen wollte, stiegen sie aus und liefen, ohne auf den Verkehr zu achten, über die Straße, begleitet von dem wütenden Klingeln einer Straßenbahn, die ihretwegen unvermittelt bremsen musste.

Werner achtete nicht weiter auf seine Umgebung, denn er dachte darüber nach, was er an diesem Nachmittag machen sollte. Selbst als er das Klingeln der Straßenbahn hinter sich hörte, schaute er sich nur kurz um und quittierte den Lärm mit einem irritieren Stirnrunzeln, ehe er in Richtung Altstadt weiterging. Hätte ihn die Frage des Sonntagskuchens nicht so beschäftigt, hätte er die beiden dunkel gekleideten Männer, die jeden seiner Schritte verfolgten, vielleicht bemerkt. Denn immerhin wirkten die Männer nicht so, als wären sie auf einen Stadtbummel aus.

Sie eilten Werner hinterher, und nachdem sie ihn auf der breiten Straße fast verloren hätten, hefteten sie sich so dicht an seine Fersen, dass Werner ihr wenig attraktives Aftershave hätte riechen können, wenn er etwas mehr auf seine Umgebung geachtet hätte.

Auf jeden Fall standen seine beiden Verfolger fast neben ihm, als Werner an einem Kiosk die Schlagzeilen der Sonntagszeitungen studierte. Eine Zeitung gehörte genauso zu seiner sonntäglichen Unterhaltung wie der Kuchen. Er überlegte erst, ob er das ›Sonntagsblatt‹ kaufen sollte, entschied sich jedoch für ›Die Zeit‹. Rasch bezahlte er und ging gedankenverloren weiter zur Kakaostube, um nachzuschauen, wie voll es dort war.

Doch als er gerade die Straßenbahnschienen auf der Karmarschstraße überquerte, spürten seine so tief verborgenen Instinkte die Bedrohung, die hinter ihm herging. Als sich alle Haare in seinem Nacken aufstellten und ein Grollen in seinem Magen ihm verkündete, dass irgendetwas nicht in Ordnung war, eilte Werner zur Haltestelle der Straßenbahn, bis er die Säule mit den Fahrplänen erreichte. Etwas bedrückte ihn, und er musste wissen, was ihn so beunruhigte. Er gab vor, die diversen Fahrpläne zu studieren, während er hin und wieder einen Blick zur Seite warf.

Zuerst fiel ihm niemand auf, bis er die beiden dunkel gekleideten Kerle ein paar Meter weiter sah. Waren die nicht schon vorhin hinter ihm gewesen, auf dem Weg zum Kiosk? Und hatte Jarre ihm nicht von ähnlichen Typen erzählt, die ihn und Vicky Quinlivan im Großen Garten überfallen hatten?

Die grimmig dreinblickenden Männer mit ihrem dichten Bartschatten, den schwarzen Strickmützen und den Dufflecoats wirkten jedenfalls nicht so, als wären sie in die Stadt gekommen, um den milden Spätsommer zu genießen. Werner erkannte, dass einer von ihnen ein dickes Pflaster über der Nase trug. Hatte Jarre nicht einem seiner Angreifer die Nase gebrochen? Das musste er sein, fuhr es ihm durch den Kopf.

Da war ihm klar, dass er verfolgt wurde. Zu seiner Beruhigung sagte er sich, dass sie ihn mitten in der Stadt, wo sich überall Leute befanden, nicht angreifen würden – er wusste nicht einmal, ob sie das überhaupt vorhatten. Werner war sich auf jeden Fall sicher, dass er in Gefahr war. Seit dem Diebstahl am Mittwoch und dem Überfall auf Jarre und Vicky hielt er alles für möglich, selbst dass zwei finster aussehende Kerle speziell hinter ihm her waren, um ihn zu foltern oder Schlimmeres mit ihm anzustellen. Für einen Bibliothekar war das eine äußerst ungewohnte und beunruhigende Erfahrung, fand er.

Während er sich ausmalte, was die beiden mit ihm machen würden, wenn er ihnen nicht entkam, steuerte er auf die Ampel vor dem Café Kröpcke zu. An einem Sonntag, schien sie ihre Aufgabe sogar zu erfüllen, da so etwas wie Normalität in den Verkehr am Kröpcke eingekehrt war.

Fieberhaft überlegte er, wie er den Männern entkommen konnte. Ihm fiel Cary Grant ein, der als Roger Thornhill in einer fast ausweglosen Situation mitten in der Öffentlichkeit seinen Verfolgern entkommen musste, genau wie er jetzt. Das war in dem Film ›Der unsichtbare Dritte‹ gewesen. Mit einem Grinsen stellte er fest, dass das Wissen eines Filmfans manchmal Lösungen parat hielt, an die manch anderer nie denken würde.

Rasch steuerte Werner auf die Terrasse des bekannten Cafés zu, wo Dank des schönen Wetters fast alle Tische besetzt waren. Sehr zur Verwirrung seiner Verfolger baute sich vor dem niedrigen weißen Geländer auf, das die Gäste von der nahen Straßenbahnhaltestelle trennte. Er überlegte sich kurz, was er sagen wollte, und dachte an den heutigen Sonntag. Mahnend hob er die Hände.

»Sünde!«, rief er.

Die Gäste, die in seiner unmittelbaren Nähe saßen, blickten verwirrt auf.

»Sünde!«, rief er wieder, diesmal lauter.

Langsam wurden die anderen Gäste auf ihn aufmerksam und musterten ihn.

»Ihr alle begeht eine große Sünde!«, teilte er seinen unfreiwilligen Zuhörern mit, von denen die meisten ihn allerdings gleich als Spinner abtaten und sich wieder ihrem Eis oder ihrem Kännchen Kaffee widmeten. Doch die Kellner des Cafés waren inzwischen auf ihn aufmerksam geworden, und sie hatten sicher nicht vor, ihn einfach zu ignorieren.

»Völlerei ist eine Sünde, und ihr huldigt ihr. Gott wird euch dafür strafen!«, deklamierte Werner weiter. Langsam machte sich Unruhe auf der Terrasse breit und einige Gäste fingen an, miteinander zu tuscheln. Ein paar von ihnen waren belustigt, andere, meist ältere Gäste, waren empört.

»Gehet in euch und erkennt eure Schuld«, verlangte Werner, der gleich darauf die Hand eines stämmigen Kellners auf seinem Arm spürte.

»Hören Sie auf. Das ist hier nicht erlaubt«, teilte der Mann ihm mit.

»Hochmut! Die Botschaft Gottes unterbinden zu wollen, ist reiner Hochmut. Völlerei und Hochmut! Ihr seid alle Sünder!«

»Freundchen, ich sag es nicht noch einmal. Hören Sie auf!«, blaffte der Kellner ihn an, doch Werner ließ sich nicht irritieren. »Ihr werdet in der Hölle schmoren, wenn ihr nicht Abbitte leistet und Reue zeigt! Eure Sünden wiegen schwer und sind mannigfaltig!« Jetzt sah Werner, dass einer der Kellner im Inneren des Gebäudes verschwand, und selbst der Verkehrspolizist in seiner Box über der Kreuzung war mittlerweile auf ihn aufmerksam geworden. Er wusste, dass das nächste Polizeirevier nicht weit entfernt war und die Polizisten wenige Minuten brauchen würden, um hierherzukommen. Sehr gut!

Trotzdem hoffte er, dass sie sich beeilten, denn er geriet langsam ins Schwimmen, da seine Bibelkenntnisse nicht gerade die besten waren. Stand das über die Völlerei im Galaterbrief? Irgendwo hatte er so etwas einmal in einem Kochbuch gelesen, sicher war er sich da nicht.

»Wie schrieb Paulus an die Galater? Trinkgelage, Völlereien und dergleichen. Von diesen sage ich euch, dass die, die so etwas tun, das Reich Gottes nicht erben werden«, rief Werner trotzdem. Wenn jemand auf der Terrasse saß, der die Bibel besser kannte als er, hatte er ein

Problem. Ein Blick zur Seite verriet ihm, dass nun zwei Kellner neben ihm standen, die beide in ihrer Freizeit bestimmt Catcher waren.

»Bitte, hören Sie auf!«, baten sie, und diesmal war ihr Ton keineswegs freundlich. »Genug!«

»Sünder!«, rief Werner ein weiteres Mal, als die beiden ihn von der Terrasse wegführten. Mit stolpernden Schritten ging er in die Richtung, in die sie ihn schubsten, und rief erneut: »Sünder!« Das war der Moment, in dem er zwei Polizisten erblickte, die auf ihn zukamen. Endlich!

Erleichtert nahm er wahr, dass die beiden Kerle, die ihn verfolgt hatten, verschwunden waren. Sein Problem war gelöst, dachte er, bis sein Blick erneut auf die Polizisten fiel, die Handschellen bereithielten. Vielleicht waren seine Probleme nicht vollkommen gelöst.

*

Das Klappern des Schlüssels im Schloss war das erste Zeichen seit Langem, dass man sie nicht vergessen hatte. Die Tür der kleinen Kammer, in der Anna Winter und Jarre Behrend gefangen gehalten wurden, öffnete sich knarrend, danach erschienen die dunkel gekleideten Männer, die die beiden Gefangenen schon zu gut kannten, um ihnen die Handschellen abzunehmen.

Seit Jarres Fluchtversuch waren mehrere Stunden vergangen, und es war dunkel geworden. Anna und er hatten sich in dieser Zeit im Wesentlichen angeschwiegen, wenn man einmal von einem dezidierten Vortrag Annas absah, bei dem sie Jarre in wenigen, klaren Worten dargelegt hatte, was für ein Idiot er gewesen war, solch ein Risiko einzugehen. Jarre hatte es sich hoch angerechnet, dass er zu diesem taktisch höchst ungünstigen Zeitpunkt nicht auf der Einordnung als wagemutiger Kunsthistoriker bestanden hatte. Obwohl sie Annas endgültige Explosion abgewandt hatte, hatte seine Stille doch dazu geführt, dass sich beide schmollend auf ihre jeweiligen Betten verzogen und dort verharrt hatten, bis die Tür wieder aufgeschlossen wurde.

Als sie aus dem Zimmer traten und ihre steifen Glieder reckten, nahm Jarre einen unangenehm ranzigen Knoblauchgeruch war, und in seiner augenblicklichen Stimmung war er dicht davor, seine Wächter zu fragen, ob in der Küche ein Schaf vergammelte oder der Mief von seinen Bewachern selbst kam. Anderseits hatten die beiden dunkel gekleideten Männer Pistolen in der Hand, und da verbot es Jarre sich vorerst, solche Fragen weiter zu verfolgen.

So, als wollte er Jarre in seiner Idee bestärken, wies nun der größere der beiden Kerle mit einer dieser Pistolen nach links, den schmalen Korridor hinunter. Widerwillig folgten Anna und Jarre dieser unmissverständlichen Weisung und gingen den Flur entlang, der mit einem fadenscheinigen dunkelroten Teppich ausgelegt war. Jarre fragte sich für einen Moment, ob die Farbe dazu da war, dass man auf dem Teppich keine Blutflecke erkennen konnte, schalt sich allerdings für seine übertrieben pessimistische Weltsicht. Man würde sie schon nicht gleich auf dem Flur erschießen.

Sie stiegen zwei Stockwerke über eine weite Holztreppe hinab, bis sie in die Empfangshalle des Gutshauses kamen, wo sie aufgrund einer Geste ihres Führers stehen blieben und unter den misstrauischen Blicken des zweiten Mannes warteten, bis sie in das Speisezimmer gebeten wurden, wo Charles Francis Stuart und Vicky Quinlivan sie erwarteten. Als Jarre und Anna das große, von Kerzen erleuchtete Zimmer betraten, kam Stuart mit ausgestreckter Hand auf sie zu. Er trug eine Smoking-Jacke und hatte ein halb angedeutetes, kaltes Lächeln aufgesetzt.

»Ah, Dr. Winter, Dr. Behrend, ich freue mich, Sie kennenzulernen. Ich bin Charles Stuart. Die bezaubernde Miss Quinlivan kennen Sie ja schon«, begrüßte er sie auf Deutsch. Sein zur Schau gestellter Enthusiasmus kühlte jedoch rasch ab, als er merkte, dass sowohl Anna als auch Jarre die dargebotene Hand geflissentlich ignorierte. Jarre speicherte hingegen die Tatsache ab, dass Stuart ihre Habseligkeiten durchgesehen haben musste, da er sonst Annas Namen nicht hätte wissen können.

»Wie Sie meinen …«, murmelte Stuart tonlos und ließ seine Hand sinken. Mit unbewegter Miene ging er zu einem eichenen Esstisch, der für vier Personen festlich gedeckt war. Mit der gleichen gleichgültigen Miene schenkte er sich einen dunklen Sherry ein und wies mit einer nachlässigen Geste auf den Tisch.

»Aber bitte, so nehmen Sie doch Platz«, bat er, als habe er sich gerade erst wieder auf seine höflichen Umgangsformen besonnen.

Jarre beobachtete aus den Augenwinkeln, dass die zwei Männer mit den Pistolen diskret an den beiden einzigen Ausgängen des Raumes Aufstellung genommen hatten, und er wusste, dass es sinnlos sein würde, zu versuchen, von hier zu fliehen. Er nickte Anna zu und ging zu dem Tisch hinüber, wo er mit ihr zu seiner Linken Platz nahm. Stuart lächelte leicht, als er dieses Arrangement bemerkte und nahm Jarre gegenüber Platz, während Vicky in ihrem bemerkenswert engen Kleid den letzten freien Stuhl nahm und so Anna gegenübersaß, die ihr giftige Blicke über den Tisch zuwarf. Der Abend versprach, interessant zu werden, dachte Jarre kurz. Mehr konnte er gar nicht verlangen.

Als er sich umständlich seinen Stuhl zurechtrückte, betrachtete er die erlesenen Platzteller und das teure Porzellan auf dem Tisch. Besonders gefielen ihm die zarten Weingläser aus teurem Kristall. Offenbar hatte Stuart für den heutigen Abend die Bestände des Hauses gnadenlos geplündert. Stuarts Gastfreundlichkeit war umso erstaunlicher, wenn man bedachte, dass sie mit viel Glück noch am Leben waren, nachdem sie vom Haus aus beschossen worden waren. Anscheinend war das Motto des Abends, so zu tun, als wäre nichts geschehen. Nun, wenn Stuart spielen wollte, konnte er das haben. Er kannte auch ein paar Spielchen.

»Ein hübsches Haus haben Sie hier«, begann er die Unterhaltung mit einer einfachen Eröffnung.

Stuart lächelte bescheiden. »Ja, nicht? Es ist ein schönes, altes Anwesen und ...«

Jarre unterbrach ihn absichtlich grob. »Es ist gar nicht Ihr Haus, nicht wahr? Sie haben sich hier eingenistet, während Sie versuchen, es zu verkaufen, oder?«

»Nun, ich halte es tatsächlich für einen Klienten zum Verkauf feil, während ich ...«

Jarre ließ ihn erneut nicht ausreden. »Sie sitzen hier also wie ein Kuckuck im fremden Nest, oder? Man könnte sagen, sie sind ›a bit cuckoo‹, oder? So sagt man doch?«

Stuart lächelte gequält, da er natürlich ganz genau wusste, dass ›a bit cuckoo‹ etwas anderes bedeutete. Es hieß so viel wie ›ein bisschen verrückt‹, und Jarre merkte, dass er damit einen ersten Punkt gemacht hatte. Stuart war offenbar nicht auf einen so unverfrorenen Austausch höflicher Grobheiten vorbereitet, sodass er ihn aus dem Gleichgewicht gebracht hatte. Trotzdem erholte Stuart sich rasch und war offenbar bereit, die Herausforderung anzunehmen.

»Sie haben recht, denn das hier ist nun wirklich nicht standesgemäß für einen Stuart. Für ein paar Tage wird es sicher ausreichen. Ich kann doch darauf bauen, dass zumindest Sie standesgemäß wohnen?«, erwiderte er mit blasiertem Ton.

»55 Quadratmeter Altbau unterm Dach«, erwiderte Jarre ungerührt. »Wenigstens zahle ich Miete dafür.«

Stuart lächelte wieder sein gequältes Lächeln. »Natürlich. Eigenes Heim ist Gold wert, so sagt man doch in Deutschland, oder?«

Da mischte Anna sich ein. Sie hob einen Finger, schüttelte den Kopf und korrigierte ihn knapp. »Herd«, sagte sie schlicht. »Sonst reimt es sich nicht.«

Stuart war verwirrt. »Wie bitte?«

»›Eigenes Heim‹ ist Quatsch. Es heißt ›Eigener Herd ist Goldes wert‹. Das reimt sich wenigstens.«

»Ich verstehe«, murmelte Stuart, obwohl klar war, dass er nicht verstand. Wie konnte man sich um die Feinheiten der deutschen Sprache streiten, wenn man doch offensichtlich eine Gefangene war?

»Wo wir gerade vom eigenen Heim sprechen«, nahm Jarre den Faden auf und wies auf die beiden Wächter an den Türen. »Gehören zu einem standesgemäßen Heim nicht die geeigneten Bediensteten? Leider habe ich davon keine gesehen. Außer den beiden dort haben Sie sicher keine Dienstboten, oder?«

Stuarts Gesichtsfarbe wurde etwas lebendiger. »Nun, ich ...«

Jarre unterbrach ihn zum dritten Mal. »Wer kocht denn für Sie? Vicky? Oder lassen Sie sich etwas aus der Dorfkneipe bringen?« Er wusste, dass selbst diese banale Unterstellung für einen so standesbewussten Mann wie Stuart eine grobe Beleidigung war, zumal er darum bemüht war, den Schein zu wahren.

Stuart bedachte ihn mit einem Blick, der selbst den größten See eingefroren hätte. »In der Tat habe ich für die Zeit meiner kurzen Residenz hier davon abgesehen, mir entsprechendes Personal mitzubringen. Ich hatte ja keine Ahnung, dass ich heute das Vergnügen einer so exzellenten Gesellschaft haben würde. Meine eigenen Ansprüche sind sehr bescheiden.«

»Das glaube ich sofort«, murmelte Anna ohne Ironie, was erneut einer Beleidigung gleichkam. Jarre merkte, dass er dieses Geplänkel sogar genoss.

Für einen Moment schwiegen alle, und Stuart, der einmal tief durchatmen musste, gab einem seiner Handlanger ein Zeichen, das dieser sofort an die Küche weitergab. Einen Moment später erschienen zwei junge Frauen in den Jacken eines Unternehmens, das Jarre kannte. Es hatte sich darauf spezialisiert, Gerichte für Feiern ins Haus zu liefern. Mit gelernter Grazie servierten sie eine verführerisch duftende klare Suppe.

Jarre nutzte die Gelegenheit, um den Aperitif zu kosten, einen zugegebenermaßen exzellenten Sherry. Langsam ließ er ihn über die Zunge gleiten und kostete seine vielfältigen Aromen, wobei er sich auf die zweite Runde vorbereitete.

»Werden Sie uns eigentlich gleich nach dem Essen töten?«, fragte er mit einer völlig unschuldigen Miene, nachdem die jungen Frauen wieder verschwunden waren.

Anna reagierte sofort und legte ihm beschwichtigend die Hand auf den Ellenbogen. »Liebling, so etwas fragt man nicht vor dem Hauptgang. Wenn Herr Stuart vorhat, uns umzubringen, wird er uns schon sagen, wann es so weit ist, nicht wahr?« Jarre grinste innerlich, da er diese Spontaneität bei Anna besonders liebte.

»Verlassen Sie sich lieber nicht darauf, dass wir so gnädig mit Ihnen umgehen«, knurrte Vicky anstelle ihres Auftraggebers, was ihr einen missbilligenden Blick von Stuart einbrachte.

Jarre blieb indes bei seinem Spiel. »Ich sehe, wie recht Sie haben«, gab er mit leidender Miene zu. »Gute Dienstboten sind heute so schwierig zu bekommen, nicht wahr? Mit Frau Quinlivan hier haben Sie ja nicht gerade Glück gehabt.«

Vicky sah ihn mit einem Blick an, der ihm einen nicht gerade sanften Tod verhieß. Umso besser. Wenn sie wütend war, konnte sie nicht klar denken. Auch Stuart schien irritiert zu sein.

»Wie meinen Sie das?«, fragte er im höflichen Plauderton.

»Sie hat sich doch von Anfang an sehr plump angestellt, und das wird Ihnen sicher nicht gefallen haben.« Er beobachtete, wie Stuart eine beruhigende Geste machte, die Vicky davon abhielt, etwas Entsprechendes zu entgegnen. Offenbar wurde diese Runde erst einmal unter Männern ausgetragen.

»Was veranlasst Sie zu dieser doch sehr … unfreundlichen Bemerkung?«

»Nun, Vicky hier schien zu glauben, dass sie uns täuschen könnte, indem sie versuchte, uns ein Märchen darüber aufzubinden, wer denn die Briefe gestohlen habe, obwohl sehr früh klar war, dass sie selbst an dem Diebstahl beteiligt war.«

Noch einmal fuhr Vicky auf, erneut hielt Stuart sie zurück. »Würden Sie das vielleicht näher erklären?«

»Natürlich. Unsere liebe Vicky versuchte, sich als Versicherungsdetektivin auszugeben, dabei war von Anfang an klar, dass sie alles war, nur keine Detektivin. Obwohl eigentlich nichts dagegen spricht, dass eine Detektivin wie ein Model aussieht, so trat sie sonst nicht auf, wie das bei Ermittlern üblich ist. Sie war weder unauffällig noch umsichtig. Richtig merkwürdig wurde es, als sie uns völlig unerwartet ihre Hilfe anbot. Werner Heidenreich hatte mir gerade den Tatort gezeigt, als sie schon zu uns stieß und offenbar ziemlich genau wusste, was los war, obwohl eigentlich allein Werner Heidenreich und ich über den Diebstahl Bescheid wussten.« Jarre lächelte schief. »Weibliche Intuition in Ehren, doch das war wirklich etwas zu viel.«

»Ihr seid beide sofort darauf hereingefallen«, zischte Vicky. »Wenn man vor euch Männern ein bisschen mit dem Busen wackelt, glaubt ihr einem doch alles.«

Jarre sah, wie das Feuer in Annas Augen erneut aufloderte, allerdings war dafür im Moment nicht die Zeit. Stattdessen konfrontierte er die attraktive Irin erneut.

»Nichts gegen deinen Busen, Vicky, aber dein Verhalten war nicht professionell, geschweige denn logisch. Es hat sofort Verdacht erweckt.« Dann wandte er sich an Stuart. »An Vickys Stelle hätte jeder Versicherungsdetektiv darauf bestehen müssen, die Polizei einzuschalten, um wenigstens eine geringe Chance zu haben, die Briefe wiederzubekommen. Stattdessen hat sie uns davon abgebracht, die Polizei zu rufen. Sie hat eigentlich alles getan, um unserem höchst illegalen kleinen Bund beizutreten.« Jarre schüttelte langsam den Kopf. »Diese seltsame Geschichte mit einem angeblichen Schatz, der im Großen Garten versteckt sein sollte, war völlig unglaubwürdig.«

Vicky Quinlivans Augen sprühten vor Zorn, sie sagte jedoch nichts. Offenbar hatte der Profi in ihr wieder die Kontrolle übernommen. Stuart hingegen bedachte Vicky mit einem äußerst missbilligenden Blick. Offenbar machte er sich allmählich wirklich Gedanken darüber, ob er ihr nicht zu viel Honorar gezahlt hatte. Jarres Plan schien zu funktionieren, also ließ er von dem Thema ab und machte eine abschließende Geste. »Ich glaube, ich muss mich entschuldigen. Wir sind sicher nicht hier, um Vickys Talente zu diskutieren«, sagte er unaufrichtig.

»Du meinst, sie hat Talente?«, staunte Anna.

Jarre tätschelte ihre Hand. »Verborgene Talente, mein Schatz, verborgene.«

»Ach? Die einzigen Talente, die ich bei ihr gesehen habe, waren ja so gut wie gar nicht verborgen.«

Unwillkürlich warf Jarre einen Blick auf Vickys pralles Dekolleté und musste Anna recht geben.

»War es das jetzt?«, unterbrach Stuart mit eisiger Stimme. Offenbar hatte er genug von der Vorstellung. »Ich habe mittlerweile verstanden, dass Sie nicht vorhaben, mir gegenüber Furcht oder Respekt zu zeigen. Das sei Ihnen unbenommen. Ich weiß, dass Sie mich mit diesem Geplapper aufregen wollen, doch das wird nicht gelingen, da ich nicht aufzuregen bin, mein Blutdruck reicht dafür nicht aus. Offenbar haben Sie Ihr Ziel bei Miss Quinlivan zwar erreicht. Das ist allerdings bedeutungslos.«

»Wie Vicky selbst«, ergänzte Anna, während Stuart sie sofort mit einem finsteren Blick bedachte.

»Dr. Winter ...«, mahnte er sie mit einem Seufzen.

»Ich fand, das musste einmal gesagt werden«, fing sie an, doch Jarre legte beruhigend seine Hand auf ihre. Anna unterbrach sich und bedachte Stuart mit einem entzückenden Lächeln. »Sorry.«

»Sie sind ein bemerkenswerter Mann, Dr. Behrend. Wie ich hörte, haben Sie den Handlangern von Miss Quinlivan arg zugesetzt, als sie den Überfall auf Sie beide inszenierten. Hätten die Männer nicht in Erwartung eines Kampfes schützende Kleidung getragen, wer weiß, welche Verletzungen sie davongetragen hätten. Ihre Recherche in Sachen der Leibniz-Briefe haben Sie zügig angegangen, und Sie haben exzellente Schlussfolgerungen getroffen, was ich nicht erwartet hatte. Ich war davon ausgegangen, mein Interesse an den Briefen so geheim wie möglich gehalten zu haben.« Er lächelte dünn. »Ihre Klettertour heute Mittag war sehr bemerkenswert, wirklich.«

Jarre musterte ihn gelassen. »Wenn ich Sie so höre, muss ich annehmen, dass Sie etwas von mir wollen.«

Wieder lächelte Stuart sein dünnes Lächeln. »Erneut glänzen Sie mit rascher Auffassungsgabe, denn dem ist in der Tat so. Ich möchte Ihnen nämlich ein Angebot machen. Wie Sie ja wissen, bin ich ein direkter Nachkomme von Charles I., der in der anglikanischen Kirche als Heiliger verehrt wird, da er es gewagt hat, die protestantische Kirche Englands mit der heiligen Kirche in Rom auszusöhnen. Es war seine Tochter Henrietta, die eine Linie begründete, die später im Haus Savoyen aufging. Einer der savoyischen Herrscher, Franz V., ging 1842 eine Ehe ein, von der bald klar wurde, dass sie kinderlos bleiben würde, wenn auch nicht durch die Schuld des Herzogs.« Stuart sah Jarres fragenden Blick. »1844 wurde der Herzog dennoch Vater eines Sohnes. Die Mutter dieses Kindes war Eleanora Vitali, die damals eine sehr bekannte Sängerin an der Wiener Staatsoper war.«

Jarre wusste, dass Affären dieser Art zu der Zeit am Hofe recht üblich waren, wo oft Zwangsehen geschlossen wurden. Illegitime Kinder von Adligen nobelsten Geblüts waren damals keine Seltenheit. »Ich nehme an, dieser Sohn ist Ihr Vorfahre?«, fragte er daher ungerührt.

»Ja, Francesco Vitali Stuart war mein Urgroßvater. Er starb 1917.«

»Wie kommt es zu dem Namen?«, fragte Jarre. »War er nicht ein Österreich-Este wie Maria Theresia, seine Nachfolgerin?«

Charles Stuart sah erstaunt auf. »Natürlich. Glauben Sie etwa, dass ein illegitimes Kind von Franz V. den

Namen Österreich-Este tragen würde? Nein, das war damals etwas, das außer Frage stand. Also entschloss Franz sich, seinen Sohn dadurch anzuerkennen, dass er ihm einen Namen gab, der eine weitere, ebenso wichtige Familienzugehörigkeit signalisierte. Franz war zu dieser Zeit immerhin der legitime englische Thronfolger. Obgleich er es vorzog, den Titel nicht zu tragen, um diplomatische Verwicklungen zu vermeiden, war er doch als Francis I., König von England, Schottland, Irland und Frankreich, anerkannt.«

Jarre fragte sich kurz, von wem Francis I. wohl anerkannt worden war, sagte allerdings nichts dazu, da er langsam Interesse an Stuarts Geschichte fand. »Und diesen Titel hat Francesco Vitali Stuart geerbt?«

Stuart biss die Zähne zusammen. »Als erstgeborener männlicher Nachkomme hätte er ihn erben müssen, wenn meine Familie nicht zum zweiten Mal in ihrer Geschichte um ihre Rechte und Titel betrogen worden wäre.«

»Ich verstehe«, murmelte Jarre, der realisierte, dass Stuart tatsächlich der Spross einer Familie war, die seit Jahrhunderten ein vermeintliches Unrecht mit sich herumtrug und immer wieder mit ihren Träumen gescheitert war, dieses Unrecht wiedergutzumachen.

»Es gibt hinreichend Belege, die Zeugnis über die Verschwörung ablegen, aufgrund derer Maria Theresia, die lediglich eine Nichte des Herzogs war, seine Titel erbte.«

»Und mit den Briefen haben Sie nun Belege für den ursprünglichen Betrug?«

»Oh ja, dessen bin ich sicher. Sowie die Briefe entziffert sind, wird klar sein, dass Sophie von Hannover nie in die Thronfolge, die ihr zugewiesen wurde, eingewilligt hat und dass der Anspruch des Hauses von Hannover auf sehr tönernen Füßen steht.«

»Mag sein. Was wollen Sie mit diesen Briefen erreichen? Ich nehme nicht an, dass die Queen sofort zurücktreten wird, weil Sie ein paar Briefe Sophies in den Händen halten.«

Das für Stuart typische kalte Lächeln blitzte kurz auf. »Natürlich nicht. Bedenken Sie jedoch den Skandal, den es geben wird, wenn klar wird, dass die hannoversche Monarchie nie wirklich legitimiert war? Bedenken Sie, dass es die Hannoveraner waren, die den Untergang des Weltreichs einläuteten.«

Jarre ahnte, was kommen würde, und wettete, dass Stuart zuerst Georg III. erwähnen würde, den König, der sich aufgrund einer falsch behandelten Krankheit zeitweilig für eine Kaffeekanne hielt. Schon im nächsten Moment bestätigte Stuart Jarres Intuition.

»Nehmen Sie zum Beispiel George III.«, begann Stuart, der den Namen bewusst englisch aussprach. »Er ist dem britischen Volk als ›The Mad King‹ oder als ›The King Who Lost America‹ in Erinnerung geblieben. Das ist nicht sehr schmeichelhaft, oder?«

»Das stimmt sicher. Sie sollten nicht vergessen, dass das Empire seine größte Ausdehnung unter Königin Viktoria hatte, die dem Haus von Hannover entstammt. Außerdem sind die Hannoveraner bemerkenswert langlebige Monarchen. Georg III. saß 59 Jahre lang auf dem Thron, seine Enkelin Victoria regierte für 64 Jahre das Empire, und Elizabeth II. ist gerade erst 40 geworden. Sie wird gewiss ihr goldenes Thronjubiläum erreichen. Wann also gedachten Sie, die Herrschaft zu übernehmen? Wie schon gesagt, es kann dauern, bis ein neuer Herrscher für das Vereinigte Königreich gesucht wird.«

»Das ist mir wohl bewusst, und ich will dem jungen Charles Windsor gar nicht seinen Anspruch streitig machen, obgleich ich hoffe, dass er sich dereinst einen anderen Namen als Charles III. für die Zeit seiner Herrschaft wählen wird. Nein, mir geht es vielmehr darum, dass unsere Familie für die uns geraubten Titel und Besitztümer entschädigt wird.« Langsam redete Stuart sich in Rage. »Es geht um Titel und um das geraubte Vermögen der Stuarts. Zum Beispiel steht es mir als Familienoberhaupt zu, vom Court of the Lord Lyon als Chief des Clan Stewart anerkannt zu werden. Damit verbunden ist eine ganze Reihe von Lehen in Schottland, deren Einnahmen allein uns zustehen. Dazu kommt die Rückgabe anderer geraubter Güter und Schlösser, die die britische Krone uns zu Unrecht vorenthält. Die Wiedergutmachung umfasst natürlich die Rückforderung der Kunstschätze aus dem Besitz meiner Familie. Allein das wird eine Aufgabe sein, die lediglich ein Experte ersten Ranges bewältigen kann.« Fordernd sah er Jarre an. »Es wird Sie vielleicht nicht erstaunen, dass ich Sie mit dieser Aufgabe betrauen möchte, denn Sie haben Intelligenz und Durchsetzungsvermögen bewiesen, und Sie besitzen das nötige Fachwissen und sprechen fließend Englisch.«

»Zu viel der Ehre«, murmelte Jarre, der Stuart über seine zusammengelegten Fingerspitzen hinweg kühl musterte. Es war nicht genau das, was er erwartet hatte, das Angebot selbst hingegen überraschte ihn nicht.

»Sie werden für diese ehrenvolle Aufgabe nicht allein viel Ruhm und Anerkennung gewinnen, sondern ebenso ein Salär, das Sie zufriedenstellen wird. Neben einer erfolgsabhängigen Vergütung, die sich am Wert der zurückkehrenden Schätze orientieren wird, bin ich bereit, Ihnen ein Gehalt zu zahlen, das der Bedeutung dieser Stelle entsprechen wird. Ich dachte dabei an 50.000 Pfund. Jährlich.« Nachdem Stuart mit diesen Worten geendet hatte, blieb Jarre eine Weile still. »Und dafür soll ich alles vergessen, was ich über den Diebstahl weiß und stattdessen mit Ihnen bei der Entzifferung der Briefe kooperieren?«

Stuart lächelte ihn kalt an. »Das wäre eine Voraussetzung für eine vertrauensvolle Zusammenarbeit.«

Einige Sekunden verstrichen, in der Jarre sein Gegenüber lediglich musterte.

»Sie haben da eine interessante Offerte gemacht«, gab er zu. »Mit Ihnen an der Rückgabe der Schätze des House of Stuart zu arbeiten, ist sicher äußerst reizvoll.« Er warf einen Blick zu Anna, die ihn gebannt anstarrte und sich fragte, mit welchem Affront er seine Ablehnung würzen würde. »Die Aufgabe ist zudem ebenso einträglich wie aufregend. Außerdem würde es mir gefallen, mal wieder auf den Britischen Inseln zu arbeiten. Ich denke, ich nehme Ihr großzügiges Angebot an.«

KAPITEL ELF

Werner Heidenreich schüttelte sich leicht, als ihm bei dem Gang durch das Polizeikommissariat ein Schauer über den Rücken lief, was jedoch nichts half. Ohne die beiden Kommissare neben ihm, die ihn durch die dunklen Gänge geleiteten, hätte er sofort gewusst, dass er bei der Polizei war, erst recht, als er das triste Büro betrat, das am Ende des Flurs lag. Eigentlich hätte er eine so bedrückende Atmosphäre beim Finanzamt erwartet.

Der große Raum war mit so kühler einschüchternder Effizienz eingerichtet, dass er eindeutig nicht darauf ausgerichtet war, sich hier wohlzufühlen. Die wenigen Topfblumen an den Fenstern waren verwelkt, und die beiden einzigen grünen Pflanzen auf einem der Schreibtische machten einen verdächtig künstlichen Eindruck. Die graue Farbe an den Wänden war durch einen Schuss grün noch etwas weniger ansprechend gemacht worden, und die hellen Schreibtische aus Kiefernholz mit den dazu passenden Stühlen verkündeten zwar Solidität, aber sie sahen abgenutzt und leblos aus. Das Gleiche galt für die wenigen Beamten, die an diesem Sonntag arbeiteten und hinter ihren Tischen an Schreibmaschinen saßen und Berichte schrieben.

Werner folgte dem ersten der uniformierten Beamten in ein kleineres Büro. Dabei spürte er die bedrückende Leblosigkeit in dem Raum, die durch das Klappern der

Schreibmaschinen besonders betont wurde. Als er in das hintere Büro geführt wurde, stellte er fest, dass zumindest hier die Wände freundlicher waren, da sie in einem Weiß erstrahlten, das nur ein wenig nachgedunkelt war. Zwei Schreibtische mit grünen Oberflächen standen in einem rechten Winkel vor den Fenstern, und Werner wurde angewiesen, sich auf einen Stuhl vor dem linken der beiden Schreibtische zu setzen. Dabei fiel sein Blick zuerst auf den riesigen Stadtplan von Hannover, der an der Wand hing, dann erst auf den dunkelhaarigen Mann hinter dem Schreibtisch, der ihn mit durchdringendem Blick musterte. Ein Schild identifizierte ihn als ›Polizeihauptkommissar Maulbronn‹.

»Sie sind also ein Prediger«, knurrte der Mann zur Begrüßung und warf einen Blick auf die Mappe, die sein uniformierter Kollege ihm reichte. »Herr Heidenreich also … Hmm, Sie sind neu, nicht wahr?«

Werner, der sich so vorkam, als habe er einen Teil der Unterhaltung bereits verpasst, blickte ihn verwirrt an. »Ein Prediger? Was soll das heißen? Ich bin Bibliothekar. Und wieso neu? Ich lebe schon lange hier, ich wurde in Hannover geboren.«

Der Mann ihm gegenüber hob den Kopf und musterte Werner erneut. »Sie wirken nicht wie ein Prediger, das stimmt«, gab er zu. Werner wusste nicht, ob das ein Kompliment war, also ließ er den Mann weiterreden. »Ich meine, wir kennen unsere Spinner, und da sind einige Prediger dabei – Sie wissen schon, religiöse Spinner. Aber Sie sehen wie keiner von denen aus.« Er wies fast anklagend auf sein helles Nylonhemd. »Sie sind zum Beispiel nicht schwarz gekleidet.«

»Das könnte ich ändern«, bot Werner an. »Muss ich?«

Der kalte Blick des Polizisten landete direkt in seiner Magengrube. »Ist das ein Witz?«, fragte Herr Maulbronn.

Werner schüttelte eilig den Kopf. »Gewiss nicht. Ich weiß gerade nicht, was Sie von mir wollen.«

»Ich dachte, das sei klar. Ich habe hier eine Anzeige gegen Sie vorliegen, wegen Erregung öffentlichen Ärgernisses, und da Sie neu sind, dachte ich mir, ich sehe Sie mir lieber gleich selbst an.«

»Sehr freundlich, aber ich bin wirklich nicht ›neu‹, wie Sie sagen. Ich habe nicht vor, als Prediger weiterzumachen. Ich …« Werners Einwand wurde unterbrochen.

»Das will ich Ihnen auch geraten haben. Sie wissen, dass gerade die religiöse Missionierung auf der Straße nicht gestattet ist, es sei denn, Sie halten jemandem stumm irgendwelche Heftchen entgegen.«

»Ich hatte nicht vor, irgendjemand zu missionieren«, entgegnete Werner.

»Nein? Da haben mir meine Beamten etwas anderes gesagt.«

»Das war keine Missionierung, das war ein Hilferuf!«

Maulbronn lehnte sich zurück. »So etwas ist das meistens. Es gibt wenige, die das einsehen. Damit haben Sie einen wichtigen Schritt getan.«

Werner starrte ihn für einen Moment an, denn er kam sich vor, als sei er im falschen Film gelandet. »Nein, nicht so ein Hilferuf. Ein echter, ich war wirklich in Gefahr«, erklärte er nachdrücklich.

»Wegen Völlerei?« Der Sarkasmus war wieder in Maulbronns Stimme zurückgekehrt. »War es das? Jedenfalls haben Sie darüber gepredigt.«

Werner wusste, dass er so nicht weiterkam. Nachdem er einmal kräftig durchgeatmet hatte, erzählte er also, vor wem er geflohen war und warum. Er berichtete, dass es um wertvolle Briefe ging, deren Quelle er nicht nennen könne, und dass bereits ein Freund, der mit den Briefen zu tun habe, von dunkel gekleideten, südländischen Typen verfolgt worden war. Deswegen habe er mit Panik reagiert, als er die Männer bemerkte, und so sei er auf die Idee gekommen, die Aufmerksamkeit der Polizei auf sich zu lenken. Nachdem er seinen Bericht beendet hatte, blickte Werner den Polizisten erwartungsvoll an.

»Nun, die Aufmerksamkeit der Polizei auf sich zu lenken, ist Ihnen ja gelungen. Der Rest klingt mir zu sehr nach Jerry Cotton, tut mir leid.« Maulbronn schüttelte den Kopf.

Werner zuckte bei diesem Vorwurf unwillkürlich zusammen. Ein Kollege aus der Bibliothek hatte ihn vor wenigen Wochen überredet, in den neuesten Jerry-Cotton-Film zu gehen, und es war ein Fehler gewesen, sich das anzutun. Seitdem bedauerte er diese Entscheidung, denn als echter Filmfreund hatte er sehr gelitten, während George Nader auf der Leinwand die Bösen jagte. Ehe er jedoch einen Diskurs darüber anfangen konnte, winkte Maulbronn bereits ab.

»Schon gut, ich glaube Ihnen ja – vorerst zumindest«, bekannte er. »Es würde sich wohl niemand eine so komplizierte Geschichte als Ausrede ausdenken, oder? Trotzdem, wie wäre es, wenn Sie mit der ganzen Wahrheit herausrücken?«

Werner zögerte für eine Sekunde, dann fing er an, zu erzählen …

*

Der Stuhl, auf dem Anna Winter eben noch gesessen hatte, schlug mit einem harten Geräusch auf dem Steinboden auf. Die schöne Ärztin war empört aufgesprungen und starrte Jarre nun voll tiefer Verachtung an.

»Wie kannst du nur?«, zischte sie, die Hände auf die Tischplatte gestützt. Sie merkte, dass die beiden Handlanger Stuarts, die an den Türen gestanden hatten, neben sie getreten und bereit waren, sie bei der nächsten unbedachten Bewegung notfalls mit Gewalt zu bändigen. Anna wusste, dass sie sich keine weitere Blöße geben durfte, und richtete sich langsam wieder auf. Mit all der Würde, die sie aufbringen konnte, stand sie da und warf Blicke lodernden Hasses auf Jarre. Mit einer Geste befahl Stuart einem seiner Helfer, Annas Stuhl aufzuheben. Gehorsam platzierte er ihn hinter ihr.

»Du elendes Miststück«, murmelte sie, als sie wieder Platz genommen hatte.

»Nun, zu einem gewissen Maß ist Ihre Aufregung verständlich, Miss Winter, wenn auch …«

»Dr. Winter«, schnappte Anna.

»Pardon, Dr. Winter. Sie müssen verstehen, dass Ihr Freund die einzig richtige Entscheidung getroffen hat, denn die Zusammenarbeit mit mir ist nicht allein eine besonders lukrative Alternative, sie ist die einzige Alternative.« Erneut durchbohrte sie sein fahler Blick, und es war ihr, als würde ihr ein Eiszapfen durch die Eingeweide gestoßen.

»Wir hatten über die Aufgabe gesprochen, die Restitution der Kunstwerke Ihrer Familie zu koordinieren«, unterbrach Jarre die beiden. »Wie genau muss ich mir das vorstellen? Ich denke, es wird schwierig sein, zwischen dem privaten Besitz eines Monarchen und dem Besitz der Krone zu unterscheiden.«

Stuarts wissendes Lächeln ließ Jarre ahnen, dass die Antwort auf diese Fragen ein Teil dessen war, das den Mann vor ihm sein ganzes Leben lang beschäftigt hatte.

»Wo soll ich beginnen?«, fragte er und breitete seine Hände aus. »Elizabeth Windsor gilt als eine der reichsten Frauen der Welt, das wissen Sie, und das nicht allein, weil ihr das britische Kronvermögen und die Kronländereien zugerechnet werden. Zugegeben, allein die Ländereien haben einen Wert von mehreren Milliarden Pfund. Man darf nicht vergessen, dass sie viele persönliche Reichtümer besitzt, deren Bewertung schwierig ist. Das Herzogtum Lancaster ist zum Beispiel Privatbesitz des Monarchen selbst, während die königlichen Ländereien, die mit ihren Einnahmen von gut 300 Millionen Pfund für den Unterhalt des Königshauses sorgen, nur theoretisch der Besitz des Monarchen sind. Lediglich ein Bruchteil dieser Einnahmen wird von der Königin verbraucht, und die restlichen Einnahmen der Ländereien gehen daher an den Staat, nicht an Elizabeth, die Monarchin. Außerdem zweifelt niemand daran, dass Windsor Castle oder der Buckingham Palast Besitz der Krone sind und nicht Elizabeth' Privateigentum.«

»Also besitzt sie eigentlich gar nichts, wenn ich das richtig sehe. Oder liegt die Sache bei anderen Besitztümern anders?«

»Durchaus. Nehmen Sie zum Beispiel Balmoral, den Landsitz der Queen in Schottland. Balmoral Castle war bis 1746 im Besitz von James Farquharson of Balmoral, einem treuen Unterstützer der Sache der Stuarts. Nachdem 1746 der Versuch scheiterte, die Krone für die Stuarts zurückzugewinnen, wurden seine Ländereien beschlagnahmt und dem persönlichen Besitz des Königs einverleibt. Allein dieser Besitz ist etliche Millionen Pfund wert.«

Die Geschichte Balmorals war Jarre neu und sie zeigte ihm erneut, wie schwierig die Frage zu klären war, wem ein Kunstwerk oder ein Gebäude gehörte. Er dachte, dass die Queen selbst nicht immer wusste, wann sie Privatperson war und wann nicht.

»Oder denken Sie an die Royal Art Collection, Elizabeth' private Kunstsammlung, deren Wert allgemein mit mehreren Milliarden Pfund angesetzt wird – ja, Sie haben richtig gehört, mehrere Milliarden Pfund. Obwohl behauptet wird, dass die Königin die Kunstschätze für die Nation verwaltet, ist bei vielen Bildern die Eigentumsfrage ungeklärt. So ist bei etlichen Werken die Frage offen, wie sie in die königliche Sammlung gekommen sind. Es gibt meinen Informationen nach viele erlesene Bilder aus der Zeit von Charles I. und Charles II., die Eigentum der Stuarts waren, und unrechtmäßig dem Eigentum der Krone zugeordnet wurden. Darunter sind Werke von Rembrandt, Velázquez und Vermeer, die schon zu Lebzeiten von meiner Familie hoch verehrt und gefördert wurden. Hier wäre eines Ihrer Haupttätigkeitsfelder, herauszufinden, welche Bilder aus dem Besitz der Stuarts gestohlen und der königlichen Sammlung einverleibt wurden.«

Jarre nickte. »Das ist eine wirklich interessante Herausforderung.«

»Und eine würdige Aufgabe, vergangenes Unrecht wiedergutzumachen.«

»Gewiss«, murmelte Jarre ohne rechte Überzeugung, um anzudeuten, dass dieser Aspekt der Angelegenheit ihn weniger betraf. Gelangweilt nippte er an dem exzellenten Wein, der zum Hauptgang, einer Lammkeule, gereicht worden war.

Stuart lächelte sardonisch. Ihm war natürlich klar, dass der finanzielle Aspekt seines Angebots für den jungen Kunsthistoriker viel attraktiver sein musste. Bislang hatte er jeden mit dem Versprechen von Geld und Einfluss kaufen können, und der Deutsche war da offenbar keine Ausnahme, so viel war klar. Die Ärztin blieb ein Problem. Sie schäumte weiterhin vor Wut und hätte Behrend am liebsten die Augen ausgekratzt. Aber die beiden Männer, die neben ihr standen und bereit waren, bei der kleinsten Bewegung einzugreifen, hielten sie davon ab, etwas Unüberlegtes zu tun. Im Moment blieb ihr nichts anderes übrig, als ihren Freund, oder wohl vielmehr ihren Exfreund, mit ihren Blicken zu vernichten.

Als Jarre sein Glas abstellte, musterte er Stuart mit einem kühlen Blick. »Ihr Angebot ist sehr interessant und großzügig, ich frage mich allerdings, ob es angemessen ist. Wenn es gelingen sollte, auch nur ein Werk von Vermeer oder Rembrandt seinem rechtmäßigen Eigentümer, also Ihnen, zu überstellen, wäre allein dies ein Wert von mehreren Millionen Pfund. Ich würde eine Kommission von fünf Prozent auf den gesamten Wert solch eines Gemäldes für angemessen halten. Das Fixum von 50.000 Pfund würde mich also gerade bis zum Erreichen der ersten Million entschädigen.« Er wusste, dass der Wert eines Rembrandts leicht das Fünffache übersteigen konnte. 250.000 Pfund als Beteiligung zu verlangen war da nicht übertrieben, fand er.

Stuart erwiderte seinen Blick ebenso kühl. »Über eine prozentuale Beteiligung an eventuellen Rückerstattungen sollten wir verhandeln, wenn es so weit ist«, wehrte er ab. »Ich bin natürlich offen für alle Angebote, die sie mir machen.«

Jarre deutete an, dass er einverstanden war, die Verhandlungen später fortzusetzen. Da damit alles gesagt war, schob er gleich darauf seinen Stuhl in Ruhe und mit der notwendigen Gelassenheit zurück. »Wenn ich mich vor dem Dessert etwas frisch machen dürfte«, murmelte er anstelle einer Entschuldigung.

Plötzlich war Stuart wieder ganz der formvollendete Gastgeber. »Gewiss doch. Entschuldigen Sie meine Achtlosigkeit. Sie finden die Räumlichkeiten am Ende der Halle, auf der anderen Seite der Eingangstür. Sie können sie gar nicht verfehlen.«

»Danke.« Damit stand Jarre auf und durchquerte das Speisezimmer, wobei er darauf achtete, Anna nicht zu nahe zu kommen. Wenn ihre Blicke ihre Absichten verrieten, war er in ihrer Nähe nicht mehr sicher. Vicky blieb sitzen, sehr zu seiner Erleichterung. Offenbar fand sie nicht, dass er weiter der Bewachung bedurfte. Bestimmt dachte sie, dass sie und ihre Häscher ihn schnell eingeholt haben würden, wenn er versuchen würde, zu Fuß von hier zu fliehen.

Die Halle war groß, aber die Tür zur Toilette war nicht zu übersehen. Sie befand sich neben der Garderobe, an der verschiedene dunkle Jacken hingen, die wohl alle Vickys Gehilfen gehörten. Der schwarze Mantel, den Vicky am Freitag getragen hatte, hing dort. Einer Eingebung folgend ging Jarre zu den Jacken hinüber und tastete sie nach nützlichen Werkzeugen oder einer Pistole ab.

Natürlich fand er nichts, bis er in der Tasche von Vickys Mantel etwas kleines Hartes spürte. Rasch zog er das Objekt heraus und traute seinen Augen nicht. Er hielt den Schlüssel zu Vicky Quinlivans Auto in der Hand, bestimmt der Lotus, den er gesehen hatte, als sie ihn am Morgen mit vorgehaltener Waffe zurück ins Haus gebracht hatte. Endlich war sein Glück zurückgekehrt, dachte er, und sofort bildete sich ein Plan in seinem Kopf. Ihm boten sich zwei Möglichkeiten, und er hatte dafür fünf Minuten Zeit, denn spätestens nach dieser Zeit würden seine Gastgeber anfangen, ihn zu vermissen.

Mit neuer Entschlossenheit durchmaß er die Halle und bog in einen Korridor ab, der zu den nach hinten liegenden Zimmern führte. Schon das erste Zimmer schien das zu sein, das er suchte. Es war groß, hing voller Geweihe und in einer Ecke stand ein großer, antik wirkender Schreibtisch, der nicht so ganz ins Zimmer passte. Offenbar war das hier zugleich das Wohn- und Arbeitszimmer für Charles Stuart. Er lief zu dem Schreibtisch hinüber und durchsuchte ihn oberflächlich. Außer einigen Papieren befand sich nichts Wichtiges auf dem Tisch, nicht einmal ein Telefon. Mit einem Seufzen warf Jarre einen Blick auf die Papierstapel, die auf der Arbeitsfläche lagen, natürlich waren die gestohlenen Briefe nicht darunter.

Es wäre viel zu einfach, wenn Stuart sie nicht sorgfältig verschlossen hielte, in einem Tresor zum Beispiel. Einem Tresor? Gute Idee, dachte er. Wo könnte hier ein Tresor versteckt sein? Rasch ließ Jarre seine Augen durch das Zimmer wandern. Herrenhäuser wie dieses, die bis in die erste Hälfte des 20. Jahrhunderts meist unabhängig von modernen Zeiten existierten, hatten für gewöhnlich einen Tresor irgendwo im Haus, vielleicht sogar direkt hier ihm Zimmer.

Schließlich fiel ihm als Kunstkenner ein Bild mit einer Jagdszene auf, das über einer Kommode aus dem Biedermeier so bemerkenswert dicht an der Wand hing, wie man es selten zu Gesicht bekam. Es schien geradezu an die Wand geklebt worden zu sein. Hätten die Eigentümer des Bildes Wert darauf gelegt, es wirkungsvoll zu präsentieren, hätten sie es leicht schräg aufgehängt, um Reflexionen zu vermeiden und um die richtige Wirkung für die geneigten Köpfe der Betrachter zu erzielen. Jarre lächelte unwillkürlich. Wenn sich dahinter wirklich der Tresor verbarg, erklärte das, warum Stuart ausgerechnet hier den riesigen Schreibtisch aufgestellt hatte.

Er ging zu der Kommode hinüber, und mit angehaltenem Atem versuchte er, das Bild zu bewegen. Zu seiner Erleichterung gab es keine geheime Verriegelung für den sperrigen Ölschinken, er ließ sich vielmehr problemlos zur Seite klappen. Ganz wie erwartet fand sich dahinter ein Tresor, und Jarre machte sich klar, dass es damit 1:0 für ihn stand. Außerdem hatte der Tresor kein Schloss, das einen Schlüssel brauchte, und damit stand es bereits 2:0 für ihn, da er nicht nach einem Schlüssel suchen musste, was in den knapp vier Minuten, die er hatte, sicher ein unmögliches Unterfangen war. Leider hatte der Tresor ein Zahlenschloss, dessen Kombination Jarre nicht kannte. 2:1, dachte er und versuchte, sich an das zu erinnern, was er über Zahlenschlösser wusste.

Fast immer wurde so ein Schloss erst nach rechts, also im Uhrzeigersinn gedreht, und dann nach links. Die Kombination aus drei oder vier Zahlen war bei den meisten Safes voreingestellt, sie konnte jedoch nach Vorgaben des Käufers geändert werden. So weit, so gut. Wenn dieser Tresor eine Kombination hatte, die die ehemaligen Besitzer des Gutes oder gar der Hersteller eingestellt hatten, konnte er gleich aufgeben, dann hatte er keine Chance, sie zu erraten. Wenn der Tresor allerdings mit einer Kombination gesichert war, die Stuart nach seinen eigenen Ideen geändert hatte, blieb ihm eine geringe Chance, die Kombination zu erraten, da eigentlich jeder Mensch Zahlenkombinationen wählte, die er sich gut merken konnte – den eigenen Geburtstag, den Hochzeitstag oder den Geburtstag des Ehepartners.

Jarre wusste, dass er drei Minuten hatte, sein Glück zu versuchen, also zögerte er nicht. Rasch drehte er das Einstellrad erst nach rechts auf die 21, nach links auf die 1, wieder nach rechts, bis er 21-11-19-23 eingestellt hatte, das Geburtsdatum von Charles Francis Stuart. Er flüsterte einen Dank an Onkel Josh, der ihm dieses Detail mitgeteilt hatte. Mit einem leichten Grinsen zog er an der

Tür, und seine Miene verfinsterte sich, als sie geschlossen blieb. Er probierte es mit 21-11-23, falls das Schloss die Eingabe von drei Zahlen benötigte, wieder passierte nichts. Mist, es stand bereits 2:2. Der Kerl war zwar eitel, aber nicht so eitel, wie er gedacht hatte.

Wieder rasten die Gedanken durch Jarres Kopf. Was wusste er über Stuart? War er verheiratet? Wie stand er zu seinen Eltern? Würde er ein Datum nehmen, das mit ihnen verbunden war? Er konnte keine dieser Fragen beantworten, also verscheuchte er diese Gedanken gleich wieder. Was bewegte ihn sonst? Die Nachfolge von James II. und VII. als rechtmäßiger Thronerbe anzutreten, ganz klar, denn das hatte ihn sogar zum Verbrecher gemacht. Lag da vielleicht die Lösung? Rasch durchkramte Jarre sein Gedächtnis nach einem Artikel, den er über die Stuarts gelesen hatte. Er erinnerte sich an einige Daten, doch der 16. Dezember 1688, der entscheidende Tag, an dem James II. und VII. aus England fliehen mussten, konnte nicht die Kombination des Tresors sein, da das Stellrad bloß 60 Ziffern hatte.

Verflucht, was stand weiter in diesem dämlichen Artikel? Ungeduldig lauschte er nach Geräuschen in der Halle, während er die anderen Daten durchging, an die er sich erinnern konnte. Jarre versuchte erst die Kombinationen 14-10-16-33 und 14-10-3, da sie James' Geburtstag darstellten – nichts tat sich. Kurz bevor er den nächsten Punkt Stuart geben wollte, dachte er an dessen Worte. Hatte er nicht gesagt, er sei ein direkter Nachkomme von Charles I., der in der anglikanischen Kirche als Heiliger verehrt werde? Verdammt, ja, er war auf der falschen Fährte gewesen.

Nach kurzem Überlegen stellte er die nächste Kombination ein, wobei er unwillkürlich grinsen musste. 27-03-16-25, der Tag, an dem Charles I. durch den Tod von James I. König geworden war, erwies sich als die einzige mögliche Kombination, die sich auf Charles I. bezog. Weder 19-11-16-00, Charles' Geburtstag, noch 2-2-16-26, der Tag seiner Krönung, konnten mit dem Zahlenschloss dargestellt werden. Wenn es damit nicht klappte, musste er unverrichteter Dinge in das Speisezimmer zurückkehren, und ... Verdammt, was war das?

Das Schweigen, das sich über die Runde am Tisch gesenkt hatte, war eisig und kaum zu durchdringen. Charles Francis Stuart hatte offenbar keinerlei Interesse daran, mit einer der beiden Frauen eine Unterhaltung zu beginnen, und es gab nichts Höfliches, das sich die Frauen zu sagen hatten. Es dauerte nicht lange, bis sogar Vicky Quinlivans Nerven bloß lagen.

»Wo bleibt der Kerl?«, schimpfte sie und stand mit einer impulsiven Bewegung auf. »Ich schaue einmal nach, ob sich Dr. Behrend verlaufen hat«, brummte sie entschuldigend und verschwand durch die Tür, die zur Diele führte.

Schritte! Offenbar kam jemand. Zum Glück war, wer immer es war, noch weit weg. Mit aller Konzentration, die er aufbringen konnte, drehte Jarre das Stellrad des Tresors so schnell es ging viermal in die hoffentlich richtige Position. Er wusste, dass dies seine letzte Chance war, die Briefe zu finden. Unwillkürlich hielt er die Luft an, und schon hörte er ein Klicken. Das Schloss hatte sich geöffnet! Sofort zog er an der Tür des Tresors und wäre fast nach hinten gestolpert, da sie sich ohne Widerstand lautlos öffnen ließ.

»Ja!«, stieß Jarre leise hervor und ballte die Faust. In der letzten Sekunde hatte sich das Spiel gedreht, und nun stand es 3:2 für Jarre Behrend. Ein einziger Griff in den bemerkenswert leeren Tresor förderte die Mappe mit den Leibniz-Briefen zutage, was Jarre ein bisschen enttäuschend fand. Wo blieb da der Spaß? Erneut lauschte Jarre auf die Schritte und erstarrte für einen Moment. Draußen in der Halle hatten die Dielen geknarrt. Mist! Gleich darauf hörte er Vicky Quinlivans Stimme rufen.

»Jarre? Alles in Ordnung?«

Ausgerechnet!

Vicky war ihm viel rascher gefolgt, als er gedacht hatte. Wenn sie ihn mit den Briefen in der Hand erwischte, war weder sein noch Annas Leben einen Pfifferling wert!

Hastig schloss er den Safe, wobei er darauf achtete, kein Geräusch zu machen. Gleichzeitig schwang er das Bild mit der recht geschmacklosen Jagdszene wieder in seine Ausgangsstellung. Er musste sich so weit vom Safe entfernen wie möglich, falls Vicky ihn hier fand. Was dann geschehen würde, daran durfte er gar nicht denken.

Vicky Quinlivan warf einen Blick auf das Oberlicht, das sich über der Tür zur Toilette befand. Gelbes Licht schimmerte durch das Milchglas. Also hockte der Kerl auf dem Klo! Sie klopfte laut an die Tür und rief erneut nach Jarre, fragte, ob es ihm gut ginge, dann ließ sie grimmig ihre Hand auf die Klinke fallen. Als sie merkte, dass die Klinke sofort nachgab und die Tür zur Toilette aufschwang, wusste sie, dass etwas faul war.

Die Toilette war leer! Jarre war also irgendwo im Haus unterwegs oder versuchte vielleicht, zu entkommen! Verdammter Mist! Wo war der Kerl?

Mit langen Schritten durchmaß sie die Diele und rannte ungestüm in Stuarts Arbeitszimmer. Behrend war nirgends zu sehen. Es dauerte wenige Augenblicke, sich davon zu überzeugen, dass er sich nicht hinter den mächtigen Möbeln verbarg. Gut, dachte sie, er konnte ja nicht ahnen, dass alles, was er suchte, in diesem Zimmer lag. Doch wo war der Kerl? Vor Wut schäumend lief sie zurück auf den Flur und in das nächste Zimmer.

Es hatte wirklich auf Messers Schneide gestanden, das wusste Jarre. Er hatte mit angehaltenem Atem gelauscht, wie sich Vickys Schritte ihm genähert hatten. Doch dann hatten die Schritte innegehalten, als Vicky an die Toilettentür klopfte. Das war seine Chance gewesen! Ohne zu zögern, war er in das nächste Zimmer gelaufen. Trotzdem war er sich sicher, dass Vicky Quinlivan zumindest seine Ferse hätte sehen müssen, als er in dem Zimmer neben Stuarts Arbeitszimmer verschwand. Offenbar war ihm sein Glück treu geblieben und Vicky war zu sehr mit ihrer Wut über seine Flucht beschäftigt, als dass sie sich auf ihre Umgebung hätte konzentrieren können. Kurz darauf war das Geklapper ihrer Absätze von dem dicken Teppich im Arbeitszimmer verschluckt worden. Das war das Zeichen für ihn, erneut zu handeln!

Er brauchte vier Schritte, um an der Tür zum Arbeitszimmer vorbeizukommen, dann war er wieder in der

Diele. Die Mappe mit den Briefen befand sich unter seinem Hemd, steckte in seinem hinteren Hosenbund. Als er wieder vor dem Esszimmer stand, zwang er sich zu einem Lächeln und betrat mit größter Gelassenheit das Zimmer, wo Anna und Charles Stuart in eisigem Schweigen am Tisch ausharrten.

»Oh, musste Vicky euch verlassen?«, wunderte sich Jarre und blieb einen Moment stehen.

»Sie hatte vor, sich nach Ihrem Befinden zu erkundigen«, staunte Stuart, der sein Erscheinen mit einem misstrauischen Blick zur Kenntnis genommen hatte.

»Das ist etwas übertrieben, nicht wahr? Bedenken Sie, dass Sie uns seit heute Morgen eingesperrt gehalten haben. Da kommt es schon einmal vor, dass man ...«

Mit einer angewiderten Miene winkte Stuart ab. »Schon gut«, knurrte er, unwillig dieses Thema zu diskutieren. Mit einem dünnen Lächeln begab sich Jarre zu seinem Platz, wobei er sich bewusst dicht an Anna vorbeidrängte. Als er schon fast an seinem Platz angelangt war, hielt er kurz inne und fasste sich mit einer übertriebenen Geste an die Stirn.

»Ach ja, ich habe gerade gemerkt, dass ich immer noch dein Taschentuch habe«, stellte er fest und holte ein weißes Stofftaschentuch aus seiner Gesäßtasche. Er hielt es ihr nachlässig hin, und Anna nahm es entgegen, nachdem sie den Bruchteil einer Sekunde gezögert hatte.

»Danke«, murmelte sie mit einem bitteren Unterton. »Wenn mir nachher deinetwegen wieder schlecht wird, kann ich es gut gebrauchen.«

Jarre seufzte innerlich auf, als sie mit diesem Spruch ihre Verblüffung so geschickt überspielte. Da merkte er, dass er sich zu früh gefreut hatte. Sie hatte das Taschentuch erst halb eingesteckt, als Vicky Quinlivan im Türrahmen auftauchte.

»Was soll der Quatsch?«, herrschte sie Jarre an. »War es das? Bist du deshalb verschwunden? Willst du wirklich auf diese Art heimlich Nachrichten austauschen?« Sie kam zu ihnen herüber und nahm Anna mit einem verächtlichen Knurren das Taschentuch aus der Hand. Mit fahrigen Bewegungen faltete sie es auseinander. Jarre registrierte mit Genugtuung, dass Stuart äußerst ungehalten verfolgte, wie Vicky das offensichtlich leere Taschentuch erst schüttelte und endlich wieder unordentlich zusammenlegte.

»Miss Quinlivan?«, fragte er betont ruhig.

»Er war gar nicht auf dem Klo!«, fauchte sie und sah Stuart herausfordernd an.

»Nicht?«, mischte Jarre sich ein. »Ich bitte dich, Vicky, selbst deiner Nase kann nicht entgangen sein, dass ich ...«

Erneut hob Stuart mahnend die Hand. »Bitte, bitte!«, blaffte er. »Solche Diskussionen sind unnötig. Was soll Dr. Behrend in fünf Minuten gemacht haben? Das einzige Telefon befindet sich in diesem Raum, also kann er niemanden um Hilfe gerufen haben. Und ganz offensichtlich ist er weiterhin unbewaffnet, er hat nicht einmal den Schürhaken aus dem Kamin im Arbeitszimmer mitgebracht, um uns zu erschlagen.«

»Aber ...«

»Genug!« Dieser kalte, knappe Befehl des Briten reichte, um Vicky zum Schweigen zu bringen, doch Jarre wusste, dass die Sache nicht ausgestanden war. Nun, dann konnte er genauso gut mit seinem Plan weitermachen.

»Ist das eigentlich Ihr Lotus dort draußen?«, fragte er Stuart, der jedoch bescheiden den Kopf schüttelte.
»Oh nein, das ist Miss Quinlivans Gefährt. Ich bin niemand, der so schnelle Autos fährt.«
»Ach nein? Ich dachte ...« Er wandte sich an Vicky. »Wie fährt er sich denn so?«
Obgleich sie sich Auge in Auge gegenübersaßen, schaffte Vicky es, auf Jarre, der bis vor Kurzem einen VW 1600 besessen hatte, von oben herabzusehen. »Phänomenal. Er fährt 190 Spitze und beschleunigt von null auf hundert Kilometer in 7,9 Sekunden. Die Straßenlage ist traumhaft, und das bei einem Gewicht von gerade einmal 680 Kilo«, berichtete sie stolz.
Jarre stieß einen anerkennenden Pfiff aus. »Nicht schlecht, wirklich nicht schlecht.« Von da an dauerte es nicht lange, bis er Vicky in ein Gespräch über Sportwagen verwickelt hatte. Sie kamen rasch zu der Übereinkunft, dass der Aston Martin DB5, den James Bond fuhr, zwar schneller sei als der Lotus, jedoch längst nicht so elegant. Er war gut, um darin Waffen zu verstecken, nur sah er nicht besonders rasant aus.
Danach brach Jarre eine Lanze für den Ferrari 275 GTB, der eine Ecke spritziger war als der Lotus, und mit dem Design von Pininfarina seiner Meinung nach unschlagbar gut ausgestattet war. Wenn ein Auto rassig aussah, dann der Ferrari, behauptete Jarre. Er fing an, mit Vicky die Details des Designs zu diskutieren, als Anna sich mit einer höchst gelangweilten Miene entschuldigte, um ebenfalls auf die Toilette zu gehen.
Das war der Moment, in dem Jarre die Sting Ray Corvette ins Gespräch brachte. Wie erwartet, kam Vicky

dadurch richtig in Fahrt. Aufgeregt wetterte sie gegen alle amerikanischen Autos, während Stuart gelangweilt seinen Wein schlürfte. Das läuft ja bestens, dachte Jarre und schob schon einmal vorsichtig seinen Stuhl zurück. Er hörte sich gerade eine Tirade über den Mustang an, da war es so weit. Plötzlich ging alles ganz schnell.

Von draußen ertönte ein durchdringendes Hupen, und während Stuart und Vicky sich verwirrt anstarrten, war Jarre bereits aufgesprungen. Er war in Gedanken etliche Male all das durchgegangen, was geschehen musste. Er wusste, wie viele Schritte es bis zum Fenster waren, und er hatte sich vor Augen geführt, wie die beiden Fenster zu entriegeln waren. Sie würden kein Problem darstellen, nicht bei diesem alten Bau.

Es dauerte Sekundenbruchteile, bis er das Zimmer durchquert hatte, nachdem das Hupen ertönt war. Er hörte, wie Stuart rief: »Verdammt, halten Sie ihn auf!«, doch da war das Fenster bereits offen.

Mit einem wütenden Schrei kam Vicky hinter dem Tisch hervor, aber ihr enges schwarzes Kleid verbot ihr jede schnelle Bewegung. Jarre musste sich nicht einmal Mühe geben, um sie mit einer Flanke über das Fensterbrett endgültig abzuhängen. Er saß längst in Vickys Lotus und raste mit Anna am Steuer davon, als Charles Stuart und Vicky das Fenster erreichten und hilflos hinter ihnen her starrten. Die Schüsse, die Stuarts bewaffnete Helfer ihnen nachjagten, konnten ihr Ziel nicht mehr erreichen, als der Lotus in der Nacht verschwand.

KAPITEL ZWÖLF

Montag, 19. September 1966

Als Jarre Behrend am nächsten Morgen in Annas Wohnung die Augen aufschlug, war ihm klar, dass die waghalsige Flucht aus dem Haus von Charles Francis Stuart nicht wahr sein konnte. Er hatte den Autounfall nicht überlebt und war tot. Es konnte gar nicht anders sein, da er bereits im Himmel angekommen war. So oder so ähnlich empfand er es jedenfalls, als er aufwachte und Anna Winter sah, die nackt im Türrahmen stand und ihr langes, blondes Haar bürstete. Für einen langen, wunderbaren Moment bewunderte er das Spiel ihrer Muskeln, während sie mit kräftigen, schwungvollen Bewegungen ihr Haar nach hinten bürstete. Für einen weiteren kostbaren Augenblick ließ er seinen Blick über ihre Figur wandern, wobei er es genoss, bei den kleinen, nicht ganz perfekten Stellen zu verweilen, die die Schönheit ihres Körpers betonten. Da waren das kleine Muttermal auf ihrer linken Brust oder die Narbe auf der Hüfte, die sie einem Fahrradunfall zu verdanken hatte, und der helle Fleck auf ihrem Knie, von dem sie gar nicht mehr wusste, wie er entstanden war. Er war froh, dass nicht mehr passiert war. Deswegen waren sie in der Nacht zu Annas Wohnung gefahren, wo sie sicher waren, da Vicky diese Adresse sicher nicht kannte. Und so war es gekommen, dass er mit dieser wunderbaren Aussicht aufgewacht war.

»Das kostet mindestens fünf Mark«, riss Anna ihn aus seinen Gedanken. Sie kam zu ihm und schlug ihm empört ein Kissen auf den Kopf. »Du hast ja fast schon gesabbert!«

»Ich habe lediglich die örtlichen Sehenswürdigkeiten betrachtet«, beklagte sich Jarre, während erneut ein Kissen auf seinem Kopf landete.

»Das wird ja immer schöner«, rief Anna und warf sich auf ihn, um ihn zu kitzeln. »Ich bin doch nicht das Kolosseum!« Damit lud sie geradezu dazu ein, interessante Vergleiche anzustellen, Jarre wusste es jedoch besser, als darauf einzugehen. Stattdessen signalisierte er, als er schon keine Luft mehr bekam, dass er bereit sei, aufzugeben, woraufhin Anna endlich von ihm abließ.

»Du gewinnst«, gab er keuchend zu, als er sich im Bett aufrichtete.

»Das möchte ich dir auch geraten haben«, erwiderte sie. »Immerhin habe ich dich gestern Abend gerettet.«

»Was?«, fuhr er auf. »Wer hat hier denn wen gerettet? Wer hat dir den Schlüssel für den Lotus zugesteckt?«

»Und wer hat ihn rechtzeitig in seiner Hosentasche verschwinden lassen, bevor deine liebe Vicky ihn entdecken konnte?«, konterte sie.

Jarre wog den Kopf hin und her. »Zugegeben, das war nicht schlecht. Du warst wirklich fix.«

»Danke«, murrte sie, während sie in ihrer Schublade nach einem BH kramte. »Vor allem, wenn man bedenkt, dass ich den ganzen Abend improvisieren musste, und keine Ahnung hatte, worauf du eigentlich hinauswolltest.«

»Dafür hast du gut reagiert«, lobte er und blickte sie kritisch an. »Oder war dein Wutanfall etwa echt?« Sie hatten das Thema auf dem Rückweg äußerst kurz behandelt, da Anna kunstvoll darüber hinweggegangen war.

»Nun, entweder war meine Wut echt oder ich habe sofort vermutet, dass du eine Show abziehst, und habe entsprechend reagiert, um dir mehr Glaubwürdigkeit zu verschaffen. Such dir aus, was du willst.« Ihre Miene blieb undurchschaubar.

»Danke«, meinte Jarre entsprechend wenig überzeugt.

»Du warst übrigens nicht schlecht. In ein paar Minuten einen Autoschlüssel und die Leibniz-Briefe zu besorgen, das war schon eine echte Leistung. Ich glaube, ich habe das schon erwähnt.«

Das hatte sie, und er konnte sich gut an seine Belohnung heute Nacht erinnern.

»Die Aktion war vielleicht etwas gewagt, trotzdem nicht schlecht«, fuhr sie fort.

»Wieso gewagt?«, wunderte sich Jarre, der diesen Einwand nicht gelten lassen wollte. »Etwas ist lediglich gewagt, wenn man den Zufall nicht zu nutzen weiß.«

Anna, die sich gerade in eine helle Stoffhose zwängte, hielt plötzlich inne und musterte ihn scharf. »Fang nicht mit Aphorismen an«, verlangte sie. »Das wird sonst unheimlich.«

»Warum denn nicht?«, fragte Jarre, während er endlich die Beine aus dem Bett schwang. »Wir könnten ein Buch daraus machen. Das wird bestimmt ein Verkaufsschlager. ›Die Aphorismen des Jarre B‹. Klingt doch gut, oder?«

»Nein, tut es nicht«, klärte Anna ihn auf und fing an, ihre Schlüssel zu suchen.

Jarre ließ sie suchen, da er genau wusste, dass das zu ihrem Morgenritual gehörte. Er schlappte unterdes in die Küche, schenkte sich eine erste Tasse Kaffee ein und ließ sich am Küchentisch nieder, wo zwei Brötchen auf ihn warteten.

Nach einiger Zeit kam Anna in die Küche. Sie gab ihm einen Kuss, um sich zu verabschieden, während er sich eine Brötchenhälfte mit einer dunklen Creme beschmierte, die Werner zum ersten Mal vor ein paar Jahren aus dem Piemont mitgebracht hatte. Seitdem es dieses Nutella in Deutschland gab, war die Creme von Jarres Frühstückstisch nicht mehr wegzudenken. Anna hatte sich bislang nicht daran gewöhnen können, sie fand das Zeug viel zu süß.

»Und, wirst du heute arbeiten?«, fragte sie im Hinausgehen.

»Meine nächsten Kunden kommen erst Mittwoch an«, erklärte Jarre mit Genugtuung und biss in das Brötchen.

»Fabrikantensöhnchen«, knurrte Anna. »Und die Briefe? Bringst du sie Werner sofort zurück?«

»Ja, sobald es geht.« Jarres Aussprache war etwas undeutlich. »Ich werfe einen letzten Blick darauf, ob ich sie entziffern kann, und bringe sie ihm.«

»Aber du rufst ihn vorher an, oder?«

»Vermutlich nicht. Du weißt ja, wie er im Moment ist. Wenn ich ihm sage, dass ich die Briefe habe, will er sie sofort haben. Ich brauche jedoch etwas Zeit, um mich genauer mit ihnen zu beschäftigen. Wer weiß? Vielleicht komme ich bei der Entzifferung weiter.«

»Du meinst, du brauchst die Informationen, weil Stuart

es sicherlich nicht aufgegeben hat, die Briefe zurückzubekommen?«

»Genau das.«

»Also gut, vermutlich hast du recht. Halte ihn nicht zu lange hin und grüß ihn schön. Vergiss nicht, ihm unsere Abenteuer in allen Einzelheiten zu schildern, damit er uns zu einem wirklich leckeren Essen einlädt.«

»Werde ich machen. Und du bist dir sicher, dass ich dich nicht fahren soll? Du weißt, wir haben seit gestern einen Lotus.«

»Der geklaut ist, vergiss das nicht.« Annas Ton war anzumerken, dass sie sich mit dieser Tatsache nach wie vor nicht anfreunden konnte, zumal sie es gewesen war, die den eigentlichen Diebstahl begangen hatte.

»Vergiss nicht, sie haben meinen VW umgebracht«, erklärte Jarre mit einem bitteren Unterton. »Da ist ein Lotus eine geringe Entschädigung.«

»Mag sein. Du kannst dir ja überlegen, was wir mit der Karre machen, wenn du mit dem Entziffern fertig bist«, schlug Anna vor und warf ihm eine Kusshand zu.

Ehe er sagen konnte, dass er gewiss nicht vorhatte, den Sportwagen zurückzugeben, war sie schon weg, und zum ersten Mal seit Langem kam sie nicht zurück, um noch etwas zu holen. Jarre beendete mit einem Grinsen sein Frühstück, schnappte sich die Briefe, sowohl die Originale als auch die Fotografien, und verzog sich mit einer Tasse Kaffee auf das Sofa, denn es gab einiges zu tun.

Auf seinem Bleistift kauend warf er einen Blick auf die Liste der Schlüsselwörter, mit denen sie bislang die Entschlüsselung versucht hatten. Es waren ein Dutzend Begriffe, jedoch hatten sie bislang keinen Erfolg damit gehabt. Die Liste, die sie in einem kurzen, aber regen Gedankenaustausch aufgestellt hatten, umfasste Begriffe wie ›König‹, ›Königin‹, ›Fürstin‹, ›Regierung‹, ›Hannover‹, ›Gärten‹, ›Schloss‹, ›Parlament‹, ›Thronfolger‹, ›Gesetz‹, ›England‹ und ›Geheimnis‹. Sie hatten die Wörter zudem ins Französische übersetzt, allerdings war sich Jarre nicht sicher, ob ihm mit seinem Schulfranzösisch die richtigen Begriffe eingefallen waren. Das würde er nachprüfen.

Trotzdem, irgendetwas stimmte mit dieser Liste ganz und gar nicht. Sicher, sie bezogen sich auf die Regelung der britischen Thronfolge, doch waren das Worte, die Leibniz oder Sophie zur Verschlüsselung ihrer Mitteilungen gewählt hätten? War es denn anzunehmen, dass Sophie mit Leibniz über so ein heikles Thema korrespondierte, statt es mit ihm persönlich zu erörtern? Jarre schüttelte den Kopf, als er sich vorstellte, dass sie vielleicht bisher auf der falschen Spur gewesen waren.

Gab es nicht andere Begriffe, die viel näher lagen? Sicher nicht die Vornamen der beiden, Gottfried Wilhelm und Sophie. Nein, das war nicht anzunehmen, nicht bei der damaligen höfischen Etikette. Verzweifelt ließ Jarre sich in sein Sofa zurückfallen und starrte ins Leere. Langsam ließ er sich zum wiederholten Mal durch den Kopf gehen, was er über Leibniz und die Kurfürstin Sophie wusste.

Er selbst hatte Anna vor Kurzem erzählt, dass Leibniz die Fürstin deswegen geschätzt hatte, weil sie die Einzige am Hofe war, die ihm geistig ebenbürtig erschien. Er erinnerte sich an ein Bild, das Leibniz zusammen mit Sophie und ihrer Tochter Sophie Charlotte, der späteren Königin von Preußen, zeigte. Die drei und weitere Höflinge standen im Großen Garten beieinander und diskutierten eifrig. Das passte zu dem Bild, das er sich gemacht hatte. Werner hatte betont, dass Leibniz ein wichtiger Ratgeber für Sophie gewesen war und dass ihre Korrespondenz oft politische und historische Fragen betroffen hatte. Sogar die Bücher über Sophie, die er kannte, sprachen von einem regen Austausch über philosophische Fragen. Konnte es etwas damit zu haben?

Er selbst hatte als kleiner Junge oft mit seinen Freunden gespielt und dabei so getan, als sei er ein Agent, der wichtige Kriegsgeheimnisse in Form eines winzigen, codierten Zettels transportierte. Dabei hatte es ihnen immer Spaß gemacht, sich Codes auszudenken, aber er und seine Freunde waren beim Entschlüsseln nie sehr erfolgreich gewesen, da mindestens einer von ihnen schon beim Ausarbeiten des Codes entscheidende Flüchtigkeitsfehler gemacht hatte. Egal wie frustrierend das gewesen war, so war es doch immer ein Abenteuer gewesen, einen Blick in diese geheimnisvolle Welt zu werfen.

Jarre war sich sicher, dass Leibniz ähnlich empfunden haben musste, da er derartige Herausforderungen geliebt hatte. Laut Werner hatte der große Gelehrte oft an mathematischen Wettbewerben teilgenommen, die sich mit besonders verzwickten Problemen befassten. Daher musste es ihm natürlich leicht gefallen sein, einen Code zu entwerfen, der nicht allein ihm, sondern gleichermaßen der Fürstin Spaß gemacht hatte.

Abrupt richtete Jarre sich auf, da ihn plötzlich ein Verdacht befiel. Könnte es wirklich sein, dass …? Nein, daran wollte er eigentlich gar nicht denken, denn wenn das stimmte, sah die Sache mit den entwendeten Briefen völlig anders aus, als alle sich das vorgestellt hatten. Wenn er richtig lag, hatte sein VW umsonst sein Leben lassen müssen.

Rasch ging er zum Bücherregal hinüber, um sich zu versichern, dass ihn seine Erinnerung nicht trog. Es dauerte ein paar Minuten, bis er in Annas Lexikon den entsprechenden Artikel gefunden hatte, aber anschließend war er sich seiner Sache sicher. Nach wie vor ungläubig nahm er wieder Bleistift und Papier zur Hand und begann, das große Viereck aus Buchstaben aufzuschreiben, das er erst vor wenigen Tagen Anna gezeigt hatte und das von dem französischen Kryptografen Blaise de Vigenère entworfen worden war. Schnell fing er den nächsten Versuch an, den Text zu decodieren, diesmal jedoch mit anderen Begriffen, als er ursprünglich gedacht hatte.

Als Erstes suchte er für das verschlüsselte Wort ›gikeaimik‹ die Lösung, indem er in dem großen Buchstabenquadrat die Spalte mit den Buchstaben S, P, I, N, O, Z und A suchte. Die Entschlüsselung des Wortes ergab ›otcrmjmqv‹, und er kannte keine Sprache, in der dieses Wort vorkommen könnte.

Er atmete durch und begann den nächsten Versuch, wieder ohne Ergebnis. Erst beim fünften Versuch geschah etwas Erstaunliches. Während er die Lösung in den Spalten D, E, S und C suchte, ergab die Lösung plötzlich ebenfalls ›desc‹! War er auf der richtigen Spur? Mit neuem Eifer arbeitete er sich durch den ersten Satz und konnte seinen Augen nicht trauen, als er das Ergebnis vor sich sah.

descartes a reconnu que les ames
ne peuvent point donner de la force
aux corps, parce quil y a toujours
la meme quantite de force dans la matiere.

Ein klarer, verständlicher französischer Satz, der obendrein mit dem Schlüsselwort begann! Descartes war einer der Lieblingsphilosophen der Kurfürstin gewesen, genau wie Spinoza, mit dem er es zuerst versucht hatte. Mit fliegender Hand fügte Jarre die Satzzeichen und Akzente ein, die seiner Meinung nach in den französischen Text gehörten, bis er zufrieden auf das blickte, was er geschrieben hatte: ›Descartes a reconnu que les âmes ne peuvent point donner de la force aux corps, parce qu'il y a toujours la même quantité de force dans la matière.‹ Das war ein Satz von Leibniz, und Jarre wusste genau, woher er stammte. Er konnte sich nicht mehr bremsen. Hatte er nicht am Samstag alle seine Leibniz betreffenden Bücher hier gelassen?

Er suchte seine Tasche, fand sie unter dem Bett, und ein paar Augenblicke später hatte er seine Ausgabe eines der bekanntesten philosophischen Werke von Leibniz in der Hand. Er hatte die ›Monadologie‹ einmal für ein paar Pfennig in einem Antiquariat in Berlin erstanden und seitdem kaum einen Blick hineingeworfen. Heute war er froh, dass er das Werk damals gekauft hatte. Langsam blätterte er das schmale Bändchen durch, bis er die richtige Stelle gefunden hatte, die ihm im alten Deutsch eine Übersetzung des französischen Texts lieferte. ›Cartesius hat erkannt, dass die Seelen denen Körpern keine Kraft mitteilen könnten, weil allezeit einerlei Quantität der Kraft in der Materie vorhanden wäre.‹ Mit einem breiten Grinsen legte er das Buch beiseite und ging zum Telefon, um eine Nummer zu wählen, die er gut kannte.

»Hallo, Werner. Ich habe eine gute und eine wirklich gute Nachricht für dich.«

Das war der Satz, den er sich zurechtgelegt hatte, wenn Werner sich meldete, aber er hatte keine Zeit, ihn loszuwerden. Stattdessen hörte er erstaunt der Geschichte zu, mit der Werner herausplatzte, sobald er Jarres Namen gehört hatte. Soweit er die etwas wirren Brocken von Werners Erzählung verstand, war sein Freund am Sonntag wegen Erregung öffentlichen Ärgernisses und Störung der Sonntagsruhe verhaftet worden, war jedoch freigelassen worden, weil ihn zwei dunkel gekleidete Männer mit gebrochenen Nasen verfolgt hatten.

Jarre hörte verwundert zu, allerdings nicht geduldig genug. »Das ist ja sehr aufregend«, knurrte er in den Hörer, da selbst Werner irgendwann Luft holen musste. »Wurde auf dich geschossen?«, hakte er nach.

Werner hielt inne und verneinte verwirrt.

»Oder hast du dich mit deinem Auto überschlagen, sodass außer Schrott nichts davon übrig blieb?«

Wieder musste Werner verneinen.

»Oder bist du über Dächer geklettert, damit du der Gefangenschaft entkommen konntest?«

Werner blieb nichts übrig, als zum dritten Mal zu verneinen.

»Na also.« Jarre war zufrieden. »Damit schlägt mein Abenteuer deine Geschichte. Lässt du mich also erzählen?«

Natürlich ließ Werner ihn seine Geschichte berichten,

und ehe Jarre bei der Hälfte angelangt war, hatte Werner ihm zugestanden, dass Jarres Erlebnisse wirklich spannender waren. Als Jarre berichtete, dass es ihm gelungen war, in einer halsbrecherischen Aktion die Briefe sicherzustellen, gab es für Werner kein Halten mehr. Er bestand auf einem Treffen, und das so schnell wie möglich.

Jarre überlegte einen Augenblick, wo er sich mit Werner treffen konnte. Er würde ihn in keinem Fall in Annas Wohnung bestellen. Da auch er verfolgt wurde, war das viel zu gefährlich. Allerdings wollte er mit der Mappe voll gestohlener Briefe auch nicht in der Bibliothek auftauchen. Das verbot sich von selbst. Also bat er Werner, nach Linden zu kommen, wo er seine Wohnung hatte. Das war vielleicht riskant, aber Jarre war sich sicher, dass er in seiner Straße jeden entdecken würde, der dort nicht hingehörte. Werner versprach, in einer Stunde da zu sein.

Jarre suchte seine Sachen zusammen und machte sich auf den Weg, wobei er darauf achtete, ob ihn jemand verfolgte. Zufrieden stellte er fest, dass das nicht der Fall war. Trotzdem parkte er den Lotus einige Blocks von seiner Wohnung entfernt und sah sich sehr sorgfältig um, als er sich dem Haus näherte, in dem er wohnte. Er fand keine Spur von Vicky oder ihren Handlangern und stieg zufrieden in seine Wohnung hinauf.

Die Stunde war noch nicht um, als es bereits an Jarres Tür klingelte. Jarre stellte mit einem Lächeln fest, dass Werner zu früh dran war, was für ihn wirklich ungewöhnlich war. Er öffnete die Tür, um am oberen Ende der Treppe auf seinen Freund zu warten.

Karl Maulbronn war zur Polizei gegangen, weil er etwas erleben wollte. Als er unmittelbar nach der Währungsreform seine Bewerbung bei der Polizei abgab, stellte er sich vor, dass er bei aufregenden Razzien gegen die Händler auf dem Schwarzmarkt vorgehen würde oder dass er in geheimen nächtlichen Aktionen die letzten Nazis aufspüren würde, die sich in Deutschland versteckten. Er war nicht zur Polizei gegangen, um Treppen zu steigen, ganz gewiss nicht. Insofern nahm er es diesem Jarre Behrend fast schon persönlich übel, dass er im fünften Stock eines Lindener Altbaus wohnte. Polizeikommissar Ludger Mertens, der hinter ihm drein trabte, schienen die Treppen hingegen gar nichts auszumachen, was ihn noch mehr ärgerte, obwohl er wusste, dass es das nicht sollte.

Oben angekommen merkte Maulbronn, dass seine Miene entsprechend grimmig aussehen musste, was den jungen Mann mit Namen Behrend, der ihn am oberen Ende der Treppe empfing, ziemlich zu beunruhigen schien. Der Gedanke versöhnte ihn ein wenig mit der Welt, denn obgleich er das selbst selten zugab, liebte der Polizeihauptkommissar seine Arbeit unter anderem deswegen, weil sie Macht bedeutete und Respekt einflößte.

»Polizei?«, staunte der junge Mann, als Maulbronn zu Atmen gekommen war und sie sich ausgewiesen hatten.

»Ja«, brummte Maulbronn bärbeißig und sah sich auf dem schmalen Treppenabsatz um. »Reden wir hier oder lassen Sie uns rein?«

»Natürlich, bitte kommen Sie«, erwiderte der schlaksige Mann mit den struwweligen dunklen Haaren. Rasch ging er voraus und wies auf ein bequemes Sofa unter der Dachschräge, auf dem Maulbronn dankbar Platz nahm.

Er mochte sich irren, doch irgendwie war der Freund von diesem Werner Heidenreich wirklich beunruhigt. Er hätte fast behauptet, dass der Junge einer Panik nahe war. Nachdenklich musterte er ihn, während Kommissar Mertens sich in einem der Sessel niederließ, die zu der Garnitur gehörten. Vielleicht war dieser Fall ja viel interessanter, als er zuerst gedacht hatte.

Unterdessen jagten die unterschiedlichsten Gedanken durch Jarre Behrends Kopf. Er dachte an Kommissar Wertrichter, der ihn abgrundtief hasste. War es möglich, dass einige seiner Berichte selbst hier in Hannover vorlagen? Wenn das so war, hatte er überhaupt keine Chance mehr. Es würde auch nicht helfen, zu erklären, dass er und Anna den Lotus entwendet hatten, um ihr eigenes Leben zu schützen. Niemand würde ihm glauben. Außerdem fragte er sich, ob ein Diebstahl überhaupt in Notwehr erfolgen konnte. Wahrscheinlich nicht. Er war verblüfft, dass Vicky die Dreistigkeit besessen hatte, den Wagen als gestohlen zu melden, aber dagegen konnte er nichts mehr machen.

Verdammt, er saß mal wieder in einem echt dicken Schlamassel.

Da der ältere der Polizisten ihn unumwunden anstarrte und offenbar nicht vorhatte, etwas zu sagen, musste er wohl das Eis brechen, um die beiden Gesetzeshüter etwas friedlicher zu stimmen.

»Ich weiß, warum Sie hier sind«, begann er vorsichtig.

Der Hauptkommissar hob die Brauen. »Ja? Na ja, also wissen Sie auch, dass wir so ein Verbrechen nicht so einfach ungesühnt lassen können«, erklärte er.

»Nein ... Nein, vermutlich nicht«, stotterte Jarre. Er ließ sich immer tiefer in seinen Sessel sinken.

»Natürlich sind unsere Ermittlungen nicht sehr weit fortgeschritten. Es wäre besser gewesen, wenn wir eher von dem Diebstahl erfahren hätten, besonders für Sie.«

Jarre sah den Mann verblüfft an, da es kaum zwölf Stunden her war, dass er den Lotus abgestellt hatte.

»Nun, das tut mir sehr leid. Es war uns einfach nicht möglich ...«

Maulbronn ließ ihn gar nicht erst ausreden, sondern winkte gleich ab. »Schon gut, das ist nicht weiter von Belang. Damit beschäftigen wir uns später. Uns geht es erst einmal um die Details des Diebstahls und welche Chancen es gibt, das Diebesgut zurückzuerlangen.«

Wieder war Jarre irritiert. Was dachten sie, was er mit dem Auto gemacht hatte? Oder wollten die beiden ihn testen? Musste er Reue und Einsicht zeigen? Nein, verdammt, das würde er nicht tun, immerhin hatte Vicky seinen VW auf dem Gewissen! Auge um Auge, Zahn um Zahn, so stand es schon in der Bibel, und er hatte nicht vor, sich weiter einschüchtern zu lassen.

»Das Diebesgut zurückzuerlangen, wie Sie sich ausdrücken, sollte kein Problem sein«, gab er kalt zurück.

»Nein?«, staunte Maulbronn. »Es verwundert mich, dass Sie so etwas sagen. Nach allem, was ich weiß, war das ein besonders dreister Diebstahl, der von jemandem begangen wurde, der keine Skrupel zu kennen scheint.«

Das ging zu weit! Ihm das einfach ins Gesicht zu sagen, war äußerst unverschämt. Dieser Maulbronn war sich keiner Schuld bewusst und plapperte einfach weiter.

»Wer sich an solchen Schätzen vergreift, muss besonders hart verfolgt werden. Diese Briefe sind unersetzlich.«

Jarre hatte den Mund schon für eine Erwiderung geöffnet, schloss ihn jedoch wieder. Briefe? Wieso denn Briefe? Worüber redete der Mann eigentlich? Oder hatte Werner etwa …? Natürlich, was denn sonst! Wenn er es recht bedachte, hatte Werner ihm zwar erzählt, dass er gestern festgenommen worden war. Er hatte ihm allerdings nicht gesagt, wieso er eigentlich schon wieder frei war oder was es mit diesen Männern auf sich hatte, die ihn verfolgt hatten. Offenbar hatte er der Polizei mehr erzählt, als Jarre angenommen hatte. Auf jeden Fall war es Zeit, die Missverständnisse zu klären.

»Ich glaube, ich kann Ihnen wegen der Briefe eine erfreuliche Mitteilung machen. Außerdem ist Werner Heidenreich auf dem Weg hierher. Wenn ich Sie also um ein paar Minuten Geduld bitten darf, bis er hier ist? Dann können wir alles besprechen, ohne dass ich die Einzelheiten wiederholen muss.« Er stand auf. »Vielleicht kann ich Ihnen ja inzwischen einen Kaffee anbieten? Vielleicht sogar einen italienischen Kaffee?« Er wies auf seine schon etwas mitgenommene Espresso-Kanne aus Alu, einem Originalimport aus Arco am Gardasee.

Statt mit Verwunderung reagierten die Polizisten mit echtem Interesse. Sie hatten beide schon von Espresso gehört, doch keiner von ihnen hatte bisher einen getrunken. Beide baten um eine Tasse, und damit war für Jarre klar, dass die Polizei nicht gekommen war, um ihn zu verhaften. Das war gut, allerdings musste er mit Werner über dessen Informationspolitik reden.

Er hatte gerade den Filter gefüllt und die Kanne wieder auf den Wassertank geschraubt, als es klingelte. Das musste Werner sein. Er ging zur Tür und betätigte den Summer, dann ging er in die Küche zurück und setzte die Kanne auf. Dabei hatte er trotzdem genug Zeit, um Werner an der Tür zu empfangen.

»Hallo«, begrüßte er ihn mit einem warnenden Blick, als er oben angekommen war. »Die Polizei ist bereits da!« Er trat von der Tür zurück und wies auf die beiden Kommissare.

»Oh«, murmelte Werner betreten, als er die Polizisten sah.

»Ja, oh«, erwiderte Jarre leise. »Darüber reden wir noch.« Dann überließ er Werner sich selbst, während er in die Küche ging und sich um den Espresso kümmerte. Werner würde auch einen brauchen können, so bleich wie er geworden war, als er die Polizisten erblickt hatte, dessen war er sich sicher.

*

Erna Nölke, Jarres Vermieterin, strich ihre blaue Kittelschürze glatt und schob den Stuhl, den sie ans Stubenfenster gerückt hatte, zurecht, da sie so einen besseren Blick auf die Straße hatte. Mit ihren 58 Jahren war sie eine Frau, die sich in der Welt auskannte und die Realitäten anerkannte. Sie gab gerne zu, dass die Stickarbeit in ihrer Hand bloß ein Vorwand war, um hin und wieder ein Blick auf die Straße werfen zu können, wo heutzutage doch so viel geschah, worauf man ein Auge haben musste. Außerdem freute sie sich stets, die jungen Frauen zu sehen, die mit ihren seltsam strengen und eckigen Kleidern an ihrem Haus vorbei Richtung Straßenbahn eilten.

Mit ihren 105 Kilo Lebendgewicht und einer Körpergröße von 1,65 Metern war sie keine Twiggy, das wusste Frau Nölke, und sie konnte sich nicht wirklich vorstellen, was die Leute an diesem dünnen Mädchen mit ihren müden, großen Augen fanden. Eigentlich sah sie eher aus wie ein Junge, und wenn Frau Nölke eines wusste, dann dass eine anständige Frau ein paar Kurven haben musste, wenn sie wollte, dass sich die Männer nach ihr umdrehten. So wie das junge Ding auf der andere Straßenseite. Rassig, so hätte ihr seliger Mann das Mädchen wohl bezeichnet, mit seinen langen, dunklen Haaren und den richtig verteilten Rundungen. Allerdings passte der zornige Blick, mit dem die junge Frau in den Himmel starrte, so gar nicht zu ihrem hübschen Gesicht. Welche Laus mochte ihr über die Leber gelaufen sein? Egal, sie ging weiter, und Frau Nölke war insgeheim froh, dass ihr seliger Gatte nicht mitkriegte, was dabei alles auf so interessante Weise wackelte und wogte.

Ohne sich bewusst zu sein, dass sie beobachtet wurde, lief Vicky Quinlivan mit langen Schritten die schmale Straße entlang. Sie kochte vor Wut, und ihr Hass auf Behrend und die blonde Schlampe beflügelte sie bei ihrer Mission geradezu. Behrend hatte zwar ihren geliebten Lotus gestohlen, dabei waren die Beleidigungen, die sie sich hatte anhören müssen, viel schlimmer gewesen! Sie hatten sie bei Stuart in ein schlechtes Licht gerückt. Es war unerträglich.

Das würde sie ihm alles heimzahlen, und sie würde sich nicht damit aufhalten, ihm wehzutun. Oh nein, sie würde ihn vernichten, und sein Tod würde qualvoll werden. Zum Schluss würde er sie anflehen, ihn zu erlösen, dessen war sie sich sicher. Sie wusste schon genau, wie sie das anzustellen hatte.

KAPITEL DREIZEHN

Es dauerte ein paar Minuten, Jarre zu informieren, wie es gekommen war, dass Werner die Polizei doch noch eingeschaltet hatte und warum die beiden Polizisten Jarre aufgesucht hatten, der immerhin die einzige Institution war, die von Werner mit Nachforschungen betraut worden war. Jarre musste sich insgeheim eingestehen, dass er froh war, dass es eine offizielle Untersuchung des Diebstahls gab. Es war zudem eine glückliche Fügung, dass die Polizisten sich entschlossen hatten, erst ihn aufzusuchen, bevor sie in die Landesbibliothek gingen. Vielleicht konnte Werner seinen Hals so noch einmal aus der Schlinge ziehen.

Jarre hingegen brauchte weitaus länger, um die Polizei und seinen Freund Werner in das einzuweihen, was ihm und Anna am Wochenende alles geschehen war. Dabei machte er die erstaunliche Erfahrung, dass der Hauptkommissar ihm nicht für einen Moment abnahm, dass er seine wichtigsten Informationen direkt von der CIA bekommen hatte. Maulbronn versprach ihm düster, dass darüber zu reden sei, wenn diese Geschichte erst einmal vorbei war.

Als Jarre erzählte, was er bei Charles Francis Stuart erlebt hatte, blieb den beiden Polizisten fast der Mund offen stehen. Während Kommissar Mertens sich bald erholte und sich hektisch Notizen machte, versuchte

Maulbronn zu durchschauen, ob Jarre die Wahrheit sagte oder ob er versuchte, sie mit einem Gespinst aus Lügen einzuwickeln. Erst danach kam Jarre damit heraus, dass es ihm gelungen war, die Briefe zurückzubekommen und dass er sie obendrein entziffert hatte.

Fassungslos starrte Werner ihn an. Für einen langen Moment war sein Freund nicht in der Lage, etwas zu sagen. Sein dankbarer Blick sprach Bände, und das reichte Jarre. Mit einem Grinsen legte er ihm die Hand auf die Schulter und brummte, dass Freunde für so etwas da seien.

Polizeihauptkommissar Maulbronn war nicht so schnell zufriedenzustellen. »Und?«, knurrte er. »Darf ich die Briefe einmal sehen?«

»Natürlich«, entgegnete Jarre. Er wies auf die Mappe aus säurefreiem Papier, die vor den Polizisten auf dem Tisch lag.

»Nicht wirklich, oder?«, keuchte Maulbronn und warf einen Blick in die Mappe.

Als er die vergilbten Briefbögen erblickte, die mit vielen unlesbaren Buchstabenkombinationen gefüllt waren, blickte er Jarre mit neuem Respekt an. »Ich kann Ihre Methoden nicht gutheißen, Herr Dr. Behrend, allerdings haben Sie dem Land Niedersachsen gewiss einen großen Dienst erwiesen«, stellte er fest. »Und diese Entzifferung? Haben Sie das tatsächlich geschafft?«

»Habe ich. Es ist eine Vigenère-Verschlüsselung, die leicht zu entziffern ist, wenn man das Passwort kennt.«

»Und Sie haben das Passwort gefunden?«

»Sagen wir, ich habe es erraten. Das war der eigentliche Trick dabei. Ich habe das Gefühl, dass der Brief in Code lediglich ein Amüsement für die Fürstin war, ein Zeitvertreib. Es wird ihr Spaß gemacht haben, das Lösungswort zu finden und damit den Text zu decodieren.«

Werners Blick wechselte ins Ungläubige. »Wie bitte?«, fragte er tonlos.

»Das Schlüsselwort ist ›Descartes‹ und der Text ist eine französische Abhandlung über den französischen Philosophen, die später in Leibniz' ›Monadologie‹ aufgetaucht ist«, erklärte Jarre.

Werner war fassungslos. »Ein Spaß? Das alles war nichts als ein Rätsel, mit dem Sophie sich die Zeit vertrieben hat?«

»Tut mir leid, aber so sieht es aus.«

»Das heißt also, dieser Charles Francis Stuart und seine Helfer haben ihre Verbrechen umsonst begangen?« Maulbronn dachte kurz daran, dass die Freiheitsberaubung und der versuchte Mord dadurch kaum in einem besseren Licht dastanden.

»Sie hatten ihre Hoffnung in den angeblich so sensationellen Inhalt des Briefes gesetzt. Sie werden bitter enttäuscht sein, wenn sie herausfinden, was wirklich in diesen angeblich so geheimen Briefen steht. Mein Freund Werner Heidenreich hat es da leichter. Selbst wenn die codierten Briefe nicht mehr als ein Teil der langjährigen Diskussion zwischen Leibniz und Sophie über philosophische Texte sind, so sind sie doch eine wissenschaftliche und geistesgeschichtliche Sensation.«

Jarre war klar, dass sich Werner, der nach wie vor perplex war, an diese so überraschend aufgetauchte Perspektive klammern würde. Doch die Verwirrung in Werners Blick hatte eine andere Ursache, wie er erkannte.

»Was ist?«, fragte er den Bibliothekar.

»Hast du vergessen, die Espressokanne vom Herd zu nehmen? Es riecht hier so verbrannt.«

»Nein, habe ich nicht«, erklärte Jarre bestimmt und schnupperte. »Du hast recht. Es riecht hier wirklich seltsam.«

Die Polizisten hatten den seltsamen Geruch ebenfalls wahrgenommen. Sie waren aufgestanden, und während Kommissar Mertens in die Küche ging, um dort nach dem Rechten zu sehen, kam Hauptkommissar Maulbronn zu Jarre und Werner herüber.

»Hier ist etwas stärker«, meinte er. »Kann es sein, dass ein Nachbar etwas zu früh damit angefangen hat, seinen Kamin zu heizen?«

»Ich wüsste nicht, dass es in diesem Haus überhaupt einen Kamin gibt.«

»Es scheint aus dem Treppenhaus zu kommen«, gab Werner zu bedenken.

Jarre zuckte mit den Schultern. »Wenn du meinst ...« Er betrat den kleinen Windfang vor seiner Tür, um nachzusehen. Das, was unter seiner Tür hervorquoll, erschreckte ihn.

»Rauch!«, rief er. »Da draußen brennt es! Wir müssen hier raus.«

Er wollte die Tür öffnen, zog aber mit einem Aufschrei seine Hand sofort zurück. »Verdammt«, fluchte er und wedelte hektisch mit der Hand in der Luft herum. »Die Klinke ist glühend heiß! Das Feuer ist direkt vor der Tür!«

»Was?« Maulbronn legte vorsichtig die andere Hand an die Tür. »Ja, zum Teufel, die Tür ist schon ganz heiß.

Wenn Sie die öffnen, sind Sie erledigt. Wenn das Feuer frischen Sauerstoff bekommt, kann es eine Stichflamme geben, die dafür sorgt dafür, dass Ihnen der Schaden an Ihrer Wohnung bestimmt nichts mehr ausmachen wird.«

»Nett formuliert«, grollte Jarre und beobachtete, wie Kommissar Mertens zum Telefon eilte, um die Feuerwehr zu alarmieren.

»Was sollen wir machen?«, fragte Werner unwillkürlich, da er sich so hilflos fühlte wie die anderen. Trotzdem brachte die Tatsache, dass er gerade diese Frage gestellt hatte, ihm einen bösen Blick von Jarre ein.

»Hier auf Rettung zu warten, dürfte nicht angebracht sein, oder?«, fragte Jarre und warf einen bedeutungsvollen Blick auf den dichten, schwarzen Rauch, der unter der Tür hindurch in die Wohnung drang.

»Eher nicht«, gab Maulbronn ihm recht. »Haben Sie eine Idee, was wir stattdessen machen sollen?«

Jarre wusste, dass seine Idee Werner nicht gefallen würde. »Vielleicht weiß ich einen Weg. Kommen Sie mit.« Er ging zurück ins Wohnzimmer und zeigte auf die Fenster des großen Erkers, der auf die Straße hinausging.

»Das Dach über uns ist ziemlich steil. Die Fenster sind recht hoch und in Erkern mit Regenrinnen untergebracht«, sagte er zur Erklärung.

Maulbronn hatte das hohe Dach und die reich verzierten Erker der beiden Dachwohnungen gesehen. Die steile Dachfläche machte erst dort, wo die Decke von Jarres Wohnung war, einen Knick und wurde etwas flacher.

»Wenn wir hinausklettern, finden wir dort Halt und

das nächste Haus ist nicht weit. Es ist ganz neu und hat Balkone, die bis dicht unter unser Dach reichen. Die kann man bestimmt gut erreichen.«

»Sie belieben zu scherzen«, beschwerte sich Maulbronn, der nach draußen blickte und wenig mehr sah als die Straße, die seiner Meinung nach viel zu weit weg war und viel zu hart, als dass er dort aufschlagen wollte.

Werner schob sich zwischen den beiden hindurch und schaute nach draußen. Er schluckte hörbar, ehe er sich an Jarre wandte. »Herr Maulbronn hat recht, du bist verrückt.«

Ehe Jarre ihm erklären konnte, dass er in letzter Zeit schon viel Zeit auf Dächern verbracht hatte und sich inzwischen damit auskannte, gesellte sich Kommissar Mertens zu ihnen und inspizierte als Letzter das Gelände.

»Einfach ist es nicht, doch es ist eindeutig machbar«, stellte er nüchtern fest. »Die Ziegel unter dem Fenster sind fest und griffig, und selbst ungeübte Kletterer sollten an der Regenrinne genug Halt finden.« Er richtete sich wieder auf und wandte sich an Jarre. »Ist das Zimmer ganz außen Ihres?«

»Ja, mein Schlafzimmer.«

»Von da aus sind es knapp zwei Meter zum Balkon. Wenn wir da rausgehen, gibt es bestimmt keine Probleme.«

»Der Erker ist zwar kleiner, das ist allerdings kein Problem. Sie kennen sich im Klettern aus?«, fragte er.

»Ein bisschen. Ich gehe gerne im Gebirge wandern und mag Touren, bei denen man etwas klettern muss. In den Externsteinen war ich ebenfalls unterwegs.«

»Sehr schön, also sind wir schon zwei. Ich gehe als Erster und sichere die beiden Anfänger, bis wir alle auf dem nächsten Dach sind. Danach geht einer von uns auf den ersten Balkon und sieht nach, ob wir von da aus wegkommen. Wenn das klappt, hilft er allen anderen, auf den Balkon zu kommen. Ist das in Ordnung?«

»Sicher.« Mertens Grinsen war viel breiter als es eigentlich sein sollte. Offenbar freute er sich auf das Abenteuer, das ihnen bevorstand.

»Gut, dann los.«

Werner fand, dass die ›beiden Anfänger‹, wie sie gerade genannt worden waren, eigentlich etwas zu der Entscheidung beitragen sollten. Als er jedoch merkte, dass sich Hauptkommissar Maulbronn widerspruchslos dem Vorschlag seines jüngeren Kollegen fügte, ließ er jeden Einwand auf sich beruhen. Er konnte Jarre später anmeckern – wenn er später noch am Leben war.

Obwohl sein Schlafzimmer ein sehr kleines Fenster hatte, fand Jarre, dass es reichen würde. Mit einer geschickten Bewegung schob er seinen Oberkörper durch die enge Öffnung und drehte sich so, dass er die schmale Regenrinne greifen konnte, die oberhalb des Erkers verlief. Er zog sich hoch, und wenn die beiden anderen ihm diesen Ausstieg nachmachten, sollte es keine Probleme geben, dachte er.

Er richtete sich auf, machte drei lange Schritte und war bereits auf dem nächsten Dach. Das sollte alles kein Problem sein. Er kehrte zurück, als sich Hauptkommissar Maulbronn aus dem Fenster schob. Er hatte sich die Schuhe ausgezogen, wohl auf Anraten seines Kollegen und fand rasch Halt auf den schmalen Ziegeln. Ohne nach unten zu blicken, klammerte er sich mit beiden Händen an die Regenrinne und machte vorsichtig ein paar Schritte zur Seite. Er hatte ganz offensichtlich Angst, das erkannte Jarre. Trotzdem machte der Polizist keine Anstalten, sich davon unterkriegen zu lassen.

Jarre sagte ihm, was er tun musste, und streckte ihm seinen Arm entgegen. Mit zusammengekniffenen Augen löste Maulbronn seine linke Hand von der Regenrinne und fuchtelte so lange herum, bis Jarre seine Hand gepackt hatte. Obwohl Maulbronn gerade einmal einen Schritt vom nächsten Dach entfernt war, war dies der gefährlichste Punkt. Wenn er in Panik geriet und abrutschte, würde Jarre ihn nicht fassen können, das wusste er. Zu seiner Erleichterung hielt sich der Polizist vorbildlich. Auf Jarres Kommando ließ er die Regenrinne los, drehte sich ein bisschen und machte einen langen Schritt, wobei er halb von Jarre gezogen wurde, bis er sich auf dem Nachbardach befand, das flacher war und mehr Raum bot.

Werner folgte, der seinen Ausstieg damit begleitete, dass er nicht nur Gott und die Welt im Allgemeinen für sein Schicksal verantwortlich machte, sondern auch Jarre im Speziellen, dem er versprach, dass er ihn nie wieder zum Essen einladen würde, falls er, Werner, als hässlicher Fettfleck auf der Straße enden sollte. Allein die Tatsache, dass nun dichter, schwarzer Rauch aus der Wohnung quoll, vermochte ihn rascher als jedes andere Argument davon zu überzeugen, dass es keinen anderen Ausweg gab.

Es war einzusehen, dass sich Werner unter diesen Umständen nicht hundertprozentig auf die Kletterstrecke konzentrieren konnte. Das erklärte vielleicht, was als Nächstes geschah. Werner hatte jedenfalls kaum die Regenrinne losgelassen und sich Jarre zugewandt, als er plötzlich einen hektischen, unüberlegten Schritt machte und dabei seinen Fuß unglücklich aufsetzte. Er knickte um und verlor für einen Augenblick den Halt. Diese Unsicherheit reichte, um Werner in Panik zu versetzen. Er begann, wild mit den Armen zu rudern, um wieder ins Gleichgewicht zu kommen.

Entsetzt beobachtete Jarre das ungeschickte Manöver seines Freundes, das schiefgehen musste. Tatsächlich wurde Werners Panik immer größer, bis er sich nicht mehr halten konnte. Er schlug lang hin, und für einen Moment, der wie in Zeitlupe zu vergehen schien, blieb er auf der Seite liegen. Dann fing er an, abzurutschen.

Vicky Quinlivan lehnte an einer Hausecke und sog gierig den Rauch einer HB ein. Ihr ganzer Körper war auf das Äußerste angespannt, während sie auf das brennende Haus auf der gegenüberliegenden Straßenseite starrte. Ihr Haar war unordentlich, und ein bitterer Zug lag um ihren Mund, der zu einem dünnen Strich geworden war.

Sie trug eine enge, verschlissene Jeans und eine helle Bluse, die ein paar Knöpfe weiter offen stand, als es für einen Montagnachmittag schicklich gewesen wäre, aber Vicky brauchte das Gefühl frischer Luft auf ihrer Haut. Ein dünner Schweißfilm hatte sich auf ihren Hals und ihr Dekolleté gelegt, und sie fühlte, wie der lodernde Hass auf Jarre Behrend, der sie von innen verzehrte, ihr ganzes Blut in Wallung brachte.

Eigentlich konnte sich Vicky sonst sicher sein, dass sie die Aufmerksamkeit der meisten Passanten auf sich zog, doch heute schenkte ihr kaum jemand Beachtung. Gerade trafen die ersten Wagen der Polizei und der Feuerwehr ein und spuckten Männer in Uniform aus, die sich daranmachten, das Feuer unter dem Dach des alten Eckhauses zu löschen. Wasseranschlüsse mussten gefunden werden, und die Männer mühten sich ab, die Leiter des Feuerwehrwagens in der engen Straße in Stellung zu bringen. Das alles kostete Zeit, wie Vicky feststellte, und Zeit war das, was Jarre Behrend nicht mehr hatte, das wusste sie.

Zufrieden sog sie ein letztes Mal an ihrer Zigarette, als ein Aufschrei durch die immer größer werdende Menge von Schaulustigen ging. Alle starrten nach oben und Vicky folgte ihrem Blick. Vier Männer waren auf das Dach geklettert und versuchten, das Dach des nächsten Hauses zu erreichen. Mit neu aufflackerndem Hass suchte Vicky unwillkürlich Jarre Behrends Gestalt und entdeckte sie einen Augenblick später. Er war der Erste der Gruppe und stand bereits auf dem Nachbardach. Verdammt! Er würde doch wohl nicht entkommen?

Nein, der Aufschrei hatte einem Unglück gegolten, das sich gerade mehr als zehn Meter über der ängstlichen Menge entfaltete. Werner Heidenreich hatte den Weg auf das rettende Dach des Nachbarhauses nicht geschafft und war ausgerutscht. In einem letzten, verzweifelten Versuch, sich zu retten, hatte er sich bäuchlings auf das Dach geworfen und sich so breit gemacht, wie er konnte. Seine Finger klammerten sich in wilder Panik an die Dachziegel, die sein letzter Halt waren, bevor er weiter abrutschen und zu Tode stürzen würde. Wieder huschte ein Lächeln über Vickys Lippen, denn der Tag versprach, doch noch gut zu werden.

Sofort war Jarre bei Werner. Während der hilflose Bibliothekar immer weiter der Dachkante entgegenrutschte, hatte er zwei Schritte auf das Dach gemacht. Seine Hand fuhr nach vorn und fasste Werner mit einem eisernen Griff am Kragen.

»Ich habe dich!«, keuchte er, als er in die Hocke ging, und ließ dabei die Frage unausgesprochen, wie lange das so bleiben würde. Trotzdem, seine Worte hatten die gewünschte Wirkung. Werner beruhigte sich etwas und seine panischen, zur Erfolglosigkeit verdammten Versuche, zurück auf das Dach zu gelangen, ließen nach.

Kommissar Mertens erschien auf dem Dach und erwies sich als routinierter Kletterer. Er schob sich an Jarre und Werner vorbei. Er signalisierte Jarre mit einem Wink, dass er auf den Balkon des angrenzenden Hauses klettern würde, von wo aus er Werner helfen wollte. Tatsächlich dauerte es gerade einmal ein paar Sekunden, bis Mertens auf dem Balkon angelangt war, wo er sich so weit über die Brüstung lehnte, bis er Werners linkes Bein zu fassen bekam.

»Ich habe Sie!«, verkündete er, genau wie es Jarre kurz zuvor getan hatte. Doch Jarre wusste, dass diese Sicherheit nur vorgetäuscht war. Wenn Werner keine Kraft mehr hatte, würden weder Mertens noch er ihn festhalten können.

Die Menge machte unwillkürlich einen Schritt vorwärts, als der Mann, der abgestürzt war, plötzlich von seinem Freund am Kragen gepackt und gehalten wurde. In letzter Sekunde war ein Unglück verhindert worden. Gespannt verfolgten sie, wie die Feuerwehrleute sich bemühten, ihre Leiter in Stellung zu bringen, obwohl die Enge der Straße und die Masse der Schaulustigen die Lebensretter behinderten.

Vicky Quinlivan, die das Geschehen weiter aus einiger Entfernung betrachtete, wusste, dass sie es sich nicht leisten konnte, länger hier zu bleiben und vielleicht sogar Verdacht zu erregen.

Sie warf ihre Zigarette in die Gosse. Dort trat sie sie mit ihrem Fuß aus, wobei sie die Kippe auf den Steinen zerrieb. Nachdenklich starrte sie einen Augenblick auf die Überreste der HB, ehe sie auf die Uhr schaute. Wenn sie heute Abend den Flug nach London nehmen wollte, musste sie ihr Gepäck holen und zum Flughafen fahren. Nach einem letzten hasserfüllten Blick auf das brennende Dach wandte sie dem Geschehen den Rücken zu und machte sich auf die Suche nach einer Taxe.

Kommissar Mertens blickte mit kühler Miene zu Werner Heidenreich hinauf. »Können Sie sich bewegen? Ein bisschen nach links? Dann kann ich Ihr Bein auf die Balkonbrüstung stellen und Sie haben wieder Halt.«

Werner schüttelte ruckartig ein-, zweimal den Kopf, mehr nicht. Mertens interpretierte das als ein Nein. Jarre erkannte jedoch, worauf der Polizist hinauswollte, und versuchte es seinerseits.

»Zwei Leute halten dich«, erklärte er. »Entweder wir bleiben heute alle hier oben, oder wir gehen nachher zum Italiener und lassen es uns richtig gut gehen. Das liegt an dir, du musst dich lediglich ein bisschen bewegen.«

»Du zahlst?«, keuchte Werner.

»Na klar.«

Natürlich wusste Werner, dass das gelogen war, doch nun wusste er, wie ernst es Jarre mit der Rettung war.

»Was muss ich machen?«, erkundigte er sich vorsichtig.

»Auf dem Bauch nach links rutschen, ein paar Zentimeter. Wenn du deinen Bauch bewegst und dich mit dem linken Arm rüber ziehst, sollte es klappen.«

Werner warf ihm einen flehenden Blick zu, ehe er sich zusammen riss. Er versuchte es, zog seinen Bauch ein und bewegte seine Hüfte ganz vorsichtig. Als er merkte, dass er nicht abstürzte, wiederholte er das Manöver ein weiteres Mal. Und noch einmal. Und dann noch einmal. Endlich war er fast 30 Zentimeter nach links gerückt. Er spürte, wie Mertens kräftige Hände sein linkes Bein packten und auf eine feste Unterlage stellten – die Balkonbrüstung. Er war gerettet! Sofort kehrte seine Selbstsicherheit zurück. Stets von Jarre gesichert richtete er sich ein wenig auf, weit genug, dass er Jarre ansehen konnte.

»Zwei Schritte und du hast es geschafft. Ich habe dich auf deinen Bücherregalen schon waghalsigere Kunststücke machen sehen.«

»Scherzkeks«, murmelte Werner, trotzdem fing er an, Zentimeter für Zentimeter weiter abzusteigen, bis von Mertens der erlösende Ruf kam.

»Geschafft!«, verkündete er, während Werner sprachlos an der Wand lehnte und seinen Schreck verdaute. Einen Augenblick später hörte Jarre, wie Mertens an die Glastüren der Wohnung unter ihnen klopfte, offenbar ohne Erfolg, da gleich darauf seine Stimme zu hören war: »Es ist niemand in der Wohnung, Herr Hauptkommissar. Die Balkontür hat Thermopane-Fenster und ist doppelt gesichert.«

»Thermopane?«, staunte Jarre und schaute zu Maulbronn.

»Schon wieder so ein neumodischer Schnickschnack«, erklärte der Polizist. »Eine Doppelverglasung. Das haben diese neuen Häuser alle. Die Idee kommt aus Amerika und hilft angeblich beim Energiesparen. Der einzige Vorteil, den ich dabei sehe, ist der, dass diese dicken Scheiben den Einbrechern das Leben etwas schwerer machen.«

Jarre dachte daran, dass das im Moment nun nicht gerade ein Vorteil war, aber da meldete Mertens sich wieder und bat um Anweisungen. »Wie soll ich vorgehen?«

»Schießen«, forderte Maulbronn knapp, der sich auf dem Dach ausgesprochen unwohl fühlte.

»Herr Hauptkommissar?«

»Schießen Sie die verdammte Scheibe ein. Wenn sie erst einmal beschädigt ist, können Sie die restlichen Glassplitter mit dem Kolben Ihrer Pistole leicht entfernen. Es ist Gefahr im Verzug, vergessen Sie das nicht!«

»Jawohl, Herr Hauptkommissar.«

Wenige Augenblicke später ertönten drei Schüsse. Das Klirren von Glas verriet, dass die von Maulbronn vorgeschlagene Taktik Erfolg hatte. Anschließend stellte Mertens sich an die Ecke des Balkons und half Maulbronn, seine Füße richtig zu setzen. Jarre sicherte ihn von oben, doch als der Hauptkommissar sicher auf dem Balkon stand, kam er nicht gleich nach.

»Doktor Behrend?«, rief Mertens, als er merkte, dass Jarre nicht folgte.

»Ich muss zurück!«, antwortete Jarre. »Ich habe die Briefe vergessen!«

»Was? Das kann ich nicht zulassen!« Maulbronn war außer sich.

»Das ist Wahnsinn!«, pflichtete Mertens ihm bei.

Selbst Werner war entsetzt. »Nein, mach das nicht! Lass die elenden Briefe, wo sie sind! Komm sofort her!« Seine Stimme überschlug sich fast.

»So siehst du aus«, knurrte Jarre, dann war er unterwegs. Schnell war er in der Wohnung verschwunden, obwohl mittlerweile aus allen Fenstern schwarzer Rauch drang. Er holte einmal tief Luft, ehe er sich in sein Schlafzimmer gleiten ließ. Dichter Rauch, der ihn in den Augen biss, hüllte ihn sofort ein. Würde er nicht wissen, wo er sich momentan befand, hätte er keine Chance, sich zu orientieren. Er war jeden seiner Schritte durchgegangen, bevor er die Wohnung betreten hatte, und er wusste, dass die Chance bestand, erfolgreich zu sein, wenn er sich beeilte. Er ging sofort auf seine Knie nieder, um krabbelnd den ersticken Brandgasen zu entgehen. Die wabernden Rauchschwaben waren direkt über dem Boden tatsächlich weniger dicht, und Jarre konnten schemenhaft erkennen, wo er sich befand. Hauptsache, er atmete nicht zu viel von dem Kohlendioxid ein, das oftmals weitaus gefährlicher war als die Flammen selbst.

Nach einer Zeit, die ihm wie eine Ewigkeit vorkam, erreichte er mit schmerzenden Lungen sein Wohnzimmer. Obwohl er sich eingebildet hatte, durch seinen Sport gut trainiert zu sein, ließ der Sauerstoff in seiner Lunge rasch nach und der Zwang zum Atmen wurde immer stärker.

Mit dem letzten Rest Luft in der Lunge streifte er sich sein Nylonhemd und sein Unterhemd vom Körper, um sich sein baumwollenes T-Shirt vor den Mund zu drücken. Er atmete tief aus und einmal möglichst flach ein. Die Luft, die in seine Lungen drang, war heiß und schmerzte, aber sie war zum Glück voller lebensrettendem Sauerstoff. Er riss sich noch einmal zusammen und robbte zu seinem Couchtisch. Dort schnappte er sich die Mappe mit den Briefen, ehe er sich aufrichtete.

Mit zwei Schritten war er an den großen Erkerfenstern angelangt, die er sofort aufstieß. Er spürte, wie die Luft von draußen in seine Wohnung gesogen wurde, wo die Flammen bereits die vordere Hälfte seines Wohnzimmers erreicht hatten. In diesem Augenblick verzehrten sie den frischen Sauerstoff und loderten hell auf. Es war eindeutig Zeit, zu verschwinden.

Rasch schwang sich Jarre auf das Fensterbrett des großen Erkers und suchte Halt, wobei er erst einmal seine Lungen mit frischer Luft füllte. Gleich darauf folgte er behände dem Verlauf des Dachs und war wenig später auf dem Balkon angekommen, wo Mertens auf ihn wartete, während Maulbronn und Werner schon nach unten gegangen waren, wo der Hauptkommissar helfen wollte, den Einsatz von Polizei und Feuerwehr zu koordinieren.

»War es das wert?«, fragte der Kriminalbeamte und zeigte auf die Mappe in Jarres Hosenbund.

Jarre antwortete mit grimmiger Miene: »Oh ja, das war es. Denn damit habe ich alles in der Hand, was ich brauche, um die Mistkerle zu kriegen, die das hier angerichtet haben.«

»Ja?«, staunte Mertens, der ihm voraus zum Ausgang der Wohnung ging. »Ich hoffe, Sie haben nicht vergessen, dass das unser Job ist?«

»Nein«, erwiderte Jarre und grinste breit. »Ich habe allerdings an das gedacht, was der chinesische General Sun Tzu einst gesagt hat.«

»Der, der ›Die Kunst des Krieges‹ geschrieben hat?«

»Genau der. Ich erinnere mich nur ungenau an die Stelle, aber Sun Tzu sagte in etwa, dass der, der es schaffen will, den Feind in Atem zu halten, ihn täuscht, um ihn zum Handeln zu veranlassen. Mit einem Köder hält er den Feind in Bewegung, und mit einer Truppe Bewaffneter lauert er ihm auf.«

Mertens schien zu ahnen, was Jarre wollte. »Und diese Bewaffneten, das sind wir?«

»Oh ja, ich baue sehr auf Ihre Mithilfe. Lassen Sie mich erklären, was ich vorhabe.«

KAPITEL VIERZEHN

Jarre erlebte die nächsten Stunden wie in einem Rausch, und die Ereignisse um den Brand seiner Wohnung blieben ihm nur in Ausschnitten im Gedächtnis, wie er später zugeben musste. Der erste und stärkste Eindruck, den er empfand, als er zusammen mit Kommissar Mertens vor die Tür seines Nachbarhauses trat, war das laute und grelle Durcheinander von Feuerwehrwagen, Polizeiautos und Ambulanzen, die mit blinkenden Lichtern dastanden.

Das nächste Bild, das sich Jarre ins Gedächtnis brannte, war der Anblick von Frau Nölke, die aufgeregt vor sich hin stammelnd in einen Krankenwagen gebracht wurde. Jarre wollte zu ihr, doch Hauptkommissar Maulbronn hielt ihn zurück.

»Ihrer Wirtin geht's gut, sie ist nicht verletzt. Sie steht unter Schock, die Arme. Sie hat das Feuer erst bemerkt, als die Feuerwehr schon vor der Tür stand. Gut, dass Mertens so schnell reagiert hat.«

»Ja, das war es«, murmelte Jarre und schaute dem Krankenwagen hinterher.

»Auch die Feuerwehr glaubt, dass das Feuer in der obersten Etage ausgebrochen ist, direkt vor Ihrer Tür.«

Jarre starrte den Polizisten an. »Es war also kein Zufall?«

»Nein. Wir gehen vorerst von Brandstiftung aus, obwohl wir im Moment auf die Ergebnisse der Spurensicherung angewiesen sind, und die werden etwas auf sich warten lassen.«

Jarre sah in den Augen des Polizisten, dass beide genau wussten, was diese Ergebnisse beweisen würden.

Die nächste Szene, die Jarre immer im Gedächtnis bleiben würde, war die, wie sein Freund Werner mit einem ehrlichen, matten Lächeln und einer Decke um die Schultern auf dem Bordstein saß und ihm mit dem aufgerichteten Daumen signalisierte, dass bei ihm alles in Ordnung sei. Jarre lächelte zurück, doch er wusste, dass er einen ähnlich beklagenswerten Eindruck machte wie sein Freund. Trotzdem waren sie heil und erfolgreich aus dieser vertrackten Geschichte herausgekommen, und dafür konnten sie dankbar sein.

An die Fahrt zur Polizeiinspektion und die anschließenden Besprechungen hatte er später kaum eine Erinnerung. Zu viele Fragen, zu viele Gesichter wechselten einander ab, jedoch wusste Jarre, dass er selbst wie ein Buch geredet haben musste, um die Polizisten von seinem Plan zu überzeugen. Dass er es geschafft hatte, daran war nicht zu zweifeln, doch die verschwommenen Bilder in seiner Erinnerung wurden erst ab dem Moment wieder klar, als er vor dem grauen Telefon im Büro von Hauptkommissar Maulbronn saß und sich bereit machte, Charles Francis Stuart anzurufen.

Maulbronn und Mertens saßen ihm gegenüber, und Werner war an seiner Seite. Werner und Anna, denn irgendwie hatte es Werner in dem Durcheinander geschafft, sie zu informieren, was geschehen war, ehe Jarre zu ihr durchgedrungen war. Bei Werners Anruf hatten die Radionachrichten den Brand in Linden schon groß herausgebracht und Anna war voller Verzweiflung in ihrem Arztzimmer auf und ab gelaufen, während sie auf die Nachricht gewartet hatte, dass Jarre in dem Brand umgekommen war.

Nach wie vor war sie ganz aufgelöst – nicht mehr aus Sorge, sondern aus Zorn, nachdem sie gehört hatte, dass der Brand vor Jarres Wohnung offensichtlich absichtlich gelegt worden war.

Ihr Blick verhieß wenig Gutes für den Brandstifter, und Jarre wusste, dass er nicht in seiner Haut stecken wollte, wenn sie ihm begegnete. Im Moment lag ihre Hand auf seinem Knie, und die kaum gebändigte Anspannung in ihr übertrug sich auf ihn, als er zum Hörer griff und die Nummer wählte, unter der er Charles Stuart schon einmal erreicht hatte. Nach dem dritten Klingeln wurde abgehoben. Stuarts kalte Stimme klang aus dem Lautsprecher auf dem Tisch.

»Ich habe Ihre Botschaft erhalten«, zischte Jarre auf Deutsch zur Begrüßung in das Telefon.

»In der Tat«, murmelte Stuart. »Und welche Nachricht wäre das?«

»Tun Sie nicht so, es ist überall in den Nachrichten.«

»Oh ja, ich habe im Radio gehört, dass es in Hannover einen Brand gegeben hat, bei der mehrere Bewohner eines Hauses auf dramatische Weise gerettet wurden. Ich hoffe doch nicht, dass Sie davon betroffen waren?«

»Stop clowning«, blaffte Jarre. »Sie wissen genau, worum es geht. Ich habe ein Angebot für Sie.«

»Ein Angebot?«, staunte der Brite und zögerte einen Moment. »Wird dieses Gespräch aufgezeichnet?«

»Nein«, knurrte Jarre. »Ich bin nicht die Polizei, wissen Sie. Ich mache so etwas nicht.« Die Polizei schon, hätte er hinzufügen müssen, doch Jarre hatte sich vorgenommen, soweit es ging, bei der Wahrheit zu bleiben. »Hören Sie gut zu. Ich habe etwas, das sie haben wollen. Ich habe die Briefe, ich habe ihre Entschlüsselung. Ich bin bereit, sie Ihnen zu übergeben. Ich mache dieses Angebot ein einziges Mal. Wenn Sie nicht wollen, gehe ich zur Polizei. Die sitzt mir wegen des Brandes sowieso schon im Nacken.«

»Ich verstehe. Was wollen Sie von mir?«

»Zwei Dinge. 50.000 Mark, um meine Wohnung zu ersetzen, und Ihr Wort.«

»Mein Wort?«

»Ihr Wort als Gentleman, dass Sie mich in Ruhe lassen. Ich weiß, dass Sie so etwas ernst nehmen, und ich bin zufrieden, wenn Sie mir Ihr Wort geben.«

»Das ist eine außergewöhnliche Forderung«, erwiderte Stuart voller Skepsis.

»Meinen Sie? Sehen Sie es doch einmal so: Ich bin es leid, dass auf mich geschossen wird, dass ich bedroht werde und dass meine Wohnung angezündet wird. Ich will nur meine Ruhe, nichts weiter. Ich werde Werner Heidenreich beichten, dass die Briefe verbrannt sind, und Sie können damit machen, was Sie wollen. Das interessiert mich nicht.«

Die Abscheu und die Frustration, die in Jarres Stimme lagen, waren zum Teil gespielt, das wusste Anna. Sie war trotzdem erstaunt, wie überzeugend ihr Freund klang. Er klang wie ein müder Kämpfer, der einmal zu oft dem Tod ins Auge geblickt hatte.

Offenbar hatte er auch Stuart überzeugt, denn der hörte sich auf einmal ganz geschäftlich. »Also gut, ich nehme Ihr Angebot an. Ich gebe Ihnen mein Wort, dass Sie von mir nichts mehr zu befürchten haben, nachdem Sie mir die Briefe übergeben haben.« Er machte eine bedeutungsvolle Pause, die Jarre mit eisigem Schweigen quittierte. »Wann kriege ich die Ware? Wo wollen wir uns treffen?«

Jarre blickte auf die große Uhr an der Wand. Es war kurz nach vier, die Sonne würde in etwa zwei Stunde untergehen, und bis dahin musste die Angelegenheit erledigt sein, das hatte Maulbronn ihm gesagt.

»Um sechs Uhr«, verlangte Jarre also. Das war Zeit genug für Stuart, um nach Hannover zu kommen. »Wir treffen uns im Großen Garten. Im Gartentheater, da kann jeder von uns sehen, ob der andere nicht irgendwelche unliebsamen Helfer mitgebracht hat.«

Stuart zögerte einen Moment, ehe er zustimmte. »Nun, wie Sie meinen. Das ist allerdings etwas theatralisch.« Er kicherte leise über seinen eigenen Witz. »Ich werde da sein. Seien Sie pünktlich.«

»Das bin ich immer«, knurrte Jarre und legte auf. Er drehte sich um und bemerkte Annas herausfordernden Blick. »Was?«, fragte er schroff.

»Seit wann bist du pünktlich?«, fragte sie erstaunt und lächelte breit. Jarre hatte eine Erwiderung parat, verkniff sie sich jedoch, als Maulbronn sie unterbrach.

»Er hat es geschluckt«, stellte er sachlich fest, um sie wieder an das zu erinnern, was ihnen bevorstand. »Gut gemacht.« Er warf er einen Blick auf seine Armbanduhr. »Eigentlich müssten meine Leute schon vor Ort sein. Also los, kommen Sie, wir müssen einen Verbrecher fangen.«

Mit einem mulmigen Gefühl im Bauch betrat Jarre Behrend zum zweiten Mal in einer Woche den Großen Garten in Hannover-Herrenhausen. Ihm war es gar nicht recht, dass er schon wieder den Lockvogel spielen musste, so wie er es erst im August im Werk Tanne getan hatte. Trotzdem hatte Hauptkommissar Maulbronn ihn davon überzeugt, dass es die einzige Methode war, die Beweise zu bekommen, die die Polizei brauchte, um Stuart festzunehmen. Mit einem weithin hörbaren Seufzer hatte sich Jarre in sein Schicksal gefügt.

Er benutzte denselben Eingang, den er am Freitag genommen hatte, als Vicky Quinlivan ihn im Garten mit einem inszenierten Überfall hatte austricksen wollen. Er hielt nur die Mappe mit den Briefen in den Händen. Maulbronn und seine Truppe hatten sich vom Garten möglichst ferngehalten, damit Charles Francis Stuart keinen Verdacht schöpfte. Selbst Anna Winter und Werner Heidenreich waren bei den Polizisten geblieben, um das Geschehen aus sicherer Entfernung zu verfolgen.

Ganz allein war Jarre jedoch nicht. Nachdem das Team, das sich um den Treffpunkt gekümmert hatte, wieder abgerückt war, war eine Abordnung von Beamten in Zivil im Garten geblieben. Sie gaben vor, einen Spaziergang zu machen, um im Notfall eingreifen zu können, falls Stuart vorhatte, Jarre für immer auszuschalten. Das alles hätte ihn beruhigen müssen, dennoch ging Jarre mit gemischten Gefühlen durch die von Hecken flankierte Passage, die ihn zu dem Gartentheater brachte, das seit Jahrhunderten ein wichtiger Bestandteil des großen Barockgartens war.

Er ging zuerst in den Zuschauerraum, der wie ein Amphitheater gestaltet war und über tausend Zuschauer fasste. Davor lag die Bühne, die sich weit nach hinten erstreckte und dabei leicht anstieg, sodass ihr Ende deutlich sichtbar war. Auf der Bühne standen schmale Hecken, die die Schauspieler vor ihrem Auftritt und nach ihrem Abgang verbargen, während eine Reihe von griechischen Statuen dem Ganzen einen klassischen Anstrich verlieh.

Jarre durchquerte den Zuschauerbereich und betrat ohne Umschweife die frei zugängliche Bühne. Er stellte sich in der Mitte auf, sodass er von überall gut gesehen werden konnte und gleichzeitig verfolgen konnte, was um ihn herum geschah.

In wenigen Minuten würde es sechs Uhr sein, und Jarre starrte abwechselnd erst in den Zuschauerraum vor ihm, dann zum hinteren Ende der Bühne, in der Hoffnung, Charles Francis Stuart so früh wie möglich zu erspähen. Tatsächlich war es genau sechs Uhr, als er am anderen Ende der Bühne, dort wo die kleine Kaskade war, eine Gestalt erblickte, die sich ihm vorsichtig näherte – Stuart. Vicky Quinlivan konnte er nirgends entdecken.

Der angebliche Thronfolger wirkte gelassen, trotzdem ließ er sich Zeit, um hinter jede Hecke zu spähen, ob nicht irgendwelche Polizisten dahinter versteckt waren. Natürlich waren sie das nicht, das wusste Jarre genau. Dass Stuarts rechte Hand dabei betont lässig in seinem Jackett verborgen war, signalisierte, dass das besser so war.

Jarre atmete einmal tief durch, dann ging er Stuart ein paar Schritte entgegen, bis er nahe einer der Statuen stehen blieb. Sie war der schaumgeborenen Venus nachempfunden, die Botticelli in seinem Gemälde unsterblich gemacht hat.

Die nackte Venus, die sich mit ihren Händen züchtig bedeckte, war durch die unerbittlich fortschreitenden Jahrhunderte und besonders durch den Krieg recht mitgenommen, aber einst hatte sie in ihrer goldenen Pracht dem Theater Glanz verliehen. Stuart schenkte den Figuren erwartungsgemäß keine Beachtung, doch der unterirdische Gang gleich dahinter, der es den Schauspielern gestattete, von der einen Bühnenseite auf die andere zu wechseln, entging ihm nicht. Selbst dort konnte er keinen Polizisten entdecken. Schließlich warf er einen Blick in den Zuschauerraum, ehe er Jarres Anwesenheit zur Kenntnis nahm. Er baute sich ihm gegenüber auf, hielt jedoch einen gebührenden Abstand. Er wusste mittlerweile, dass Jarre nicht zu unterschätzen war.

»Dr. Behrend«, begrüßte er ihn mit einer angedeuteten Verbeugung.

Jarre machte sich nicht die Mühe, auf diese aufgesetzte Höflichkeit einzugehen. »Hier sind die Briefe«, brummte er und öffnete kurz die Mappe, damit Stuart feststellen konnte, dass sie tatsächlich die geforderten Dokumente enthielt.

Der Brite brummte anerkennend. »Sehr gut.«

»Und wo ist mein Geld?«

Stuart runzelte missbilligend die Stirn, wohl um zu zeigen, dass er solch plumpe Direktheit gar nicht schätzte. »Das Geld ist in meiner Jackentasche«, informierte er Jarre. »Sie haben doch nichts dagegen, dass ich dort hineingreife?«

»Warum sollte ich?«, fragte Jarre gelassen. »Sie haben Ihr Wort gegeben, dass mir nichts geschieht, und das war doch das Wort eines Gentlemans, oder?«

»Wie recht Sie haben.« Stuart lächelte in einer Weise, die bei Jarre beinahe Brechreiz ausgelöst hätte. Damit fischte Stuart einen Umschlag aus seiner Innentasche und hielt ihn hoch.

»Es ist alles da. Wir können die Sache unbesorgt zu Ende bringen.«

»Sicher, das können wir.« Jarre bedachte ihn mit einem finsteren Blick. »Doch sagen Sie mir eines: War es das alles wert? Der Diebstahl? Der Anschlag auf uns? Vicky Quinlivan hätte mich und Dr. Winter beinahe umgebracht. Von der Zerstörung meiner Wohnung ganz zu schweigen.«

Stuart hob in schlecht gespieltem Erstaunen die Augenbrauen. »Ach was! Sie wissen so gut wie ich, dass es Miss Quinlivan war, die diese unseligen Schüsse auf Sie abgegeben hat. Sie war es auch, die den Diebstahl begangen hat, das müsste Ihnen mittlerweile klar sein. Und ich kann Ihnen versichern, dass ich mit dem unglücklichen Feuer, das Ihre Wohnung heimgesucht hat, nichts zu tun habe.«

»Das mag alles sein. Sie waren es jedoch, der Vicky für alles bezahlt hat. Sie waren es, der unbedingt diese Briefe besitzen wollte. Sie waren der Drahtzieher der ganzen Sache.« Jarre seufzte. »Der Plan war perfide, obgleich ich zugeben muss, dass er brillant war.«

»Das ist schon fast zu viel der Ehre«, wehrte Stuart bescheiden ab, doch seine Augen verrieten, wie sehr ihn dieses Lob aus dem Mund eines Gegners freute. »Es war jedoch schon ein kleines Meisterstück, diese Briefe auf so simple Art zu besorgen.«

»Die Ausführung war nicht ganz so, wie Sie sich das gewünscht haben, oder?«

Stuart schüttelte bedauernd den Kopf. »Nein, gewiss nicht. Ich hätte mir doch jemand anderen aussuchen sollen als ausgerechnet eine Frau. Einen echten Profi.«

»Wie ich schon sagte, als wir Ihre unfreiwilligen Gäste waren – gute Hilfskräfte sind heute so schwer zu bekommen.«

»Nehmen Sie mir diese kleine Episode immer noch übel?«, staunte Stuart. »Das passt so gar nicht zu Ihnen.«

»Ich finde nicht, dass Freiheitsberaubung etwas ist, wobei man kleinlich sein kann.«

Stuart blieb gelassen. »Wenn das so ist, sollten Sie hiermit genug entschädigt sein.« Er wackelte zweimal mit dem Umschlag, in dem sich das Geld befand. »Wenn ich also darum bitten dürfte, dass wir zum Austausch kommen?«

»Sicher, sicher«, sagte Jarre mit fester Stimme, trat einen Schritt vor und imitierte Stuarts exquisite Höflichkeit. »Wenn ich zuerst um das Geld bitten dürfte?«

»Ich hielt einen gleichzeitigen Austausch für angebracht«, gab Stuart kühl zurück.

»Ja? Ich nicht.« Jarre runzelte die Augenbrauen. »Sagen wir einfach, ich bestehe darauf.« Damit streckte er schlicht seine Hand aus. Es dauerte einen Augenblick, bevor Stuart sich geschlagen gab und den Umschlag hineinlegte. Mit grimmiger Miene trat er gleich darauf wieder ein paar Schritte zurück und wartete, bis Jarre das Geld gezählt hatte.

Jarre hatte es mit dem Zählen allerdings nicht besonders eilig, und mittendrin unterbrach er sich sogar, um

Stuart anzusehen. »Wissen Sie eigentlich, wo Sie sind und was das für Statuen hier sind?«, fragte er wie nebenbei.

»Was?«, stammelte Stuart. Offenbar brachte ihn die Frage aus dem Konzept.

»Diese Statuen hier …« Jarre wies auf die Venus neben der er stand. »Sie stehen seit fast 300 Jahren hier. Sie tun seitdem immer ihren Dienst, selbst wenn sie nicht mehr taufrisch sind. Man kann zum Beispiel hervorragend ein Mikrofon in ihnen verstecken. Genau wie in den Bäumen über uns.« Er wies mit einer nachlässigen Geste nach oben. Als Nächstes scharrte er mit dem Fuß auf dem sandigen Boden herum. »Sogar hier ist eines vergraben. Die Polizei hat in kurzer Zeit wirklich ganze Arbeit geleistet, das muss man sagen. Und sie hat natürlich jedes Wort, das wir gesprochen haben, mitgehört und aufgezeichnet. Sie haben also auf Band, wie Sie sich mit Ihrem Plan gebrüstet haben und wie Sie sich über die mangelnde Ausführung Ihres Mordplans beschwert haben.« Jarre strahlte sein Gegenüber geradezu an. »Ich liebe diese moderne Technik.«

Die Erkenntnis, dass er hereingelegt worden war, ließ Stuarts Gesichtszüge einfrieren. Ruckartig fuhr sein Kopf zur Seite. Er bemerkte die Polizisten, die auf Jarres Signal näher gekommen waren. Nachdem Jarre »Sicher, sicher« gesagt hatte, hatte Maulbronn den Befehl zum Eingreifen gegeben. Er selbst führte den Trupp an und zielte mit der Dienstwaffe auf Stuart.

»Keine Bewegung!«, herrschte er den Briten an.

Vielleicht war es die Gewissheit, dass man sich so einer Aufforderung vernünftigerweise fügen musste, die Jarre unvorsichtig werden ließ, vielleicht war es die Anspannung der letzten Tage, die auf einmal von ihm wich, aber für einen Moment ließ seine Aufmerksamkeit nach. Es war genau dieser Augenblick, in dem Stuart plötzlich nach vorn stürmte und Jarre wüst umrannte. Jarre stolperte, schwankte und fiel hart zu Boden. Er hörte Maulbronns ärgerliches Fluchen und seinen Befehl an alle seine Männer, Stuart zu folgen und dingfest zu machen.

Als Jarre sich von allen unbeachtet wieder aufrappelte, sah er, wie ein halbes Dutzend Polizisten über die Bühne stürmte und in den Heckengang lief, in dem einige Sekunden zuvor Charles Stuart verschwunden war. Lediglich Maulbronn blieb auf der Bühne stehen, um die Suche per Funkgerät zu koordinieren.

»Tut mir leid«, murmelte er, als er zu Jarre herüberkam. »Das war nicht Ihre Schuld. Wir dachten, wir hätten ihn ausreichend gesichert. Das war wohl ein Irrtum. Trotzdem, er kommt bestimmt nicht weit. An allen Ausgängen des Theaters stehen Einsatzkräfte, an denen er nicht vorbei kann.«

»Meinen Sie? Die Hecken sind nicht sehr dicht. Da kann man sich leicht durchzwängen.«

»Daran habe ich gedacht. An den Ausgängen des Gartens stehen ebenfalls Leute.«

Das klang so, als würde Maulbronn nichts dem Zufall überlassen. »Und die Aufnahme? Hat das geklappt?«

Maulbronn lächelte zuversichtlich. »Wir haben zwei Tonbänder mitlaufen lassen, und Sie haben wunderbar alles aus ihm herausgelockt, was wir brauchen, um ihn festzusetzen. Er wird sicher ...«

Mit einem lauten Knacken meldete sich plötzlich Maulbronns Funkgerät. Der Polizist machte eine entschuldigende Geste und hielt sich den klobigen Apparat ans Ohr, um die Nachricht besser verstehen zu können. Seine Miene verfinsterte sich schlagartig.

»Was? Wo?«, fauchte er in das Funkgerät und befahl der Stimme am anderen Ende, nichts anzurühren, bis er da war. Entgeistert blickte er Jarre an. »Man hat in einem Auto beim Berggarten eine Frauenleiche gefunden, der Beschreibung nach ist es Ihre Freundin aus Irland. Kommen Sie!«

Es war tatsächlich Vicky Quinlivan, die auf dem Beifahrersitz eines schwarzen Mercedes 250 S saß, obgleich es Jarre schwerfiel, das zerstörte Gesicht der Leiche mit dem attraktiven Gesicht der jungen Irin in Einklang zu bringen. Jemand hatte ihr aus nächster Nähe in die linke Schläfe geschossen, und eine unappetitliche Masse aus Hirn und Blut, die an der Seitenscheibe heruntergelaufen war, kündigte von der Schwere des Kalibers, mit der sie erschossen worden war.

»Im Auto liegt keine Waffe«, verkündete Maulbronn nach einer ersten vorsichtigen Untersuchung. »Das ist eindeutig ein Fall für die Mordkommission. Hat schon jemand Bescheid gesagt?«

Ein uniformierter Polizist bejahte. »Die sind auf dem Weg, Chef.«

»Gut. Sperrt alles großräumig ab und seht zu, dass die Gaffer verschwinden.« Maulbronn deutete auf die nicht unbeträchtliche Menschenmenge, die sich bereits angesammelt hatte. »Sorgt dafür, dass uns jemand Lampen bringt, das wird eine lange Nacht.«

»Wird gemacht«, erwiderte der Uniformierte.

Daraufhin wandte sich der Hauptkommissar an Jarre,

der etwas abseits stand und die Ereignisse mit bleicher Miene verfolgte.

»Und? Haben Sie eine Idee, was das sollte, Dr. Behrend?«

Erstaunt sah Jarre den Polizisten an. »Müsste ich?«

»Ich meine, war das Stuart? Und wenn ja, warum? Ich habe da so eine Vermutung. Ich möchte allerdings hören, was Sie denken.«

»Nun, ich habe mir gedacht, dass Vicky Quinlivan vielleicht etwas zu gefährlich für Stuart geworden ist.«

»Sie meinen also, sie wusste zu viel?«

»Nicht allein das. Ich glaube, dass sie es war, die den Brand vor meiner Wohnung gelegt hat, und dass sie es nicht für nötig gehalten hat, Stuart davon zu unterrichten, was sie vorhatte. Das war reine Rache, sonst nichts. Bedenken Sie, dass die Briefe bei dem Feuer beinahe vernichtet worden wären. Das war bestimmt nicht in Stuarts Sinn.«

»Da hatten wir den gleichen Gedanken.«

»Vicky Quinlivan war dadurch zu einer Last geworden, von der Stuart sich befreien musste«, behauptete Jarre.

»Somit kommt Mord zu den Verbrechen, die wir ihm zur Last zu legen haben.«

»Ja. Vorher müssen Sie ihn jedoch schnappen.« Er konnte eine gewisse Bitterkeit nicht unterdrücken.

Maulbronn konnte das gut verstehen. »Das werden wird, verlassen Sie sich darauf.«

Damit verschwand der Hauptkommissar und lief über die mit Kopfsteinen gepflasterte Herrenhäuser Straße zurück zum Großen Garten. Jarre wünschte sich, dass er so zuversichtlich sein könnte, wie der Hauptkommissar es war. Tief in seine Gedanken verloren trottete er zu dem Polizeibus, in dem Anna Winter und Werner Heidenreich auf ihn warteten. Irgendetwas stimmte an der Geschichte nicht, er wusste leider nicht, was.

Genau zwei Stunden später war klar, was an der Geschichte nicht stimmte. Charles Stuart blieb verschwunden, die Polizei fand keine Spur von ihm. Jeder einzelne Besucher, der den Garten verlassen hatte, war kontrolliert worden, selbst die Arbeitsschuppen auf der anderen Seite des Gartens waren durchsucht worden, ohne Ergebnis. Stuart war wie vom Erdboden verschluckt, wie Hauptkommissar Maulbronn kurz nach neun Uhr abends kleinlaut zugeben musste. Er hatte, Jarre, dem er immerhin etwas schuldig war, unter Anna Winters Nummer angerufen und über die letzten Entwicklungen informiert.

Zu dem Zeitpunkt hatten Anna und Jarre seit einer Stunde zusammen in Annas Wohnung gesessen, die kaum 20 Minuten zu Fuß vom Großen Garten entfernt war. Die zweite Flasche Wein stand vor ihnen, und sie ließen nach Maulbronns Anruf die Ereignisse der letzten 24 Stunden Revue passieren. Auf Werner mussten sie dabei verzichten, denn er war damit beschäftigt, die unversehrten und vollständigen Briefe wieder dorthin zu bringen, wo sie hingehörten.

»Ich versteh immer noch nicht, wie Stuart verschwinden konnte«, beklagte sich Anna. »Erst tappt er euch so einfach in die Falle und dann entpuppt er sich als wahrer Houdini und löst sich in Luft auf. Das passt doch nicht zusammen.«

»Na ja, vielleicht doch. Ich glaube, dass mein Anruf ihn etwas überrascht haben dürfte, denn er war schließlich gar nicht für den Brand verantwortlich. Trotzdem ist er sofort auf mein Angebot eingegangen, ihm die Briefe zu übergeben, wenn er mich in Ruhe lässt.«

»Ein glänzender Opportunist.«

»Ein cleverer Opportunist. Für ihn bestand ja kein echtes Risiko, mit mir zu verhandeln.«

»Bitte? Es musste doch klar sein, dass du möglicherweise zur Polizei gehen würdest.«

»Natürlich war es eine Möglichkeit, dass ich ihm eine Falle stellen wollte, doch dagegen hat er sich gut abgesichert.«

»Du meinst, er hat erst einmal Vicky Quinlivan eingesammelt und aus dem Weg geräumt.«

»Ja. Die Polizei tappt im Dunkeln, wie das genau geschehen ist, denn Vicky hatte ein Ticket für einen Flug nach London in der Tasche, doch sie hat es offensichtlich nicht bis zum Flughafen geschafft.«

»Meinst du, Stuart hat sie mit Gewalt zum Mitkommen gezwungen?«

»Vielleicht. Oder er hat sie mit Geld überreden können, ihren Flug sausen zu lassen. Für so etwas schien sie sehr empfänglich zu sein.«

»Mag sein. Und Stuart? Wie konnte er seine Flucht so rechtzeitig planen?«

»Ich fürchte, das war alles improvisiert. Er hat sich dabei unsere Wahl des Treffpunkts zunutze gemacht.«

»Wieso?«

Nachdenklich trank Jarre einen Schluck Wein. »Ich glaube, als er mich umgerannt hat und in die Hecken verschwunden ist, ist er gar nicht weggelaufen. Vermutlich ist er einfach in den nächsten Gang verschwunden und hat sich in dem Tunnel versteckt, der unter der Bühne verläuft.«

»Wie bitte?«

»Ich habe vorhin nachgedacht und mir überlegt, wer wohin gelaufen ist, als Stuart plötzlich weggerannt ist. Die Polizisten kamen von der Vorderseite der Bühne und sind ihm sofort nachgerannt, ganz klar. Ein paar Polizisten sind Richtung Kleine Kaskade gerannt, allerdings ist niemand vor Ort geblieben – erst recht nicht, als die Meldung kam, dass Vicky Quinlivan tot in Stuarts Mercedes gefunden wurde. Deswegen hat niemand im Tunnel nachgesehen. Stuart hatte gerade genug Zeit, sich in dem Tunnel zu verstecken, und wenn er sich wirklich dort versteckt hat, war bald darauf die Luft rein, sodass er sich absetzen konnte.«

»Das heißt, er hat mehr Glück als Verstand gehabt.«

»Rechnen konnte er damit nicht, aber das Glück hilft halt nicht allein den Tüchtigen.«

»Und wie soll er entkommen sein? Alle Ausgänge waren doch besetzt.«

Jarre nickte. »Das stimmt, aber du denkst wie ein Polizist, nicht wie ein Verbrecher. Selbstverständlich besetzt die Polizei alle Ausgänge eines Ortes, wenn sie jemanden fangen will. Als Verbrecher versuche ich zu vermeiden, einen dieser Ausgänge zu nehmen.«

»Und was heißt das, bitte?«

Jarre setzte ein schiefes Grinsen auf. »Ich nehme einfach einmal an, dass Stuart schwimmen kann.«

»Du meinst, er ist durch die Graft entkommen?« Rasch überlegte Anna, wie tief der Wassergraben, der den Großen Garten umgab, wohl sein mochte.

»Die Graft ist sehr dekorativ, mehr nicht. Sie ist sicher kaum mehr als einen Meter tief«, beantwortete Jarre gleich darauf ihre unausgesprochene Frage. »Da kann man zur Not durchwaten. Wenn man das auf der Rückseite des Gartens macht, würde man von Polizisten, die die Seitenausgänge bewachen, bestimmt nicht gesehen.«

»Stuart wäre dadurch klitschnass gewesen.«

»Vermutlich. Mit einem Mord auf dem Gewissen und einer Hundertschaft der Polizei auf den Fersen war das bestimmt sein geringstes Problem. Wer weiß, vielleicht hatte er sogar ein paar Klamotten zum Wechseln irgendwo versteckt. In den Stunden, die die Polizei brauchte, um den Garten zu verkabeln, war er wahrscheinlich selbst nicht untätig. Vermutlich hat er den Treffpunkt überprüft und Vorbereitungen getroffen. Die Polizei hat Glück gehabt, dass er sich nicht das Gartentheater angesehen hat, als sie da am Buddeln waren.«

Anna blickte skeptisch drein. »Wenn der Kerl so clever ist, verstehe ich nicht, wieso er dir so einfach in die Falle gelaufen ist und zugegeben hat, für alles verantwortlich zu sein.«

»Ganz einfach. Wir hatten es ja mit zwei Tätern zu tun. Vicky Quinlivan und Charles Stuart waren beide an den Verbrechen beteiligt, aber sie haben sich in einer Sache klar unterschieden. Vicky Quinlivan hat Stuarts Aufträge ausgeführt. Sie hat nicht getötet, weil sie es mochte, sondern weil sie dafür bezahlt wurde. Selbst als sie sich an mir rächen wollte, hat sie zwar ein Feuer gelegt, aber sie hat sich nicht daran geweidet. Sie wurde von Hass getrieben und sie war skrupellos, nicht berechnend. Stuart hingegen hat von den beiden die finsterste Seele. Wenn er das Feuer gelegt hätte, hätte er bestimmt eine Gelegenheit gefunden, mir mitzuteilen, dass er es war, der für meinen Tod verantwortlich war.« Als er Annas ungläubiges Gesicht sah, musste er lächeln. »Böse Menschen prahlen gerne mit ihren Verbrechen, so einfach ist das. Sie geben mit ihren Taten an. Sie können gar nicht anders, das sieht man in jedem James-Bond-Film.«

»Alter Besserwisser«, meckerte Anna. »Wenn du bei diesem Abenteuer nicht deine Wohnung und dein Auto verloren hättest, müsste ich dich durchkitzeln.«

»Das stimmt nur zum Teil.«

Verblüfft schaute sie ihn an. »Wieso?«

»Da ist zum einen Vicky Quinlivans Lotus. Ich habe die Schlüssel, und so schnell wird keiner den Wagen als gestohlen melden.«

»Ja, ich weiß, dass du das glaubst. Trotzdem, die Polizei wird ihn bestimmt haben wollen!«

»Wieso? Er ist kein Beweismittel. Ich glaube, bis die darauf kommen, dass ich die Kiste habe, kann ich ein paar schöne Touren damit machen. Und dann wäre da noch das hier …« Jarre holte einen Umschlag aus seiner Tasche und legte ihn auf den Tisch. Neugierig warf Anna einen Blick hinein.

»Das ist ja Geld. Ein Haufen Geld.«

»50.000 Mark, um genau zu sein. Ich hatte den Umschlag in der Hand, als Stuart mich umgerannt hat. Ich weiß nicht, ob Maulbronn das weiß. Er denkt vermutlich, dass Stuart sich das Geld geschnappt hat, um bei seiner Flucht flüssig zu sein.« Er grinste. »Ich werde ihm jedenfalls nicht verraten, dass ich es habe.«

Völlig verblüfft starrte Anna ihren Freund an. Nachdenklich prüfte sie die verschiedenen Möglichkeiten, was sie tun konnte, bis sie auf die einzig richtige Lösung kam. »Weißt du was? Jetzt wirst du wirklich durchgekitzelt!«

ENDE

NACHWORT

Die Niedersächsische Landesbibliothek, die mittlerweile den Namen des großen Universalgelehrten trägt, beherbergt die vollständige Korrespondenz von Gottfried Wilhelm Leibniz. Seine Schriften sind Teil des UNESCO-Weltkulturerbe. Unter diesen Briefen findet sich jedoch kein Schriftstück in Code, diese Briefe sind ebenso fiktiv wie meine Beschreibung der Arbeitsweise der Bibliothek.

Die Darstellung der Regelung der englischen Thronfolge ist richtig, sie ist im ›Act of Settlement‹ geregelt, einem Gesetz, das im Niedersächsischen Staatsarchiv verwahrt wird. Franz von Bayern gilt weiterhin als legitimer Thronfolger des House of Stuart. Nebenlinien der Stuarts mit Ambitionen auf den Thron bestehen meines Wissens jedoch nicht.

Wie immer ist das Schreiben eines Romans von vielen Dingen abhängig. Dank gebührt dem Team vom Gmeiner-Verlag und Sven Lang, meinem geduldigen Lektor. Ohne meine Frau Susanne wäre dieser Roman nie entstanden. Ich danke ihr für ihre Geduld und ihre Unterstützung, die oft viel wertvoller waren, als es Worte ausdrücken können.

Weitere Titel finden Sie auf den folgenden Seiten und im Internet:
WWW.GMEINER-SPANNUNG.DE

Rolf Aderhold
Welfengold
Zeitgeschichtlicher Krimi
284 Seiten, 12 x 20 cm
Paperback
ISBN 978-3-8392-1402-2
€ 9,99 [D] / € 10,30 [A]]

Hannover 1966. Jarre Behrend ist Kunsthistoriker und Unternehmer für Abenteuertouren. Einer seiner ersten Kunden ist der britische Colonel Kendrick-Wales. Sein Vater hatte angeblich nach dem Zweiten Weltkrieg Teile des verschwundenen Welfenschatzes gefunden, kurz danach wurde er ermordet. Zusammen begeben sich Jarre und der Colonel auf die Suche nach den als verschollen geltenden Kostbarkeiten. Dabei werden ihnen viele Steine in den Weg gelegt, bis sie schließlich selbst in einen Hinterhalt geraten …

GMEINER SPANNUNG

WWW.GMEINER-VERLAG.DE
Wir machen's spannend

DIE NEUEN Lieblingsplätze

ISBN 978-3-8392-0154-1 — AM INN
ISBN 978-3-8392-2730-5 — AUGSBURG UND BAYERISCH-SCHWABEN

ISBN 978-3-8392-0155-8 — FÜNFSEENLAND
ISBN 978-3-8392-0158-9 — HARZ

ISBN 978-3-8392-0160-2 — mit Hund NORDSEEKÜSTE NIEDERSACHSEN
ISBN 978-3-8392-0159-6 — LÜNEBURGER HEIDE
ISBN 978-3-8392-0161-9 — NIEDERRHEIN
ISBN 978-3-8392-0163-3 — OSTSEE MECKLENBURG-VORPOMMERN

ISBN 978-3-8392-0164-0 — OSTSEE SCHLESWIG-HOLSTEIN
ISBN 978-3-8392-2626-1 — SACHSEN
ISBN 978-3-8392-0156-5 — Für Senioren BODENSEE
ISBN 978-3-8392-0157-2 — Für Senioren NORDSEE SCHLESWIG-HOLSTEIN

ISBN 978-3-8392-0166-4 — SÜDLICHE WEINSTRASSE UND PFÄLZERWALD
ISBN 978-3-8392-0166-4 — SÜDTIROL
ISBN 978-3-8392-2838-8 — USEDOM
ISBN 978-3-8392-0168-8 — WIESBADEN RHEIN-TAUNUS RHEINGAU

GMEINER KULTUR

WWW.GMEINER-VERLAG.DE
Mensch, Kultur, Region